Ihre Meinung zu diesem Buch ist uns wichtig!
Wir freuen uns auf Ihre Leserstimme an
leserstimme@hanser.de

Mit dem Versand der E-Mail geben Sie uns
Ihr Einverständnis, Ihre Meinung zitieren zu dürfen.

Wir bitten Sie, Rezensionen nicht vor dem
25. Juli 2022 zu veröffentlichen.
Wir danken für Ihr Verständnis.

Cathy Bonidan

Das Glück auf der letzten Seite

Roman

Aus dem Französischen
von Ina Kronenberger

Paul Zsolnay Verlag

Die Originalausgabe erschen erstmals 2019 unter dem Titel *Chambre 128*
bei Éditions de La Martinière in Paris.

Die Herausgabe dieses Werks wurde vom Publikationsförderungs-
programm des Institut français unterstützt.

1. Auflage 2022

ISBN 978-3-552-07304-3
© Editions de La Martinière, une marque de la société EDLM, Paris, 2019
Published by special arrangement with EDLM in conjunction
with their duly appointed agent 2 Seas Literary Agency
Alle Rechte der deutschsprachigen Ausgabe
© 2022 Paul Zsolnay Verlag Ges. m. b. H., Wien
Das Zitat im ersten Brief stammt von Albert Camus: *Der Fall*, rororo, Hamburg:
1996, S. 100, in der Übersetzung von Guido G. Meister.
Satz: Nadine Clemens, München
Autorinnenfoto: © Alexandre Isard
Umschlag: Anzinger und Rasp, München,
Jacket design by Michael Storrings
Motiv: Jacket art © frimages/iStock/Getty Images
Druck und Bindung: CPI books GmbH, Leck
Printed in Germany

MIX
Papier aus verantwortungs-
vollen Quellen
FSC® C083411

Für alle Romane, die man gelesen hat.
Für alle, die man noch lesen wird.

Denn ganz in der Art des Sandmännchens säen sie in
unserem Alltag Wörter oder Sätze aus,
die ihren Weg in unser Unterbewusstsein finden.
Und uns verändern.
Unbemerkt, doch unwiderruflich.

Dies ist eine wahre Geschichte. Zumindest fast ...

Wenn sich vor unseren Augen ein Lebensabschnitt abspielt und wir unfreiwillig Zeuge davon werden, ist unsere Macht über seine Zukunft sehr begrenzt. Wir beobachten die Protagonisten und malen uns ihre Gefühle, Ängste, Hoffnungen aus.

Mag sein, dass wir uns mitunter irren.

Doch es kommt auch vor, dass man sich nah an der Wahrheit wähnt, von einer Aufgabe getrieben: der nämlich, alles zu schildern, was wir von Tag zu Tag beobachten. Selbstverständlich riskieren wir bei diesem Vorgehen, vom Ausgang des Abenteuers überrascht zu werden.

Und wenn uns die unsanfte Landung enttäuscht?

Diese Möglichkeit besteht immer.

Sind Sie bereit, dieses Risiko in Kauf zu nehmen, und lieben Sie die Unsicherheit, dann lesen Sie diese Briefe, Blatt für Blatt, und unterwerfen Sie sich dem gemächlichen, unberechenbaren Rhythmus der Postzustellung ...

Allein die Orte und Namen der Handelnden wurden geändert.

Von Anne-Lise Briard

Rue des Morillons, Paris,
den 25. April 2016

Sehr geehrter Adressat,

mit großer Verspätung übersende ich Ihnen beiliegendes Päckchen und bitte Sie dafür um Entschuldigung.

Hätte ein anderer als ich es in Zimmer 128 entdeckt, hätte er es sofort an der Rezeption des Hotels *Beau Rivage* abgegeben; würden Sie allerdings mit meinen engsten Familienangehörigen sprechen, könnten diese Ihnen verraten, wie nachlässig ich in alltäglichen Dingen bisweilen bin. Sehen Sie in meinem Zaudern daher kein Zeichen der Verachtung für Ihr Manuskript. Das wäre nicht zutreffend. Ich will Ihnen sogar etwas gestehen: Ich habe es gelesen.

Kaum hatte ich den Nachttisch auf der rechten Seite des im Übrigen äußerst bequemen Doppelbetts von Zimmer 128 geöffnet, dankte ich dem Himmel für Ihre Zerstreutheit. Ich hatte nämlich vergessen, für dieses Wochenende an der Iroise-See eine geeignete Lektüre mitzunehmen … Da ich partout nicht einschlafen kann, ohne vorher ein paar Seiten gelesen zu haben, bin ich unausstehlich, sobald man mich dieses Vergnügens beraubt. Ihnen ist es zu verdanken, dass mein Mann sich nicht meiner schlechten Laune ausgesetzt sah.

Wie dem auch sei, zwischen zwei Kapiteln auf Seite 156 habe ich die Adresse gefunden, an die ich diese Seiten nun schicke. Ich habe lange gezögert, und offen gestanden haben mich mein Ehegatte und meine Kinder von meinem »bescheuerten« Vorhaben abzubringen versucht – um die Wortwahl meiner Tochter wiederzugeben, deren einzige Entschuldigung ihr jugendliches Alter ist: Sie ist erst sechzehn.

Mein Mann hat behauptet, es handle sich um ein altes Manuskript, das von mehreren Verlagen abgelehnt und in einer Schublade zurückgelassen worden sei, in der Hoffnung, einen verzweifelten Leser an den Haken zu kriegen. Mein Sohn hat diese Einschätzung bekräftigt mit dem Argument, ein Manuskript in derart miserablem Zustand, das auf einer Uralt-Schreibmaschine getippt worden sei, liege bestimmt seit »Urzeiten« in diesem Hotel und wäre von seinem Eigentümer »vor Ewigkeiten« abgeholt worden, hätte es in seinen Augen auch nur den geringsten Wert.

Fast hatten mich ihre Argumente bereits überzeugt, da drang ich zur Seite 164 vor. Dort fand sich am Rand folgende Notiz:

Was tut's übrigens? Bringen die Lügen einen nicht letzten Endes auf die Spur der Wahrheit? Und zielen meine Geschichten, die wahren so gut wie die unwahren, nicht alle auf den gleichen Effekt ab, haben sie nicht alle den gleichen Sinn? Was hat es da zu besagen, ob ich sie erlebt oder erfunden habe, wenn sie doch in beiden Fällen für das bezeichnend sind, was ich war und was ich bin? Man durchschaut den Lügner manchmal besser als einen, der die Wahrheit spricht.

Was für eine Überraschung, ausgerechnet auf diese Passage zu stoßen! Zufällig kreuze ich den Weg eines anonymen Autors und stelle fest, dass auch er ein Bewunderer jenes Schriftstellers ist, den ich von allen am meisten schätze. Dass Sie ihm diese wenigen Sätze entwendet haben, hat die Uneindeutigkeit Ihres Textes erhöht. Nachdem ich mich einhundertvierundsechzig Seiten lang gefragt hatte, ob ich einen fiktiven Text oder eine Lebensbeichte vor Augen habe, haben Sie mich en passant mit einer ausweichenden Antwort abgespeist ...

Zu guter Letzt bin ich zu den Gedichten auf der letzten Seite vorgedrungen, die mit Bleistift hinzugefügt worden waren, in einer geneigten Schrift und mit Radiergummispuren durchsetzt, und die offenbaren, dass sich jemand darum bemüht hat, die richtigen Worte zu finden. Lassen Sie mich ergänzen, dass die Bemühungen nicht umsonst waren. Denn als ich die Gedichte gelesen habe, hat mich ein leiser Schauder erfasst, wie man ihn verspürt, wenn Verse nur für einen selbst geschrieben scheinen.

Ich glaube, dies war der Moment, in dem ich beschlossen habe, mich über die Ratschläge meiner Familie hinwegzusetzen und das Manuskript zurückzuschicken, ohne zu wissen, ob ich es an eine Frau, einen Mann, einen Jugendlichen oder einen Greis adressiere, der es von Hotel zu Hotel bei sich trägt, so wie sich manche Gläubige göttlichen Beistand sichern, indem sie auf Schritt und Tritt eine Bibel mitführen.

Der einzige Weg, eine Antwort zu erhalten, bestand darin, das Manuskript der Post anheimzugeben in der Hoffnung, ein pfiffiger Briefträger würde Sie am Ende der Reise ausfindig machen (da ich noch nie ein Päckchen mit unvollständiger Adresse auf den Weg geschickt habe, hoffe ich auf die vergnügte Neugier eines unterbezahlten Angestellten, der mir bei der Rückgabe behilflich ist).

Sollten Sie die Freundlichkeit besitzen, den Erhalt des Päckchens bestätigen zu wollen, finden Sie meine Anschrift auf der Rückseite des Umschlags.

Mit Dank für die angenehme Lektüre, die Sie mir – wenn auch unbeabsichtigt – beschert haben, verbleibe ich

mit freundlichem Gruß
Anne-Lise Briard

Von Sylvestre Fahmer an
Anne-Lise Briard

Les Chayets, Lainville-en-Vexin,
den 2. Mai 2016

Gerade habe ich Ihren Brief zum zehnten Mal gelesen … Was
soll ich sagen, damit Sie verstehen? Dieses Manuskript – ach, es
würde sehr lange dauern, alles zu schildern. Und Ihr Brief – von
Hand verfasst, nur für mich – weckt Erinnerungen an jene Briefe, die ich als Kind im Ferienlager erhalten habe. Auch die Schrift
meiner Mutter hatte dieses Geneigte, Getriebene, als wollte sie
so viel wie möglich zu Papier bringen, bevor der Briefkasten geleert wurde. Sie schrieb für ihr Leben gern und hatte nur selten
Gelegenheit dazu. Meine Abwesenheit diente ihr daher als Vorwand, um sich dieser in den Augen ihrer Umgebung nutzlosen
Tätigkeit hinzugeben. Sie verwendete genau wie Sie antiquierte,
fast schon verbotene Wörter in der Überzeugung, der Gebrauch
eines Füllfederhalters könne sich nicht mit dem üblichen Vo-
kabular begnügen. Wie sehr hätte sie Ihr *Zaudern, partout* und
anheimgeben geliebt! Kein Mensch verwendet diese Ausdrücke
mehr, schon gar nicht in den immer mehr um sich greifenden
unpersönlichen Briefen, mit denen unsere virtuellen Briefkäs-
ten überschwemmt werden …

Heute gebe ich mich erneut der Freude und Mühe hin, die ich
mit den Antworten an meine Mutter verbinde, im Bestreben,

Rechtschreibfehler sowie eine unangemessene Wortwahl aufzuspüren, die sie mir bei meiner Rückkehr gewiss vorwerfen würde. Lassen Sie mehr Milde walten als meine Mutter, und bedenken Sie, dass es mir an Übung fehlt.

Ihren Brief habe ich erst gestern Abend erhalten, denn die Adresse, die Sie gefunden haben, ist die meines Patenonkels, der zum Glück seit fünfzig Jahren im selben Haus wohnt ...

Er war einst ein berühmter Küchenchef, und es ist ihm sehr schwergefallen, in den Ruhestand zu gehen und Abschied von seiner Restaurantküche zu nehmen. Aus diesem Grund lädt er jeden Freitagabend Stammgäste in seine kleine Wohnung im achten Stock, um ihnen neue kulinarische Kreationen vorzusetzen. Wenn Sie bedenken, dass er mittlerweile ein Alter von zweiundneunzig Jahren erreicht hat und seine Sehfähigkeit stark eingeschränkt ist, werden Sie mir zustimmen, dass die Einwilligung in seine Einladung eine gewisse Abenteuerlust voraussetzt ... Da der Briefträger ein großer Anhänger der von meinem Patenonkel organisierten und ungewöhnlichen gastronomischen Gelage ist, sind ihm das Gebäude und seine Bewohner sehr vertraut. Folglich war es für ihn nicht schwer – es hat ihm vielmehr große Freude bereitet –, eine kleine Umfrage durchzuführen. Nachdem er das Päckchen geöffnet und die ersten Seiten des Romans gelesen hatte, ließ er es sich nicht nehmen, die acht Stockwerke des Wohnblocks abzuklappern und alle Mieter zu befragen, bis er den eigentlichen Empfänger des Päckchens ausfindig gemacht hatte.

Zum Glück erinnerte sich mein Patenonkel an meine weit zurückliegenden Schreibversuche. Er deponierte das wertvolle Paket auf seiner Anrichte und ließ es zunächst etwas Staub ansetzen, bevor er sich dazu durchrang, mich anzurufen.

Stellen Sie sich vor, beim Öffnen konnte ich fast die jodhaltige Seeluft riechen und das Tosen der Brandung sowie die Schreie der Möwen hören. Dieses Bild hat mich seitdem nicht mehr losgelassen, was mich umso mehr erstaunt, als ich die Region der Bretagne, in der Sie das Manuskript gefunden haben, überhaupt nicht kenne. Das Meer hat mich nie gereizt, und ganz allgemein vermeide ich Reisen und alles, was sie an Veränderungen mit sich bringen.

Gern will ich Ihnen nun aufzeigen, wie außergewöhnlich Ihr Fund ist: Dieser Text ist mir am 3. April 1983 auf einer Reise nach Montreal abhandengekommen. Mit der Arroganz meiner dreiundzwanzig Jahre wünschte ich damals, von einem für seine literarischen Kritiken berühmten Bekannten Ratschläge für mein Schreiben zu erhalten. Um Ihnen zu demonstrieren, welchen Wert ich dem wunderbaren Geschenk beimesse, das Sie mir haben zuteilwerden lassen, aber auch um Ihrem Sohn recht zu geben, räume ich ein, es monatelang gesucht und mich an die Fluggesellschaft sowie an verschiedene Personen gewandt zu haben, die es gefunden haben könnten. Ich habe den Stewardessen und Stewards geschrieben sowie dem Wartungs- und Reinigungspersonal. Ich habe sogar persönlich die Gastronomen am Flughafen von Montreal aufgesucht und bei meiner Rückkehr auch jene in Paris, in der Hoffnung, ein Reisender habe es in einem Café zurückgelassen oder dem Kritiker ausgehändigt, dessen Name auf dem Umschlag stand. Vergebens! Ich musste mich für immer von meinem ersten Manuskript verabschieden, das in der Folge dieses Missgeschicks auch das letzte war.

Und nun kommen Sie! Dreiunddreißig Jahre später entnehmen Sie es dem Nachttisch eines Zimmers mit Meerblick in einem Hotel im Finistère … Ich muss Ihnen jedoch noch etwas weitaus Unglaublicheres gestehen: Das ursprüngliche Werk endete auf

Seite 156, an der Stelle, an der Sie die Anschrift meines Patenonkels gefunden haben. Damals wohnte ich mit anderen Studenten zusammen und fürchtete, sie würden sich über meine literarischen Ambitionen lustig machen, wenn das Manuskript zu mir zurückkäme.

Hätten Sie dies gewusst, wäre Ihnen aufgefallen, dass der Stil ab Seite 157 flüssiger wird. Mein Nachfolger hat sich also nicht nur damit begnügt, mein Manuskript zu Ende zu schreiben, er scheint auch mit einem gewissen Talent gesegnet zu sein.

Leider Gottes bin ich auch keineswegs der Autor der Zeilen im Anhang ... Sie müssen von jenem Fremden stammen, der meinen Romanentwurf vermutlich unter einem Flugzeugsitz gefunden und sich die Freiheit genommen hat, ihn zu vollenden, um ihn dann an der äußersten Spitze der bretonischen Landzunge zurückzulassen. Dieser Mann (oder diese Frau, schließlich gibt es bezüglich des Geschlechts der Person keinerlei Hinweise) besaß jedoch nicht die Freundlichkeit, mir seine Ergänzungen unter Zuhilfenahme der von Ihnen genutzten Methode zuzuleiten.

In den darauffolgenden Jahren habe ich mich bisweilen gefragt, wie mein Leben ausgesehen hätte, wäre mir dieser Text nicht abhandengekommen. Ich habe sozusagen Schicksal gespielt und mir vorgestellt, ich hätte mein Manuskript erfolgreich beendet, einem Verleger angeboten und den fulminanten Senkrechtstart eines jungen, vom Literaturbetrieb hochgejubelten Autors erlebt ... Wie Sie sehen, habe ich lange Zeit jugendliche und unvollendete Träume mit mir herumgetragen.

Apropos unvollendet, Sie haben sich überhaupt nicht zum Inhalt geäußert! Wie ist Ihr Schweigen zu verstehen? Eine fremde Frau lässt mir das Manuskript zukommen, ohne in irgendeiner Weise dazu verpflichtet zu sein, sie dankt mir für die angenehme

Lektüre, offenbart mir zwischen den Zeilen, dass sie über ein großes literarisches Interesse verfügt, und enthält sich jeglichen Kommentars ...

Sei's drum! Ignorieren Sie meine kindischen Fragen. Und haben Sie vielen Dank für die Zusendung dieser Seiten, die mich fortan wie die Nostalgie einer vergangenen Jugend begleiten werden.

Sylvestre Fahmer

PS: Mir ist aufgefallen, dass Sie dem Päckchen eine Karte des Hotels *Beau Rivage* beigelegt haben; ich werde es nicht versäumen, dort abzusteigen, sollten mich meine Schritte eines Tages überraschenderweise in die Gegend führen.

PPS: Ich hoffe, Sie verzeihen mir meinen bisweilen stockenden Stil. Ich habe mich sehr bemüht, aber die fehlende Übung seit der Ferienlagerzeit ist nicht zu übersehen ...

Von Anne-Lise an Sylvestre

Rue des Morillons, den 5. Mai 2016

Lieber Sylvestre,

ich danke Ihnen, dass Sie sich die Zeit genommen haben, mir den Erhalt meines etwas ungewöhnlichen Päckchens zu bestätigen. So habe ich das Gefühl, eine gute Tat getan zu haben, und wie den meisten Menschen gefällt mir dieser Gedanke. Ich habe wie Ihre Mutter eine besondere Vorliebe für das Briefeschreiben. Schon lange habe ich für mein Briefpapier keine Verwendung mehr, und als Reaktion auf meine Karten erhalte ich E-Mails oder, schlimmer noch, Nachrichten aufs Handy. Im Übrigen fällt Ihnen gewiss auf, dass ich die von Ihnen angeführte Telefonnummer ignoriert habe, um ganz entschieden Ihrer Postanschrift den Vorzug zu geben, die einen sprechenden Namen hat und nach französischer Landluft duftet.

Sie wünschen meine Einschätzung als Leserin? Sehr gern komme ich diesem Wunsch nach. Zunächst einmal hat mich der Plot sehr berührt. Die Geschichte könnte trivial wirken, ist es aber nicht. Die guten Gefühle überwiegen, doch erzählt aus der Sicht eines Mannes und ausgestattet mit einigen Fehleinschätzungen der weiblichen Natur sind sie erfrischend. Und die nostalgischen Überlegungen, die hier und da von jungen Menschen eingestreut werden, hinterlassen ein Gefühl von Dringlichkeit, so als würden wir einen neuen Tag beginnen im Wissen darum, es könnte der letzte sein. Nachdem ich nun weiß, dass nur der erste Teil aus Ihrer Feder stammt, kann ich Ihnen, ohne heucheln zu müssen, gestehen, dass mich das Ende enttäuscht hat.

Zwar wird der zweite Teil, wie Sie in aller Bescheidenheit angemerkt haben, flüssiger. Der Stil ist pointierter und elaborierter. Beschreibende Passagen sind geschickt verteilt und verleihen dem Text eine poetische Note, ohne den Rhythmus des Plots zu stören, und man erkennt darin einen Professionalismus, den ich auf den ersten Seiten des Textes nicht wahrgenommen habe … Das kann ich Ihnen sagen, ohne befürchten zu müssen, dass ich Sie verärgere, denn diese Versiertheit im Stil ist Ihrem Text nicht zuträglich. Er wirkt weniger sympathisch, so wie ein Mensch mit perfekten Gesichtszügen an Charme verliert. Ich denke, Sie können mich verstehen.

Kurzum, der erste Autor des Manuskripts hat eine Reinheit und eine Empfindsamkeit eingebracht, die mich schaudern ließen, wohingegen der zweite den Text mit einer sprachlichen Brillanz versehen hat, die einem Französischlehrer zur Freude gereichen würde.

Wenn ich Ihnen einen Rat geben darf – und dies ist als Höflichkeitsfloskel zu verstehen, da ich nicht auf Ihre Zustimmung warte: Beenden Sie ihn! Greifen Sie Ihre Erzählung wieder auf und nehmen Sie sich das Recht heraus, ihr einen Schluss zu verpassen.

Die Anmerkung unseres zweiten Autors (sehen Sie mir die Verwendung des Possessivpronomens nach, ich habe mit der Sache schließlich gar nichts zu tun) zeigt, dass er sich Ihr Manuskript angeeignet hat. Dass er ohne Erlaubnis eingetreten ist und ihm einen bewundernswerten Schluss verpasst hat, das schon, jedoch weit entfernt, dessen bin ich mir sicher, von jenem

Schluss, den Sie gewählt hätten. Während ich diese Zeilen schreibe, male ich mir aus, was eine entsprechende Begegnung zustande gebracht hätte: Sie, der Mann mit der übergroßen Empfindsamkeit, und er, der brillante Erzähler, dazu fähig, das rechte Wort zur rechten Zeit zu finden, ohne je danebenzugreifen. Doch manche Begegnungen sind nicht vorgesehen und bringen die Menschheit um mögliche Meisterwerke ...

Das wären, lieber Sylvestre, meine Gefühle als Leserin. Ich hoffe, sie helfen Ihnen, Ihren Roman zu Ende zu bringen, denn alles Unvollendete begleitet uns ein Leben lang wie chronische Schmerzen, die sich den besten Schmerzmitteln widersetzen.

In der Hoffnung, den Text eines Tages noch einmal lesen zu dürfen, denn für eine Veröffentlichung ist es nie zu spät, verbleibe ich

mit freundlichem Gruß
Anne-Lise

Von Anne-Lise an Maggy

Rue des Morillons, den 6. Mai 2016

Liebe Maggy,

ich hoffe, meine »Großen« haben hinter sich aufgeräumt, bevor sie in die Hauptstadt zurückgekehrt sind … Ich weiß, wie ärgerlich es ist, seine Sachen nicht an ihrem Platz vorzufinden, wenn man nach langer Abwesenheit zurückkehrt. Während der wenigen Tage, die wir in Deiner Gegend verbracht haben, habe ich mein Möglichstes getan, ihr Kommen und Gehen zu überwachen, aber Du weißt, wie geschickt sie darin sind, sich meiner Aufmerksamkeit zu entziehen … Daher war ich durchaus besorgt, als wir ihnen Dein Domizil, selbst für den kurzen Aufenthalt von drei Tagen, überlassen haben!

Wie dem auch sei, sie sind begeistert von ihrer neugewonnenen Unabhängigkeit zurückgekehrt und sind Dir noch immer sehr dankbar. Wir hingegen haben die Seeluft und den tadellosen Service des von Dir empfohlenen Hotels genossen. Eine Mutter hat so selten das Gefühl, im Urlaub zu sein!

Apropos Hotel, ich muss Dich um einen Gefallen bitten. Als wir im Zimmer 128 mit der Dir bekannten tollen Aussicht logiert haben, habe ich im Nachttisch ein Manuskript entdeckt, das jemand dort vergessen hatte. Bis dahin ist die Sache nicht weiter ungewöhnlich, und es wundert Dich sicherlich nicht zu erfahren, dass ich es an den Eigentümer zurückgeschickt habe.

Erst jetzt wird es interessant: Stell Dir vor, besagter Autor hatte seine Erzählung gar nicht beendet, das Ende wurde von einem Fremden ergänzt, vermutlich von jenem Menschen, der das Zimmer vor mir gemietet hat. Wie groß ist Deiner Meinung nach die Wahrscheinlichkeit, dass sich zwei Schriftsteller, die sich nie begegnet sind, zusammentun, um mit ihrem Talent ein in sich schlüssiges Werk zustande zu bringen?

Den Rest kannst Du Dir denken … Könntest Du Dir im Namen der Freundschaft, die Dich mit der Direktorin des Hotels verbindet, die Kontaktdaten desjenigen beschaffen, der das Zimmer vor uns bewohnt hat? Sie wird Dir gewiss entgegenhalten, dass man als Gast eines solchen Etablissements Vertraulichkeit erwarten kann. Doch wenn *Du* sie nicht überzeugen kannst, wer dann? Versteh dies bitte nicht als Schmeichelei, sondern als Ausdruck meiner Bewunderung für Deine Überzeugungskraft.

Ansonsten hoffe ich, dass wir uns noch vor dem Sommer sehen. Ich bin sehr gespannt auf Deine Berichte und Eindrücke von den Ländern, die Du bereist hast.

Bis ganz bald.
Liebe Grüße von Deiner Freundin
Lisou

PS: Die Situation im Büro wird nicht besser. Solltest Du auf Deinen Reisen in fernen Gefilden ein Gift gefunden haben, das bei einer Autopsie unentdeckt bleibt, schick mir ein Fässchen des Wundermittels zu … Ich hasse Bastien seit meiner Rückkehr noch mehr, und es ist höchste Zeit, dass diese Feindschaft ein für alle Mal ein Ende findet!

Von Sylvestre an Anne-Lise

Les Chayets, den 9. Mai 2016

Ich hatte nicht damit gerechnet, so bald schon von Ihnen zu hören, und dass Sie es vorziehen, brieflich mit mir zu verkehren, ermuntert mich, Ihnen auf der Stelle zu antworten. Um ehrlich zu sein, habe ich seit zwei Jahren den Klingelton meines Telefons ausgeschaltet, der Anruf wird direkt auf einen Anrufbeantworter umgeleitet, der mich mit einer Nachricht schützt. Ich habe ein unersättliches Bedürfnis nach Stille.

Heute Abend ist das Haus leer, und ich genieße das Alleinsein. Meine Frau rennt normalerweise von einem Termin zum nächsten, ohne je Luft zu holen, und um diese Uhrzeit ist sie vermutlich beim Sport, bei einer Theaterprobe, dem Treffen eines Festkomitees, oder sie sitzt mit ihren Freundinnen bei einem Abendessen im Restaurant. Glauben Sie mir, dieser Ausbund an Energie hat definitiv mehr zur Langlebigkeit unserer Ehe beigetragen als alle Therapien, die wir hätten machen können.

Sie haben meinen einzigen Roman gelesen und gewiss bemerkt, dass ich ein großes Verlangen nach Ruhe und Müßiggang habe. Die häufige Abwesenheit meiner Frau gestattet mir, beide Bedürfnisse zu befriedigen. Zudem ist unsere Tochter flügge geworden, wie man so schön sagt, und fliegt am anderen Ende der Welt herum, fast jedenfalls, sie ist nach Kanada gezogen ... Ich weiß, dass Sie mich nicht nach meiner Familie gefragt haben, da ich Ihre aber ein wenig kenne, schien es mir angemessen, für einen Ausgleich zu sorgen.

Ihrem Rat folgend katapultiere ich mein Manuskript seit einigen Tagen ins 21. Jahrhundert. Oh ja, Sie haben richtig gelesen. Ich erfasse den ersten Teil, den ich seinerzeit in eine antiquierte Schreibmaschine getippt habe, die nunmehr ihren wohlverdienten Ruhestand auf dem Dachboden eines Sammlers verbringt. Dass ich meine Finger auf eine Computertastatur lege und den Text in neuem Layout auf dem Bildschirm erblicke, macht mir die Geschichte fremd, rückt sie irgendwie weit weg, wie wenn wir uns am Morgen an einen Traum erinnern, der uns in der Nacht heimgesucht hat. Das Bild ist bewusst gewählt, denn diese kleine naive und lächerliche Geschichte hat nichts gemein mit den großen Epen, die Generationen von Lesern geprägt haben. Dennoch hat sie es verdient, dass ich ihr die Ehre erweise, nachdem sie mich so lange verfolgt hat.

Das alles entdecke ich derzeit mit Ihren Augen, und ich sehe Ihnen den Ausdruck »trivial« nach, der, obwohl er mich gekränkt hat, gerechtfertigt ist. Ich bin selbst verwundert, wie ich Seiten verfassen konnte, die gut und gerne eines Groschenromans würdig wären, wo ich damals bereits in einem Alter war, in dem ich mich in die Kategorie junger Mann und nicht mehr Teenager einordnen musste. Sie haben jedoch recht, diese Unschuld verleiht der Erzählung einen Hauch von heimlichem Geständnis, von Nähe.

Wir, die wir uns an vorzeitig beendete Beziehungen erinnern, deren Zukunft wir uns ausgemalt haben, anstatt sie zu leben, dürften durchaus zahlreich sein.

Sie haben mir nahegelegt weiterzuschreiben, und ich wage zu hoffen, dass Ihnen die Tragweite Ihrer Verantwortung bewusst ist. Ich nutze daher die Gelegenheit, Sie um Hilfe zu ersuchen:

Dürfte ich Sie bitten, meinen neuen Text zu lesen, sobald er fertig ist?

Sollten Sie mir diese Bitte abschlagen, hätte ich dafür großes Verständnis. Ohne Sie zu kennen, sehe ich Sie beim Lesen dieser Zeilen bereits die Stirn runzeln und mir eine gewisse Dreistigkeit unterstellen. Meine Reaktion wäre dieselbe, wären die Rollen umgekehrt verteilt ...

Sylvestre

PS: Sie sprechen von Fehleinschätzungen der weiblichen Natur ... Was meinen Sie damit?

Von Maggy an Anne-Lise

Pointe des Renards, Le Conquet,
den 13. Mai 2016

Hallihallo, liebste Lisou!

Darf ich erfahren, in welches Unterfangen Du Dich da gestürzt hast? Und was sind das für Methoden, die wir als Zehnjährige auf unseren Abenteuerzügen angewendet haben könnten, als wir beide von Enid Blytons Figuren infiziert waren?

Überglücklich, wieder meine Detektivmütze aufsetzen zu dürfen, habe ich auf Deine Anfrage hin keine Sekunde gezögert und bin zu Agathe geeilt. Sie ist, wie es sich gehört, ein großer Fan von Agatha Christie, und ich hatte keinerlei Schwierigkeiten, den Namen Deines Vorgängers im Zimmer zu erfahren. Um dem Ruf ihres Hotels nicht zu schaden, habe ich ihr dennoch geraten, den Gast selbst anzurufen und ihm die Frage zu stellen.

Gesagt, getan. Der junge Mann hat mit seiner Verlobten eine einzige Nacht im Hotel verbracht und zugegeben, die Blätter nicht in die Hand genommen zu haben, die er sehr wohl in der Nachttischschublade entdeckt hatte. Unsere zwei Turteltäubchen haben sie in ihrem Versteck belassen und es auch nicht für notwendig erachtet, die Rezeption darüber zu informieren … Für diese Nachlässigkeit haben sie sich entschuldigt, und Agathe musste sie beruhigen, dass sie nichts falsch gemacht hatten.

Nicht meckern, Lisou, Du kennst meine Entschlossenheit … Anschließend haben wir die Frau angerufen, die Zimmer 128 direkt vor dem jungen Paar bewohnt hat. Stell Dir vor, besagte Person ist bereit, auf die Bibel (oder jedes andere Buch, das einen Ledereinband trägt) zu schwören, dass sich in dem Zimmer kein Manuskript befunden hat. Sie hat sich eine Woche dort aufgehalten und sich daher im Zimmer ausgebreitet. Als begeisterte Leserin hat sie ihre mitgebrachten Bücher in den beiden Nachttischschränken verstaut, die bei ihrer Ankunft leer gewesen waren.

Agathe hat mir ganz im Stile eines Sherlock Holmes im Petticoat versprochen, morgen früh das gesamte Personal zusammenzutrommeln, um eventuelle Zeugen in meiner Anwesenheit zu befragen und dieses Rätsel zu lösen. So habe ich mich jetzt also in Dr. Watson verwandelt, und als solcher werde ich Dir einen getreuen Bericht über diese bizarre Situation abliefern. Mehr kann ich Dir dazu im Augenblick nicht sagen, aber Du sollst wissen, dass die bretonischen Detektive wachsam sind und bereit, ihren Schlaf oder auch sonstige Aktivitäten, wie Strandschnecken sammeln oder Bratwurst in Buchweizen-Crêpes essen, zu opfern, um Dir die wahren Hintergründe zu präsentieren …

Deine Freundin, die Dich ganz lieb grüßt
Maggy

PS: Ich habe mein Haus in perfektem Zustand vorgefunden und kann Deine Kinder und ihre Freunde nur loben, dass sie es so aufgeräumt hinterlassen haben. Weißt Du, dass sie mir einen Blumenstrauß auf den Wohnzimmertisch gestellt haben? Natürlich sind die Blumen verwelkt, dennoch ist der Strauß sehr dekorativ!

PPS: Vergiss Bastien! Er ist es nicht wert, dass Du seinetwegen ins Gefängnis wanderst ... Versuch es lieber mal mit Spott! Kennst Du nicht den ultimativen Tipp, um einen Konflikt zu entschärfen? Man stelle sich seinen Gegner splitterfasernackt vor, während er vor Publikum doziert. Wir hier kennen jedoch etwas weitaus Effektiveres: Denk Dir zu dem Adamskostüm noch eine hohe bretonische Haube dazu, das entspannt garantiert!

Von Anne-Lise an Sylvestre

Rue des Morillons, den 14. Mai 2016

Lieber Sylvestre,

Ihr Brief hat mir dieses verlängerte Wochenende sehr versüßt ...
Äußerst geschickt von Ihnen! Und mir gefällt, wie Sie mich manipulieren! Wie könnte ich es ablehnen, Ihr Manuskript zu lesen, wo Sie mir fast Ihr Herz geöffnet haben?

Ich bestätige Ihnen daher gern, was Sie bereits wissen: Voller Ungeduld warte ich auf das neue Ende Ihres Romans und brenne darauf zu erfahren, für welchen Schluss Sie sich entscheiden. Werden Sie Ihren ursprünglichen Träumen folgen oder sich an die Realität halten? Nein, verraten Sie mir nichts ... Ich will brav abwarten, bis Sie Ihre Dämonen besiegt haben und einzig Ihre Feder über den Ausgang entschieden hat.

Gestatten Sie mir in der Zwischenzeit, dass ich mich nach Ihrem Leben erkundige. Welchen Beruf üben Sie aus, und wie kommt es, dass Sie über so viel Freizeit verfügen, wenn Sie das Rentenalter noch nicht erreicht haben (das, wie Sie merken werden, zurückweicht, je näher wir ihm kommen, wie die berühmte Karotte vor dem Esel, die ihn antreiben soll)?

Ich für meinen Teil renne pausenlos durch die Gegend wie Ihre Gattin, auch wenn meine Termine weniger erheiternd sind: Büro, Sitzungen, Supermärkte, um die Familie zu versorgen, im

Hinblick auf die Ausbildung meiner Kinder Informationsveranstaltungen besuchen und so weiter und so fort … Lassen Sie mich ein wenig träumen und sagen Sie mir, wann ich endlich in den Genuss von Theaterclubs, Fitnesskursen, Abendessen im Restaurant und vor allem von süßem Dolcefarniente mitten in der Woche kommen werde! Es sei denn, Sie sind der reiche Erbe einer Familie von Multimillionären, dann nämlich wäre mir dieser Weg verwehrt.

Und nein, ich will mir nicht herausnehmen, Sie über weibliches Verhalten aufzuklären, das Sie vor dreißig Jahren möglicherweise falsch eingeschätzt haben könnten. Da ich kein Diplom in weiblicher Psychologie vorweisen kann, sind meine Überzeugungen einzig und allein meinem Alter und meiner Weiblichkeit geschuldet. Lassen Sie mich nur meine Verwunderung über die Naivität zum Ausdruck bringen, mit der Sie annehmen, eine junge Frau sei nicht verliebt, wenn sie nicht über ihre Liebe spricht … Warum schreiben Sie dem schwachen Geschlecht Attribute wie Ehrlichkeit und Transparenz zu, die Sie dem sogenannten starken Geschlecht nicht zugestehen?

Eine letzte Sache noch: Wie kann es Sie so unberührt lassen, welchen Weg Ihr Manuskript zurückgelegt hat? Sie haben es vor mehr als dreißig Jahren zwischen zwei Flughäfen verloren, ich habe es am Ende der Welt gefunden (für die Bretonen geht diese Bezeichnung in Ordnung), und Sie wollen nicht wissen, welche Reise es hinter sich hat?

Sie müssen zugeben, dass nichts dafürsprach, dass diese Blätter all die Jahre dem Wind und den Gezeiten gefolgt sind, ohne in die Papiertonne gewandert zu sein. Nicht, dass ich der Ansicht bin, Ihr Text hätte es nicht verdient zu überleben, aber unsere

Mitmenschen erweisen sich Gegenständen gegenüber, die ihnen nicht gehören, oft eher als nachlässig ...

Sie mögen vielleicht denken, dass ich mir einiges herausnehme, aber ich muss gestehen, bezüglich dieses Mysteriums eine gewisse typisch weibliche Neugier an den Tag zu legen. Zusammen mit meinem bretonischen Netzwerk habe ich einen Plan geschmiedet, der uns hoffentlich gestatten wird, den Verfasser der letzten Seiten zu identifizieren und herauszubekommen, wie Ihr Manuskript ins Finistère gelangt ist ...

In der Hoffnung, alsbald wieder von Ihnen zu hören, werde ich unter dem grauen Himmel der Hauptstadt ein paar Schritte gehen und bei der Post vorbeischauen.

Ihre indiskrete Brieffreundin
Anne-Lise

Von Sylvestre an Anne-Lise

Les Chayets, den 18. Mai 2016

Verdient mein Text einen solchen Aufwand? Die Vorstellung all dieser bretonischen Seelen, die sich auf die Suche nach meinem Co-Autor begeben, macht mich fassungslos ... Ich hatte nicht vor, ihn eines Tages zu treffen, und wundere mich, dass Sie bereit sind, ihn aufzustöbern, um ihm das Eingeständnis einer Urheberschaft zu entlocken, die er nicht auf seine Kappe nehmen wollte.

Tatsächlich bin ich vom Wesen her eher zurückhaltend – meine Umgebung würde sagen verschlossen –, und ich neige dazu, diese Schüchternheit auch Menschen gegenüber an den Tag zu legen, die ich häufig treffe. Niemals hätte ich es beispielsweise gewagt, Ihnen Fragen zu Ihrer Freizeitgestaltung oder Ihrem Beruf zu stellen, wie Sie es mit verwirrender Ungezwungenheit getan haben. Als Antwort auf Ihre Frage sei nur gesagt, dass ich noch nicht im Ruhestand bin, genauso wenig bin ich der reiche Spross einer wohlhabenden Familie und den materiellen Banalitäten des Alltags enthoben. Nein. Ich habe lediglich das Glück, bei mir zu Hause arbeiten zu können, ein Computer und eine Internetverbindung reichen dafür aus.

Sollte ich den Eindruck von Untätigkeit am helllichten Tag vermittelt haben, dann deshalb, weil ich nur vier Stunden pro

Nacht schlafe und meine Tastatur misshandle, während meine Kollegen ihren Neuronen Ruhe gewähren. So kann ich die besten Stunden des Tages dazu nutzen, spazieren zu gehen oder mich mit einem Buch in der Hand auf meinen Sessel zu fläzen. Seien Sie unbesorgt, Sie korrespondieren nicht mit einem Parasiten. Ich erfülle gewissenhaft alle beruflichen Aufgaben, die man mir aufgetragen hat ...

Ich weiß nicht, ob Ihnen Ihr ausgefülltes Leben zusagt (dann gehören Sie wie meine Frau zur Kategorie der Nager, die stets den Eindruck erwecken, sie würden hinter etwas herrennen, das nur sie sehen können) oder ob Sie sich im Gegenteil nach einem beschaulicheren Leben sehnen und diese Unruhe als unvermeidliches Übel erleben (das würde Sie dann wie mich als Angehörige der Kategorie *Folivora* klassifizieren ...).

Ich hoffe zumindest, das Wochenende an der Iroise-See hat Ihnen geholfen, den Kopf freizukriegen. Ist Ihnen aufgefallen, welchem strengen Regiment wir unseren Kopf unterziehen? Zum Beispiel, wenn wir ihm befehlen, einem bereits vorgezeichneten, kerzengeraden Weg zu folgen, anstatt ihm freien Lauf zu lassen?

Versuchen Sie einmal folgendes Experiment: Isolieren Sie sich von Ihren Mitmenschen (zum Beispiel an einem Tag, an dem Ihre Familie einem Hockeyspiel oder einem Kostümball beiwohnt, Aktivitäten jedenfalls, denen Sie sich durch Vortäuschung heftiger Kopfschmerzen entziehen, die Sie zwingen, allein zu Hause zu bleiben), stellen Sie sich an ein Fenster, das den Blick auf eine Grünfläche freigibt, oder, falls Sie ausschließlich von Beton umzingelt sind, nehmen Sie einen Baum, der auf dem Bürgersteig wächst. Machen Sie es sich bequem, auf einem Sofa, im Schneidersitz auf einem Sitzkissen, oder lehnen Sie sich an Ihre Balkonwand, was auch immer, und beobachten Sie nur. Betrachten Sie zunächst den Baumstamm, als wäre er das wunderbare Werk eines Genies und verkannten Bildhauers, lassen Sie anschließend den Blick ganz langsam nach oben wandern bis zum höchsten Zweig, den Sie noch erkennen können.

Und? Wenn ich diese Übung mache, entspannt sich mein Geist völlig. Ich hoffe, dass auch Sie diese Leichtigkeit des Seins spüren – wenn einem nichts mehr aufoktroyiert wird.

An dieser Stelle beende ich meine Gedankenflüge, denn ich will nicht, dass Sie mich für einen Anhänger des Buddhismus oder einer anderen spirituellen Lehre halten, was ich nicht bin. Ich bin lediglich einem Menschen über den Weg gelaufen, der in der betrieblichen Wiedereingliederung tätig ist, und diese Leute haben ein gewisses Talent, unsere Aufmerksamkeit von allem wegzulenken, was uns stören könnte ...

Sylvestre

Von Anne-Lise an Sylvestre

Rue des Morillons, den 21. Mai 2016

Lieber Sylvestre,

ist Ihnen meine Neugierde unangenehm? Tatsächlich gefällt es mir mit fortschreitendem Alter, direktere Wege zu beschreiten, im Leben wie im Kontakt mit meinem Umfeld. Hätten Sie mich im Alter von zwanzig Jahren kennengelernt, hätte ich Sie durch mein Schweigen und meine Zurückhaltung überrascht, und selbstverständlich hätte ich Sie nie mit Fragen nach Ihrem Leben belästigt oder Recherchen zu Ihrem Manuskript unternommen, ohne vorher Ihr Einverständnis einzuholen.

Nachdem das Kind nun in den Brunnen gefallen ist, schulde ich Ihnen die Informationen, die ich in Erfahrung gebracht habe. Stellen Sie sich vor, das Mysterium um Ihr Manuskript nimmt weiter zu, und bald wird es eines echten Hercule Poirot bedürfen, um das von mir mittlerweile sogenannte »Rätsel von Zimmer 128« zu lösen …

Ich habe eine enge Freundin, Maggy, die das ganze Jahr über in dem kleinen bretonischen Hafenstädtchen wohnt, in dem ich besagtes Aprilwochenende verbracht habe. Im Namen dieser alten Freundschaft und aufgrund unserer natürlichen Neigung, uns seit unserem zehnten Lebensjahr gegenseitig in unglaubliche Abenteuer hineinzuziehen, war sie bereit, sich vor Ort zu begeben, um herauszufinden, wer Ihren Roman dort abgelegt haben könnte, wo ich ihn vorgefunden habe (ich führe mich schon auf, als wäre ich die Besitzerin des Hotels, dabei habe ich dort nur drei Nächte logiert). Einem Gespräch mit dem Personal haben wir entnommen, dass das Corpus delicti (der Begriff gereicht Ihnen nicht zur Ehre, aber er zeigt Ihnen, in welchem Maße die Ermittlerinnen bereits in ihre Rollen geschlüpft sind) am Vorabend meines Eintreffens ins Zimmer 128 geschleust worden sein muss. Ich will hier nicht weiter ins Detail gehen, aber ich fürchte, wir müssen unsere Ermittlungen auf alle Bewohner des Hotels ausweiten.

Zu welchem Behufe, werden Sie fragen? Das weiß ich noch nicht. Da ich jedoch aus Prinzip niemals aufgebe, habe ich einen Plan entworfen, der uns aus der Sackgasse herausmanövrieren soll (vielleicht nimmt sich dieses »uns« für Sie anmaßend aus? Sollte dies der Fall sein, verspreche ich Ihnen, die laufende Initiative sofort einzustellen).

Ich habe einen Brief verfasst, der in Absprache mit der Hoteldirektorin an alle Personen verschickt wird, die an besagtem Tag ein Zimmer reserviert haben.

Sehr geehrte Damen und Herren,
Sie haben am Soundsovielten im Hotel *Beau Rivage* logiert, und wir hoffen, der Aufenthalt ist Ihnen in guter Erinnerung. Einem Gast zuliebe bemühen wir uns, die Herkunft eines Manuskripts zu klären, das in einem Zimmer unseres Hauses vergessen wurde. Sollten Sie auch nur den geringsten Hinweis zur Klärung der Herkunft beisteuern können, wären wir Ihnen sehr verbunden, wenn Sie Kontakt zu der Person aufnehmen könnten, deren Kontaktdaten weiter unten aufgeführt sind.

Wir bedanken uns im Voraus für jeglichen Hinweis, und sei er noch so klein, und hoffen, Sie alsbald wieder für einen neuen Aufenthalt im Hotel *Beau Rivage* begrüßen zu dürfen.

Bla, bla, bla.

Das ist, lieber Sylvestre, das Muster, das ich meiner Freundin übermittelt habe. Ich habe wenig Hoffnung, eine Antwort zu erhalten, habe so aber wenigstens die Gewissheit, alles versucht zu haben, um die Identität Ihres Co-Autors ausfindig zu machen.

Ihre Zustimmung zu meinem Vorgehen erhoffend,
Ihre belgische Detektivin (ohne Schnurrbart!)
Anne-Lise

PS: Woher wissen Sie, dass ich Kostümbälle und Wettkämpfe hasse? Ich kann mich nicht erinnern, Ihnen Entsprechendes anvertraut zu haben, und ich bin überrascht festzustellen, wie gut Sie mich bereits kennen … Bin ich so durchschaubar?

PPS: Ich gehöre absolut zur Kategorie der *Folivora*, auch wenn ich zunächst nachschlagen musste, welches seltsame Tier sich hinter dem Begriff verbirgt …

Von Nahima Reza
an Anne-Lise Briard

Rue Maurice-Thorez, Saint-Denis,
den 22. Mai 2016

Sehr geehrte Madame Briard,

bezugnehmend auf den Brief, den mir die Direktorin des Hotels *Beau Rivage* in der Gemeinde Le Conquet zugeschickt hat, schreibe ich Ihnen heute. Darin ist die Rede von einem Manuskript, und ich weiß, wie es in ihr Haus gelangt ist. Ich habe es dort abgelegt, und dass es in Zimmer 128 gelandet ist, hat damit zu tun, dass der 12. August für mich ein wichtiges Datum ist.

Ich weiß nicht, was Sie mit diesem Manuskript verbindet, aber um alle Hotelgäste zu kontaktieren, wie Sie es getan haben, muss es für Sie von größter Wichtigkeit sein. Stammt es von Ihnen? Kennen Sie den Autor?

Ich habe es am 17. Januar am Strand von Roscoff gefunden. Beim Durchblättern habe ich sehr rasch erkannt, dass es sich um ein Originalexemplar handeln und seinem Besitzer abhandengekommen sein muss. Daher habe ich es dem Barkeeper im *Bellevue* übergeben, der für die beheizte Terrasse ein paar Schritte weiter zuständig war. Er hat sich bedankt und mir dann gestanden, dass er selbst den Roman am Strand deponiert hatte mit dem Ziel, einen Spaziergänger mit Zeit und Muße anzulocken.

Ich dürfte der Beschreibung entsprochen haben, weshalb er mir anbot, es zu behalten. Angeblich hat es sein Leben komplett verändert. Ich habe es gelesen.

Fünfmal. Ja, es hat gedauert, bis die Worte zunächst in meinem Kopf und dann in meinem Körper angekommen sind. Zwei Wochen später habe ich mich vor einen Spiegel gesetzt und mich geschminkt. Für Sie ist das sicherlich nichts Ungewöhnliches. Aber für mich, die ich mich seit Monaten in einer unförmigen Jogginghose vor den Fernseher fläze, Kekse futtere und mir langweilige Serien reinziehe, kommt dieses Interesse für mein äußeres Erscheinungsbild einem Wunder gleich. In den darauffolgenden Tagen hat die Verwandlung angehalten. Ich bin in den Großraum Paris zurückgekehrt, bin wieder ins Büro gegangen, und alle Kollegen haben meine Wiedergeburt miterlebt. Am Abend habe ich mich erneut in das Manuskript versenkt, das ich auf dem Couchtisch neben meinem Sofa liegen hatte, und allmählich schien die Bürde, die ich mit mir herumtrage, leichter zu werden, sodass ich beschloss, wieder Kontakt zu meinem Kind aufzunehmen. Ich kenne Sie nicht gut genug, um Ihnen meine Vorgeschichte zu erzählen, und es bedurfte dieser Verbindung zwischen uns, damit ich Ihnen das hier überhaupt anvertraue.

Sie fragen sich sicher, warum ich es in diesem Hotel zurückgelassen habe? Die Antwort ist einfach. Als ich meinen Sohn zum ersten Mal traf, hatte ich mich dort einquartiert. Ich dachte an den Barkeeper, der mich gerettet hatte, und wollte mich genauso großzügig zeigen. Ich hielt diese Pension in einer Sackgasse mit Blick aufs Meer für eine gute Wahl, denn ich glaube, es ist einer dieser Orte, die man aufsucht, wenn man eine Entscheidung treffen muss, die das restliche Leben verändern wird. Das Manuskript hat bereits zweimal seine Ratgeberqualitäten bewiesen, und ich wollte ihm die Chance geben, einem dritten Leser zu helfen.

So, jetzt wissen Sie alles, oder fast.

Mit herzlichem Gruß
Nahima Reza

Von Anne-Lise an Sylvestre

Rue des Morillons, den 25. Mai 2016

Lieber Sylvestre,

geschafft! Ich habe die Person gefunden, die Ihr Manuskript in Zimmer 128 zurückgelassen hat! Es handelt sich um eine junge Frau, die Ihren Worten viel zu verdanken hat. Der Lebensabschnitt, der sich hinter den Zeilen abzeichnet, hat mich zutiefst berührt, und ich bin mir sicher, dass es Ihnen genauso gehen wird.

Ich lege Ihnen daher eine Kopie des Briefes bei.

Viele Grüße
Anne-Lise

PS: Haben Sie vor, Ihre Erzählung nach Beendigung einem Verleger anzubieten? Ist sie wirklich autobiographisch? Und wenn ja, haben Sie über diese Episode Ihres Lebens mit den Menschen gesprochen, die Ihr Leben heute teilen?

PPS: Ich bin unverbesserlich in meiner Neugierde, Sie können getrost alle oben angeführten Fragen ignorieren.

Von Anne-Lise an Nahima

Rue des Morillons, den 26. Mai 2016

Liebe Nahima,

ich erlaube mir, Sie mit Ihrem Vornamen anzusprechen, und hoffe, dass Sie es mir nicht übelnehmen. Sie kennen mich nicht, ich weiß nichts von Ihnen oder fast nichts, und doch habe ich das Gefühl, dass wir ein großes Geheimnis teilen. Wir haben eins gemeinsam, nämlich einen Roman gelesen zu haben, der uns nie in die Hände hätte fallen dürfen, ein intimes, feinsinniges Werk, das nicht für uns bestimmt war, das unseren Alltag jedoch durcheinandergewirbelt hat.

Ich bin von dem Manuskript persönlich nicht betroffen. Ich bin nur eine Leseratte, und dieser Text hat mich berührt. Ich wollte daher seinen Autor kennenlernen oder vielmehr seine Autoren, da er vierhändig geschrieben wurde. Zwar geht es auf diesen Seiten viel um Liebe, aber vor allem ist da die Ungewissheit bezüglich des Ausgangs der Geschichte ...

Vielleicht ist es dieses Geheimnis, das sich nach beendeter Lektüre in unserem Kopf festsetzt. Gewiss verleiht ihm dieser Aufschub etwas Zeitloses und Unvollendetes.

Daher werde ich den Barkeeper, der Ihnen dieses schöne Geschenk gemacht hat, über eine zwischengeschaltete Mittlerin aufsuchen lassen. Sie sehen, das Abenteuer geht weiter, und wer weiß, vielleicht führt mich dieser Mann zu einem weiteren Leser.

Ich kann diesen Brief nicht beenden, ohne vorher dem Wunsch nachzugeben, Ihr Kind anzusprechen (dabei hatte ich mir fest vorgenommen, es zu unterlassen). Ich frage mich bloß, auf welche Weise dieser Roman Sie zu ihm geführt hat (mein Gott, wie deplatziert ist dieses »bloß«!). Aber Sie haben es mit einer indiskreten Person zu tun, das ist Ihnen sicherlich bewusst geworden, nachdem Sie gesehen haben, wozu ich angesichts eines einfachen Manuskripts fähig bin. Sie brauchen mir nicht zu antworten, es sei denn, es ist Ihr Wunsch. Wie dem auch sei, ich danke Ihnen von Herzen für Ihren ersten Brief.

Sehr herzliche Grüße an Sie und Ihr Kind
Anne-Lise

PS: Hatten Sie sich für das Hotel *Beau Rivage* entschieden, weil es an der äußersten Spitze einer Landzunge liegt? Und glauben Sie wirklich, dass sich neue Wege eröffnen, wenn man sich an das Ende einer Sackgasse begibt?

Von Sylvestre an Anne-Lise

Les Chayets, den 28. Mai 2016

Es stimmt schon, ich habe es Ihnen ein wenig übelgenommen, dass Sie ohne anzuklopfen in mein Leben getreten sind und Ermittlungen anstellen, die meine sein müssten. Ihr letzter Brief hat jedoch jeglichen Groll beseitigt. Nahimas Worte sind in meinen Alltag eingedrungen wie eine beschwingte Melodie, wie diese Ohrwürmer, die die unerklärliche Macht besitzen, uns wider Willen aus unserer Melancholie zu reißen. Haben Sie Dank dafür, dass Sie diese Leserin kontaktiert haben. Haben Sie Dank dafür, mir all das Positive berichtet zu haben, das sie aus unserer Begegnung gezogen hat.

Ist es das, was Schriftsteller speist und ihnen die Kraft verleiht, sich einem leeren Blatt Papier zu stellen? Die Gewissheit, dass sie am Ende des Abenteuers einen Menschen aus seiner Verzweiflung retten können? Meine Stimmung ist zurzeit mit der Stabilität eines welken Blatts im Wind vergleichbar. Einerseits ist da die Freude, diese Macht zu spüren; andererseits das Bedauern, die Gelegenheit nicht in größerem Maße ergriffen zu haben, indem ich publiziere und dadurch das soeben verspürte Glück verzehn- oder verhundertfache.

Ich werde Ihre Neugier befriedigen, auch wenn sie durch nichts zu rechtfertigen ist. Nein, meine Frau weiß nichts von der Existenz dieses Manuskripts, genauso wenig wie meine Tochter. Ja, die Liebesgeschichte, die sich durch die Seiten zieht, ist autobiographischer Natur. Und nein, aus genau diesen beiden Gründen trage ich mich nicht mit dem Gedanken, sie einem Verleger zu schicken, der sie mir ohnehin postwendend zurücksenden würde. Ich bin gewiss naiv, aber nicht so, dass ich glauben würde, eine Geschichte, die keine Schreie, keine Revolte, keine Spur von Übernatürlichem und schon gar keine politische Botschaft enthält, würde einem Verleger auf der dringenden Suche nach einem Bestseller auch nur eine hochgezogene Augenbraue entlocken ... Und außerdem, meinen Liebsten im Alter von sechsundfünfzig Jahren zu eröffnen, dass sich tief in mir drin noch Spuren einer Jugendliebe finden, würde Gespräche nach sich ziehen, die ich mir für nichts auf der Welt wünsche.

Sie haben Ihre Mission erfüllt, indem Sie die Person aufgespürt haben, die mein Manuskript an die bretonische Landzunge gebracht hat. Gern können Sie sich nun auf neue Projekte stürzen. Ich muss allerdings zugeben, dass ich Gefallen an unserem Briefwechsel gefunden habe, der mir erlaubt hat, das Gesicht meines Briefträgers zu entdecken. Tatsächlich schreibt mir kein Mensch mehr, und alle Rechnungen erreichen mich mittlerweile auf dem Computer. Nachdem meine Tochter in der Folge eines Referats, das sie in der zehnten Klasse über das Waldsterben halten musste, das Schild »Bitte keine Werbung« auf den Briefkasten geklebt hat, hatte ich schon erwogen, diesen überflüssigen Gegenstand, zu dem mein Briefkasten verkommen war, zu entfernen ... Ihnen ist es zu verdanken, dass er für eine gewisse Zeit wieder zum Einsatz kommen durfte.

Und außerdem, das sollten Sie wissen, haben Sie in mir die

Leidenschaft des Schreibens geweckt. Nicht nur, dass ich es mir zur Aufgabe gemacht habe, meinen alten Roman zu Ende zu bringen, zur selben Zeit stürze ich mich auf einen neuen Text, der mich bis tief in die Nacht wach hält.

Behalten Sie daher im Gedächtnis, dass Sie einen Mittfünfziger mit Zeit und Muße aus der Langeweile gerettet haben.

Sylvestre

Von Maggy an Anne-Lise

Pointe des Renards, den 29. Mai 2016

Hallihallo, Lisou!

Wer außer Dir könnte mich auf derart absurde Pisten führen? Und für welche andere Freundin wäre ich auf der Stelle losgespurtet und hätte mich dem heftigen Wind des Nordens ausgesetzt (doch, doch, für mich ist Roscoff der Norden), wo auf meiner Veranda schon eine zarte Frühlingssonne die Pflanzen erwärmt? Es lässt sich nicht leugnen, nur Du besitzt diese Fähigkeit, mich auf die Straße zu jagen, wenn selbst Amateurfotografen darauf verzichten, das Finistère heimzusuchen, von der Benzinknappheit in die Knie gezwungen, die uns zu langen Schlangen an den Tankstellen verdammt wie Drogenabhängige, die ihren Dealer bestürmen …

Schlimmer noch, ich habe mich nicht allein darauf beschränkt, Deinem telefonisch erteilten Befehl Folge zu leisten (ganz nebenbei, Du könntest Dich bei Agathe bedanken, dass sie Deine Anfragen so tapfer weiterleitet), ich war dabei sogar ganz aufgeregt. Als ich um die Mittagszeit in Roscoff ankam, habe ich sofort das *Bellevue* aufgesucht und nichts zu den Gründen meiner Anwesenheit verlauten lassen, bis ich die in Butter gebratenen Jakobsmuscheln gekostet hatte (vergiss nicht, Du lädst ein, ich habe die Rechnung sorgfältig aufbewahrt), begleitet von einem Glas Gros Plant von 2005, ein sehr guter Jahrgang, das ich gemeinsam mit dem Kellner ausgewählt habe (der übrigens richtig goldig war).

Ich habe einen ruhigen Moment abgewartet (ich verstehe nicht, wie sich die Gastronomie beschweren kann, wenn die Lokale einen Monat vorm offiziellen Einläuten der allgemeinen Sommerferien zum Bersten voll sind!), um Roméo zu befragen (er heißt wirklich so, ich schwör's). Kaum hatte ich das Manuskript am Strand erwähnt, sah ich die Augen des Kellners vor Rührung glänzen, und er lud mich in seiner Pause zu einem Kaffee ein (an der Stelle muss ich ergänzen, dass ich noch die perfekte Urlaubsbräune habe und in mein geblümtes Kleid geschlüpft bin, auch auf die Gefahr hin, bei jedem Windstoß mit den Zähnen zu klappern!). Unser Roméo, der seinen Vornamen einer italienischstämmigen Mutter verdankt, hat das Manuskript in der Bibliothek von Roscoff gefunden, wo er Workshops für Schüler gibt. Der Kellner ist ein leidenschaftlicher Leser und geht in die Bibliothek, sooft sein Zeitplan es zulässt.

Um der romantischen Beschreibung eines perfekten jungen Mannes einen kleinen Kratzer zu verpassen, musst Du wissen, dass seine Bibliotheksbesuche darin begründet liegen, dass er sich in die junge Bibliothekarin verliebt hat ... Aber sagst Du nicht immer, die Gründe, die uns zum Lesen verleiten, seien zwangsläufig die besten?

An einem Tag im Winter sah er bei einem Bibliotheksbesuch, wie sich bei seiner Angebeteten am Empfang ein Mann mit einer Büchersammlung präsentierte, die er der Bibliothek vermachen wollte. Ganz unten in einer der Kisten, unter Dutzenden vergilbter Romane mit Eselsohren, hat unser Roméo das Manuskript erspäht, das meine Gedanken zurzeit komplett in Beschlag nimmt, obwohl ich es noch nicht einmal gelesen habe.

Daraus hat unser charmanter junger Mann geschlossen, dass eine uneingestandene Liebe uns ein Leben lang verfolgen kann, und er hat beschlossen, sich über seine Schüchternheit hinwegzusetzen, um der jungen Bibliothekarin namens Julie (sie heißt wirklich so, ich schwör's) seine Liebe zu gestehen ... Nein, sie haben nicht geheiratet und bekamen auch nicht viele Kinder, wie es so oft in Märchen heißt, was aber einzig und allein daran liegen dürfte, dass wir ihnen dafür nicht genug Zeit gelassen haben, und ich wage zu hoffen, dass »Roméo« und »Julie« die Tragödie ihrer Namensvettern hinter sich lassen werden und ihnen noch viele Jahre lang ein glückliches Leben vergönnt sein wird!

Jetzt weißt Du alles, liebe Lisou, und Dir verdanke ich einen wunderschönen Tag in Roscoff, das nebenbei gesagt eine Stadt ist, die einen Besuch lohnt ...

An dieser Stelle würde ich Dich gern ein wenig zappeln lassen, aber ich bin Deine Freundin und hätte die Befürchtung, dass Du Dich mordsmäßig aufregst und Dir eins Deiner berühmten Magengeschwüre zuziehst. Deshalb – oh ja – habe ich die entscheidende Frage gestellt: Gibt es eine Möglichkeit, den Mann mit der Kiste ausfindig zu machen?

Roméo weiß seinen Namen nicht, aber er wird sich erkundigen und Kontakt zu Dir aufnehmen, sobald er etwas herausgefunden hat. Ich habe ihm Deine Kontaktdaten gegeben (ich reiche ihn nur deshalb weiter, weil er für mich zu jung ist, denn ich kann Dir versichern, er ist absolut goldig, und nein, ich zweifle nicht an der Wirkung meines geblümten Kleides).

Was sagst Du zu Deiner Watson?

Du kannst stolz auf mich sein, und ich weiß, dass Du beim Lesen dieser Worte das strahlende Lächeln zeigen wirst, das Deine Freunde dazu bringt, für Dich die abwegigsten und bisweilen verwerflichsten Dinge zu tun.

Aber ich bereue nichts, Du hast in mir wieder den Eifer geweckt, den die Abenteuer unserer Kindheitshelden in uns ausgelöst haben, und ich stehe Dir für alle erdenklichen Ermittlungen zur Verfügung, die in meiner Region angestellt werden müssen ...

Jetzt muss ich mich wieder an die Arbeit machen (mit der ich aufgrund meines Ausflugs etwas in Verzug bin), und ich wünsche Dir ein schönes Restwochenende im Lichte dieser Erkenntnisse.

Deine Dich abgöttisch liebende Watson
Maggy

PS: Weißt Du, was? Der schöne Roméo trug ein rot-weiß gestreiftes T-Shirt und hat mich mit seiner Brille an Walter erinnert. Du weißt schon: »Wo ist Walter?«, die englische Kinderbuchserie, bei der die Leser in den Abbildungen eine Person im gestreiften T-Shirt und mit rot-weißer Mütze finden müssen. Mir ist klargeworden, dass Du genau das mit Deinem zweiten Autor machst: Du blätterst um, und in jedem neu auftauchenden Dekor suchst Du Deinen Walter!

PPS: Ich habe gerade einen Artikel über Kugelfische gelesen. Das ist ein Fisch mit einem dicken Kopf, überdimensionierten Augäpfeln und einem Körper, der sich zum Schwanz hin verjüngt. Wenn Du Dir dazu eine schlaffe Haut vorstellst, die sich aufbläht, um Räuber abzuwehren, und überdies das für Menschen tödliche Gift in seinem Organismus bedenkst, erhältst Du ein getreues Abbild einer Person aus Deinem Bekanntenkreis. Wäre das nicht ein wunderbares Haustier für Bastien?

Von Anne-Lise an Maggy

Rue des Morillons, den 2. Juni 2016

Liebe Maggy,

Du bist die beste Freundin, die man sich nur erträumen kann! Ich kann es kaum erwarten, Dich über die neuesten Entwicklungen in Kenntnis zu setzen. Dein junger Kellner hat den Mann mit der Kiste tatsächlich angerufen und ihm meine Nummer gegeben (dafür hat er sich übrigens in einer kurzen Nachricht entschuldigt, Du hast recht, der Junge ist sehr charmant). Gerade habe ich von besagtem Herrn, einem gewissen Monsieur Cléder, der in einem westlichen Vorort von Paris wohnt, einen Anruf erhalten. Da er nur wenige Schritte von hier entfernt arbeitet, haben wir uns für morgen zum Mittagessen verabredet.

Ich glaube zunehmend, Maggy, dass dieses Manuskript die Kraft hat, unsere Schutzmauern einzureißen. Seit es in Zimmer 128 aufgetaucht ist, verfolgen wir seinen Weg von Leser zu Leser, und sobald wir in seinem Namen sprechen, öffnen sich Türen und hellen sich Gesichter auf.

Erinnerst Du Dich an die langen Diskussionen, die wir diesbezüglich vor dreißig Jahren hatten? An der Universität haben wir »Das Buch« gesucht. Wir haben von einem Text geträumt, dessen Lektüre die Wut verwundeter Herzen aufbrechen, den Hass gegenüber Fremden auflösen, die Wolken vertreiben könnte, die vorzeitig Falten in noch junge Gesichter treiben, einen Text, der zwischen Menschen die unglaublichsten und unvergesslichsten Dinge zuwege bringen könnte.

Verdreh nicht die Augen! Den Glauben an diese Utopie habe ich vor über dreißig Jahren aufgegeben, aber wenn ich mit Personen korrespondiere, die Sylvestres Manuskript gelesen haben, finde ich meine Lesebegeisterung wieder und glaube erneut an die Macht der Worte.

So, jetzt ist es gesagt. Daran wird auch Dein spöttischer Gesichtsausdruck nichts ändern, dieser Roman tut gut, und ich schicke Dir eine Kopie, versprochen. Na klar! Du kennst mich doch, ich konnte es nicht lassen, das Original einzuscannen, bevor ich es seinem Besitzer zurückgegeben habe. (Wir würden natürlich Zeit gewinnen, wenn Du einen Schritt in unsere moderne Welt machen und in Deinem Refugium das Internet akzeptieren würdest.) In der Zwischenzeit brenne ich darauf, diesen Monsieur Cléder kennenzulernen, der durchaus mein »Walter« sein könnte!

Ich halte Dich auf dem Laufenden.

Sei ganz lieb gegrüßt

Lisou

PS: Zwei Geschäftsführer in einer Firma sollte man verbieten, vor allem, wenn sie blutsverwandt sind. Heute Morgen hat Bastien erneut unsere wöchentliche Sitzung genutzt, um meine Arbeit schlechtzumachen. Ich habe nichts dazu gesagt. Habe ihn nur zuckersüß angelächelt. Tatsächlich hat ihm diese Reaktion mehr die Sprache verschlagen als all die Widerworte, die er sonst von mir zu hören bekommt! Trotzdem habe ich mir den Namen Deines Fischs notiert, denn nur zwei Straßen weiter gibt es einen japanischen Gastwirt, bei dem ich noch etwas guthabe ...

Von Anne-Lise an Sylvestre

Rue des Morillons, den 5. Juni 2016

Lieber Sylvestre,

nichts ist vorbei, es geht noch weiter! Hatten Sie geglaubt, ich würde an der bretonischen Grenze haltmachen? Da kennen Sie mich schlecht, denn ich bin Walter auf den Fersen (nein, noch kenne ich seinen Vornamen nicht, es handelt sich hier um eine Anspielung meiner Freundin Maggy an ein Kinderbuch von Martin Handford. Die Kinder müssen in einer bunten Menschenmenge ein kleines Männchen im gestreiften Pullover finden, und ich habe vor, es noch vor der letzten Seite zu schaffen). Meine Begeisterung wird von Tag zu Tag größer, täglich rede ich zu Hause über meine Fortschritte und ertrage stillschweigend die belustigten Zwinkereien zwischen Julian (meinem Partner) und den Kindern. Wie sollen sie meine Leidenschaft für Bücher verstehen? Wo sie doch davon überzeugt sind, man könnte vergessen zu leben, wenn man in die Haut eines anderen schlüpft …

Wie Sie sich denken können, hört man mir bei Tisch in der Regel nur mit halbem Ohr zu und begegnet meinem privilegierten Zeitvertreib mit belustigter Nachsicht. Dennoch haben gestern Abend alle drei ihr Kaukonzert eingestellt, als ich sie über meine bevorstehende Abreise nach Brüssel informiert habe (dazu später mehr), und Julian hat den Kopf geschüttelt und mit

den Augen gerollt (was einen Hustenanfall ausgelöst hat, da er
gerade den Mund voll hatte ... geschieht ihm recht!).

Seit fast zwei Monaten habe ich irgendwo in meinem Hinterkopf
einen kleinen Platz für Ihr Manuskript und den besonderen Effekt reserviert, den es auf all jene hat, die ihm begegnet sind. Ich
fürchte im Übrigen, dass mein Mann glaubt, ich würde über-
treiben. Er, der von Anfang an wusste, wie sehr ich Bücher liebe,
bedauert dennoch, dass sie so sehr in meinen Alltag eindringen.
Wenn er meinen angeblich so verträumten Gesichtsausdruck
sieht, sobald ein Autor meine Gedanken in Beschlag nimmt, reagiert er, als hätte er im Kleiderschrank in unserem Schlafzimmer einen Liebhaber entdeckt. Ich höre ihn auch seufzen, wenn
ich mich ins Bett lege, wo ich mich genüsslich auf einen der zahlreichen Romane stürze, die sich auf meinem Nachttisch türmen.
Daher gefällt ihm die Vorstellung, dass ich an diesen Ort mit
dem unaussprechlichen französischen Namen reisen will, dessen offizielle Sprache das Niederländische ist, natürlich überhaupt nicht.

Damit Sie (endlich) verstehen, was ich dort will, muss ich Ihnen
von dem Herrn erzählen, der Ihren Roman in Roscoff abgegeben hat. Ich habe ihn am Freitag getroffen. Er heißt Victor Cléder und ist Sonderbeauftragter für europäische Angelegenhei-
ten. Fragen Sie mich nicht, was er genau macht, ich habe nicht
richtig hingehört, weil ich voller Ungeduld darauf gewartet habe,
dass er auf den Grund unseres Treffens zu sprechen kommt.
　　Ich weiß nur, dass dieser Mann zwischen Paris und Brüssel
pendelt und die Beziehungen zwischen beiden Orten intensi-
viert. Wenn er sich in Belgien aufhält, wohnt er in einer Einzim-
merwohnung in Huldenberg, die ein befreundetes Ehepaar ihm
überlässt. Ebendort hat Victor, als er deren Sohn zum wöchentli-

chen Training begleitet hat, das Manuskript entdeckt. Er ist kein
großer Sportfan und konnte sich dank des Romans, der auf einem Stuhl herumlag, die Zeit vertreiben. Nach dem Spiel beschloss er, ihn mit nach Paris zu nehmen, um zu erfahren, wie
er ausgeht. Er hat sich jedoch nicht die Mühe gemacht, vorher
herauszufinden, wem das Manuskript gehört. Er hatte nur noch
ein paar Dutzend Seiten vor sich, als er nach Roscoff fuhr, um
den Nachlass seiner Großmutter zu regeln (entweder ist unser
Freund eher langsam, oder er ist beruflich sehr eingespannt und
liest nur ganz ab und zu).

Was denken Sie, hat er gemacht, als er das Manuskript schließlich zu Ende gelesen hatte? Raten Sie mal ... Victor hat beschlossen, sich beruflich zu verändern! Er behauptet steif und fest, diese kleine Revolution sei schon lange geplant gewesen ... Mag
ja sein, aber erst nach der Lektüre Ihres Textes hat er beschlossen, dem ständigen Hin und Her zwischen den europäischen In-
stanzen, für die er arbeitet, ein Ende zu setzen! In sechs Monaten
wird er sich von seinen diversen Aufgaben verabschieden, um
sich ein Sabbatjahr zu genehmigen.

Sie sollten wissen, dass Victor kein großer Leser ist und gewiss
kein Mann, der einem Buch irgendwelche Kräfte zuschreibt. Im
Übrigen hat er angefangen, sein bretonisches Erbe unter die Leute zu bringen, indem er sich von den seitens seiner Familie an-
gelegten Bibliotheken trennt, und ich hätte ihn gern »Rüpel«
geschimpft, wenn er nicht wichtige Informationen für mich gehabt hätte. Er erinnert sich nicht einmal mehr daran, Ihren Text
in eine der Bücherkisten gepackt zu haben, und ich glaube, wir
beide können diese Tat unter der Kategorie Fehlleistung ver-
buchen. Doch wir wissen (zumindest weiß ich es), dass er ohne
diese Entdeckung noch auf Jahre hinaus ein vielbeschäftigter
Mann geblieben wäre, hin- und hergerissen zwischen seinen
Träumen und seinem Beruf ...

Nun bin ich also gewillt, mich Ihren belgischen Lesern zu stellen, um Walter zu finden. Seien Sie mir nicht gram … Ich kann jetzt nicht aufgeben, wo wir so kurz vorm Ziel sind.

Viele Grüße
Anne-Lise

PS: Ich hoffe, die Überschwemmungen unweit Ihres Zuhauses beeinträchtigen nicht die Runden Ihres Briefträgers … Es sei denn, sein Dickschädel bewegt ihn dazu, seiner Aufgabe an Bord eines Kanus nachzukommen!

Von Sylvestre an Anne-Lise

Les Chayets, den 8. Juni 2016

Was spielen Sie für ein Spiel?

Ihrem ersten Brief hatte ich entnommen, dass Sie das hektische und ausgefüllte Leben einer beruflich eingespannten Frau führen (Sie sprachen von Sitzungen zu später Stunde, der Erziehung zweier Jugendlicher und der täglichen Führung eines Haushalts). Jetzt sind Sie im Begriff, Familie und Arbeit zu vernachlässigen, um sich auf die Suche nach einem Unbekannten zu machen, dem Autor der letzten Seiten einer Erzählung, mit der Sie rein gar nichts zu tun haben!

Warum sollten Sie sich dreißig Jahre später an seine Fersen heften? Ist Ihnen bewusst, dass Ihrem Walter der Text komplett egal ist? Oder hat der zweite Teil des Romans Sie so für sich eingenommen, dass Sie hoffen, auf einen erfahrenen und berühmten Schriftsteller zu stoßen? Sind Sie letztendlich nur ein Groupie, das Autogramme und Selfies sammelt?

Mist! Jetzt greife ich Sie schon wieder an. Seit ich mich aufs Land zurückgezogen habe, wo meine bevorzugten Gesprächspartner die Maulwürfe im Garten und die Spinnen auf dem Dachboden sind, neige ich dazu, alle Regeln des höflichen Miteinanders zu vergessen. Sie haben mir von den Gefühlen meiner Leser berichtet, und dafür bin ich Ihnen dankbar, denn ich habe ein völlig neues und überwältigendes Gefühl entdeckt. Aber was soll ich von einer Suche halten, die Sie dazu bringt, Ihre Umgebung und Ihre Arbeit zurückzulassen, um die ganze Welt zu bereisen?

Beenden Sie dieses verrückte Unterfangen. Sobald ich meine Reisephobie überwunden habe, werde ich nach Brüssel fahren und die Fährte an der Stelle aufnehmen, an der Sie sie unterbrochen haben, das verspreche ich Ihnen. Die Stadt ist sehr attraktiv, und Sie verschaffen mir hier einen weiteren Grund für einen Besuch. Aber legen Sie sich für dreißig Jahre alte Seiten nicht mit Ihrer Familie an, das wäre lächerlich. Falls Sie allerdings einen echten Grund haben, sich auf die Jagd nach Walter zu begeben, nennen Sie ihn mir und lassen Sie mich nicht mit der Sorge allein, dass Sie meinetwegen in die Psychiatrie eingewiesen werden könnten.

In gespannter Erwartung Ihrer Antwort

Sylvestre

PS: Meine Antwort ist der Beweis dafür, dass der Briefträger noch seine Runden dreht. Er hat sich mit Ölzeug und Stiefeln gewappnet, aber die niedergehenden Regenschauer halten ihn nicht von seiner Arbeit ab. Ich glaube, er misst seiner Arbeit einen hohen Stellenwert bei, und er würde auch in ein Boot steigen, sollten die Unwetter weiterhin andauern ...

Von Anne-Lise an Maggy

Rue des Pierres, Brüssel,
den 11. Juni 2016

Liebe Maggy,

erinnerst Du Dich, wie wir vor Jahren davon geträumt haben, nach Brüssel zu fahren? Tja, lass uns das Thema noch einmal aufgreifen, denn die Stadt ist wunderschön. Man kann sich der Ausstrahlung des Grand-Place mit seinen vor Souvenirs und Pralinen überquellenden Läden nicht entziehen … In jungen Jahren hatten wir es uns zur Gewohnheit gemacht, unseren jeweiligen Freunden die kitschigsten Geschenke mitzubringen, und ich bin mir sicher, wir könnten alle Rekorde brechen, wenn wir unser Spiel wiederaufnähmen! Ich habe übrigens ein kleines Geschenk gekauft, das sich auf dem Bücherregal in Deinem Wohnzimmer sehr gut machen wird …

Heute Abend schreibe ich Dir aus dem Zimmer, das ich unweit vom Schokoladenmuseum für zwei Nächte gebucht habe … Das Hotel ist wunderbar, ich habe während meines kurzen Aufenthalts dort sehr gut gegessen. Um diese Uhrzeit habe ich das Fenster einen Spaltbreit offen stehen, eine leichte Brise bewegt die Gardinen, und ich höre Gesprächsfetzen von der Straße. Die Augen auf meinen Brief gerichtet, genieße ich in aller Ausgiebigkeit die Fetzen anonymer Existenzen, die sich in meinem Unterbewusstsein vermischen. Ich bin allein. Wie lange ist mir das nicht mehr passiert? Man vergisst sich selbst so leicht, wenn man andere Menschen beobachtet, sie kennenlernen will, in ihren Augen zu existieren versucht, sodass man, wenn sie durch Abwesenheit glänzen, nicht mehr weiß, wer man ist. Daher denke ich mit einem gewissen Neid an Dich in Deinem selbstgewählten Exil.

Morgen kehre ich nach Paris zurück, nachdem ich zuvor dem Jacques-Brel-Museum einen obligatorischen Besuch abgestattet haben werde. Die anderen Besichtigungen unternehmen wir gemeinsam, sobald Du Zeit hast, mich zu begleiten. Ich werde die Kinder bei ihrem Vater lassen, dieses eine Mal muss das gehen, sie sind schließlich in einem Alter, in dem sie sich selbst ein paar Nudeln kochen können, oder? Ich genieße das Wochenende übrigens noch mehr, wenn ich an Julian denke, der die Einkäufe und das Kochen übernehmen und sich allen Wünschen zweier fordernder Jugendlicher stellen muss ... Ist das einer Mutter unwürdig?

Ich weiß, dass Du auf meinen Bericht wartest. Da ich die Rolle der Detektivin übernommen habe, bin ich gleich nach meiner Ankunft in die Ortschaft Huldenberg gefahren und habe ihren berühmten Fußballclub aufgesucht. Dort habe ich eine reizende alte Dame getroffen, die in der Lage war, mir auf Französisch zu antworten (obwohl ich zunächst dachte, sie würde Niederländisch mit mir sprechen, so sehr hat ihr Akzent unsere Sprache verunstaltet). Schließlich habe ich mich daran gewöhnt, und wir haben in ihrem Häuschen, das nur wenige Schritte vom Fußballplatz entfernt liegt, zusammen einen Tee getrunken. Im Gegenzug für das Haus, das ihr von der Stadt zur Verfügung gestellt wird, pflegt sie die Sportanlage und überwacht das Kommen und Gehen zwischen den Spielen.

Damit sie mir auch hilft, habe ich ihr den abenteuerlichen Weg des Manuskripts geschildert (je häufiger ich von ihm erzähle, desto außergewöhnlicher finde ich ihn!). Sie hat andächtig gelauscht und zwischendurch an ihrem Tee genippt. Dann hat sie mir mit glänzenden Augen versichert, dass meine Ermittlungen nicht an ihrer Tür enden sollten und sie sich bemühen wolle, denjenigen (oder diejenige) ausfindig zu machen, der das Manuskript in einer ihrer Umkleidekabinen abgelegt hat. Da uns das Glück bisher auf jeder Etappe dieser Irrfahrt hold ist, war ich nicht überrascht zu erfahren, dass schon am nächsten Tag Wettkämpfe stattfinden und zu dieser Gelegenheit die üblichen Sportler und Gäste erwartet würden.

Daher bin ich am späten Nachmittag zu Hanne Janssen (der Platzwartin) zurückgekehrt. Sie war in Begleitung einer Jugendlichen, die ziemlich finster dreinblickte, ein Gesichtsausdruck, der mir sehr vertraut ist, da ich ihn täglich im Gesicht meiner Katia bewundern darf. Das Mädchen schmollte, weil ihr der Roman einen zweiwöchigen Hausarrest eingebrockt hatte. Ihre Mutter hatte sie gebeten, ihn ihrer besten Freundin zu übergeben, einer Pariserin, die ihn lesen und ihr zugleich erklären sollte, wo sie die auf Seite 156 vermerkte Adresse finden könnte. Allerdings hat die Jugendliche ihn achtlos auf die Bank in der Umkleide gelegt, von wo er verschwunden war.

Da sich ihre Mutter beruflich bedingt zurzeit in unserer Hauptstadt aufhält (das kann kein Zufall sein), haben wir vereinbart, uns noch vor ihrer Rückkehr nach Brüssel in voraussichtlich zwei Wochen zu treffen. Ich kann es kaum erwarten ... Nein, ich will ehrlich sein, ich vergehe vor Ungeduld bei der Aussicht auf diesen neuerlichen Termin!

Um die Warterei zu überstehen, habe ich einen ganzen Berg an Infomaterial zu Besichtigungen gesammelt, die wir bei unserer nächsten Reise in die belgische Hauptstadt unternehmen könnten ...

Wirf schon mal einen Blick in Deinen Terminkalender, wir sollten den Ausflug gleich nach meiner Rückkehr planen.

Sei ganz lieb gegrüßt,
Lisou

Von Ellen Anthon an
Anne-Lise Briard

Gare du Nord, den 15. Juni 2016

Liebe Madame Briard,

es stimmt mich sehr traurig, dass ich Sie in Paris nicht wie vereinbart treffen kann! Ich wurde soeben darüber informiert, dass mein Mann in Brüssel aufgrund eines Leistenbruchs ins Krankenhaus eingeliefert wurde. Nichts Gravierendes, und ich weiß, dass es ihm ansonsten sehr gut geht, aber Sie kennen ja die Männer, wenn sie krank sind (ich denke, die Franzosen stehen den Belgiern diesbezüglich in nichts nach), und Sie können sicher verstehen, dass er es mir sehr krummnehmen würde, sollte ich in Paris bleiben, während er in Brüssel im Sterben liegt!

Da das Manuskript Sie ebenso berührt hat wie mich, will ich Sie nicht auf die Folter spannen und Sie wissen lassen, wo es herkommt. Ich werde den Freund anrufen, der es mir übergeben hat, er wird es Ihnen besser erzählen können als ich. Es hat mir jedenfalls gefallen zu erfahren, dass Sie es gefunden und seinen Besitzer ausfindig gemacht haben. Bestellen Sie ihm bitte, dass die Belgier seinen Roman mit Freuden erwarten und es keine gute Idee ist, für die Schublade zu schreiben.

Wir sind in unserem Brüsseler Lesekreis etwa zwanzig Personen, und uns hat die Erzählung, die pünktlich zur Eröffnung unserer Schreibwerkstatt aufgetaucht ist, sehr angesprochen. Unser Dozent für Lyrisches Schreiben hat sie uns mitgebracht. Ich werde ihm Ihre Kontaktdaten übermitteln, und er wird Ihnen alles Weitere erzählen, denn ich muss gleich los. Zum Glück für meinen todsterbenskranken Mann soll der TGV um 17 Uhr 49 trotz Ihrer legendären Streiks fahren ...

Ergebenst
Ellen Anthon

PS: Ich würde mich sehr freuen, Sie zu treffen, wenn Sie *volle gas* – wie wir hier sagen – von Brüssel zurückkehren. Ihre Stadt hat mir richtig gut gefallen, obwohl die Pariser keinen Humor haben (außer natürlich, wenn sie sich über meine Landsleute lustig machen).

Von William Grant
an Anne-Lise Briard

Great Peter Street, London,
den 19. Juni 2016

Sehr geehrte Madame Briard,

ich schreibe Ihnen im Auftrag unserer gemeinsamen Freundin Ellen Anthon. Anscheinend interessieren Sie sich für einen Text, der sich vor wenigen Monaten noch in meinem Besitz befunden hat. Er gehört mir nicht, und ich weiß auch nicht, wer ihn verfasst hat. Aber die Geschichte hat mich berührt, und sie hat mich eine Weile begleitet, bis ich sie meinen Brüsseler Freunden vermacht habe. Beruflich bedingt, bin ich viel unterwegs, ich leite keineswegs dauerhaft den kleinen Kreis, von dem Sie gehört haben, aber ich mag die Menschen, die ihm angehören, sehr gern und nehme an allen Treffen teil, wenn ich mich in Brüssel aufhalte.

Zurzeit befinde ich mich in London und habe vor, noch eine Weile hierzubleiben, denn ein Teil meiner Familie wohnt in dieser Gegend. Da meine Mutter halb Französin, halb Belgierin ist, hatte ich auch eine französische Großmutter und habe als Kind alle Ferien im Süden Ihres wunderschönen Landes verbracht, wo mir noch immer ein Haus gehört. Verzeihen Sie die Ausführlichkeit meiner Ausführungen: Ich wollte Ihnen nur erklären, dass ich aus diesem Grund häufig nach Frankreich reise. Anlässlich meines nächsten Besuchs könnten wir uns, so Sie es wünschen, gern treffen, um über das Manuskript zu sprechen.

Ich selbst habe auf den letzten Seiten ein paar Zeilen ergänzt: Verse, die ich hinzugefügt habe, als handelte es sich um ein kollektives Werk, das jeden Leser einlädt, daran weiterzuschreiben ... Ich wäre Ihnen sehr verbunden, wenn Sie dem Eigentümer des Manuskripts meine Entschuldigung überbringen würden, dass ich mir diese Freiheit genommen habe, die durch nichts anderes zu rechtfertigen ist als das Vergnügen, dank seines erzählerischen Talents eine angenehme Zeit verbracht zu haben.

Mit bestem Gruß
William Grant

Von Sylvestre an Anne-Lise

Les Chayets, den 22. Juni 2016

Mittlerweile sind zwei Wochen ins Land gegangen, ohne dass ich von Ihnen gehört habe. Daraus schließe ich, dass Sie sich nicht an meinen Rat gehalten haben und entgegen allen ausdrücklichen Ansagen nach Belgien gereist sind. Haben Sie dabei vielleicht mal an mich gedacht? Ist Ihnen in den Sinn gekommen, dass es mir unangenehm sein könnte, den Mann zu treffen, der mein Manuskript zu Ende geschrieben und ihm eine Faszination verschafft hat, zu der ich auf den vorausgegangenen Seiten nicht imstande war?

Ja, heute Morgen bin ich sehr aufgebracht, Anne-Lise, und ich frage mich, ob ich das Manuskript nicht verbrennen sollte, um ein für alle Mal einen Schlusspunkt unter Ihre Sucherei zu setzen. Ich kann das Motiv Ihrer Suche nicht nachvollziehen, wir kennen uns nicht, die Erzählung stammt auch nicht von Ihnen!

Sie sind nicht die Einzige, die für meine Verärgerung verantwortlich ist: Wir haben Juni, und diese Jahreszeit versetzt mich gern in einen fiebrigen Zustand, in dem ich zu unguten Entscheidungen neige. Fast hat es den Anschein, als gäbe es für uns alle einen ungünstigen Monat, in dem wir alljährlich abtauchen sollten, um den Schaden zu begrenzen. Meinen kennen Sie nun. Zum Glück dauert er nur dreißig Tage, was meine Verstimmung im Verhältnis zur Hälfte der Bevölkerung um etwa drei Prozent reduziert, bedauerlicherweise erhöht es sie jedoch um etwa sieben Prozent im Verhältnis zu den Glückspilzen, die den Februar verabscheuen!

Und nehmen Sie meine schlechte Laune nicht zum Vorwand, um mich in Unwissenheit zu lassen. Stehen Sie zu Ihrer Indiskretion und halten Sie mich wenigstens über Ihre Entdeckungen auf dem Laufenden!

Sylvestre

PS: Ich werde den Juli abwarten, um die Seiten zu verbrennen. So kann ich die Entscheidung nicht dem schlechten Einfluss dieses verfluchten Monats anlasten. Seit ein paar Tagen verstärkt die drückende Hitze, die von Paris hier hochzieht, meine Gereiztheit noch mehr, und unsere ideenlosen Journalisten servieren uns dazu wieder die alte Leier von den Hundstagen, als wären diese zehn Buchstaben ihr Sesam, öffne dich! zu den Acht-Uhr-Nachrichten. Herrscht in Belgien dasselbe Wetter?

Von Nahima an Anne-Lise

Rue Maurice-Thorez, den 27. Juni 2016

Guten Tag, Anne-Lise,

ich habe etwas abgewartet, bevor ich Ihnen antworte. Die Zeit schien mir nötig, um mein Leben zu sortieren und wieder meinen Platz darin zu finden. Als ich Ihnen vor einem Monat geschrieben habe, hatte ich gerade mein Kind gesehen. Das Possessivpronomen ist etwas vermessen, denn dieses Kind habe ich bei seiner Geburt weggegeben. Ich war kaum sechzehn, aber das soll kein Grund für mildernde Umstände sein, mein Alter ändert nichts an der Schwere meiner Entscheidung.

Meiner Familie habe ich etwas von einem Schulkameraden und einer Geburtstagsfeier erzählt. So sehr habe ich mich geschämt. Wem hätte ich anvertrauen können, dass ich mich selbst auf ein Treffen mit meinem Vergewaltiger eingelassen habe? Und außerdem habe ich alles vergessen. Denke ich an die Tat zurück, kommt es mir vor, als sei sie jemand anderem passiert, als hätte man mir nur davon erzählt, oder als hätte ich sie in einer Reality-Show gesehen. Ich empfinde eine solche Distanz gegenüber dem Grauen dieser Szene, dass mir kein Mensch geglaubt hätte, hätte ich die zahlreichen Graffiti beschrieben, mit denen die graue Mauer überzogen war, die Farbe des Himmels erwähnt, die man durch die Dachluke erkennen konnte, den Gestank der nach verdorbenem Fisch stinkenden Mülltonnen geschildert, der durch die angelehnte Tür drang. Und wie sollte man über diesen obszönen Film die fröhliche Tonspur legen, die sich aus den Schreien der Kinder, die in aller Sorglosigkeit im Stadtpark spielten, zusammensetzt? Nicht einmal die Messerspitze, die er mir in den Hals gerammt hat, hat in mir eine Erinnerung an den Schmerz hinterlassen. Lediglich ein kleines hellrotes Dreieck unterhalb des Kiefers, das ich ein paar Tage lang mit etwas Make-up kaschiert habe.

Mit meinen fünfzehn Jahren habe ich die Vergewaltigung so gut verdrängt, dass ich die Zeichen nicht erkannt habe, die mich in Alarmbereitschaft hätten versetzen müssen. Als ich die Realität schließlich akzeptiert habe, war es zu spät. Meine Eltern waren da, sie haben mich unterstützt, obwohl sie sehr enttäuscht gewesen sein mussten. Sie haben mir angeboten, das Kind zusammen mit mir großzuziehen. Ich habe abgelehnt.

Dann kam die Geburt. Und das Leben ging weiter. Genau das hatte ich mir gewünscht. Dass alles wieder wird wie vorher. Dass ich wieder das gleiche Leben führe wie die anderen Mädchen in meinem Viertel. Dass ich mit meiner Clique ausgehe. Die Kellerlokale in der Siedlung meide und mich frech über diejenigen lustig mache, die kapitulieren und sich weigern, im Rock zur Schule zu gehen. Dass ich wieder den Mut an den Tag lege, den nur die Jugend kennt, wieder in die Unbekümmertheit zurückfinde ...

Allerdings hatte ich nicht begriffen, dass ich in der Zwischenzeit Mutter geworden war. Eine Teenie-Mutter, eine kinderlose Mutter, nennen Sie es, wie Sie wollen.

Es fing mit Kleinigkeiten an, dass ich zusammenzuckte, wenn ich Schreie im Treppenhaus hörte, einen heftigen Stich im Bauch verspürte, wenn ich Babys in der Werbung sah. Ich heulte immer öfter, schließlich riefen meine Eltern den Adoptionsdienst an. Wieder einmal war es zu spät. Das Kind war schon in einer Familie untergekommen, es war nichts mehr zu machen. Ich starrte alle Babys an, die ich unterwegs sah. Ich war richtig besessen davon, ich habe sogar jemanden dafür bezahlt, dass er den Namen der Adoptivfamilie ausfindig macht. Was ihm gelungen ist. Als meine Eltern davon erfuhren, haben sie mich zum selben Psychologen geschickt, bei dem ich nach der Entbindung war. Er war der Einzige, der um die wahren Umstände meiner Schwangerschaft wusste. Er hat mir verboten, mein Kind aufzusuchen, und mir nahegelegt, für etwas Abstand zu ihm zu sorgen. Ich fuhr zu meiner Tante in den Großraum Paris in der Annahme, ein Tapetenwechsel würde mir beim Vergessen helfen. Das war nicht der Fall. Acht Jahre lang habe ich Schuldgefühle mit mir herumgetragen und eine »Gefühlsambivalenz«. So nannte der Psychologe mein Unbehagen. Aber er lag falsch, es ging nicht um Gefühle; ich hatte einen Teil von mir in diesem Krankenhaus in der Provinz zurückgelassen und lief seither unvollständig durchs Leben.

Als ich das Manuskript in Roscoff gefunden habe, war ich wegen Depressionen krankgeschrieben und lebte zeitweilig wieder bei meinen Eltern. Natürlich hat die Geschichte, die der Autor erzählt, nichts mit meiner zu tun, aber sie hat mir gezeigt, wie unbedeutend unser Leben ist. Was für eine seltsame Methode, um wieder Lust am Leben zu gewinnen, werden Sie sagen! Nicht unbedingt, denn je lächerlicher und kürzer unsere Zeit auf Erden ist, desto unbedeutender werden die Entscheidungen, die wir treffen, fast sogar entschuldbar ...

In diesem Gemütszustand habe ich Kontakt zu meinem Sohn aufgenommen. Er heißt Romain, lebt in einer tollen Familie und hat zwei kleine Schwestern, die ihn vergöttern. Seine Eltern haben ihm von seiner Adoption erzählt und mir erlaubt, ihn am 14. April zu treffen. Ich habe ihn gesehen. Und endlich wusste ich, wer ich bin. Für Sie mag es eine Selbstverständlichkeit sein, wenn Sie Kinder haben ... aber bei mir hat dieser Tag alles durcheinandergebracht. Ein nie dagewesener, animalischer Instinkt. Aus meinem tiefsten Innern kam diese Kraft, die aus einer Mutter eine Heilige oder eine Verbrecherin machen kann. Mir wurde bewusst, dass ich für dieses kleine Wesen vor mir, das nicht ahnen konnte, welche Liebe es auslöst, künftig töten oder mich opfern könnte. Ich könnte mich im Hintergrund halten, wenn ich die Gewissheit hätte, so zu seinem Glück beizutragen. Und warten. Auf ein kleines Zeichen von ihm.

Heute weiß ich, dass sich sein Leben fernab von mir abspielen wird, aber ich darf ihn sehen, wann immer er das Bedürfnis danach haben sollte, das hat seine Mutter mir versprochen.

Nach dieser Begegnung, die in Brest stattgefunden hat, bin ich ein paar Tage im Finistère geblieben, in jenem Hotel, in dem ich beschlossen habe, wieder in die Welt der Lebenden zurückzukehren und meinem Leben eine neue Chance zu geben. Darum habe ich diesen Text, der mich zwei Monate lang unterstützt hatte, in Zimmer 128 zurückgelassen, an der Stelle, wo Sie ihn gefunden haben.

Jetzt wissen Sie alles. Sollten Sie mittlerweile die Personen kennen, die diesen Roman geschrieben haben, würde ich mich sehr freuen, ihre Kontaktdaten zu erhalten. Ich glaube, sie haben es verdient zu erfahren, welchen Einfluss sie auf mein Leben hatten.

Mit den allerherzlichsten Grüßen
Nahima

PS: Sie sagten, wir hätten eins gemeinsam, nämlich »ein intimes und feinsinniges Werk gelesen zu haben, das nicht für uns bestimmt war«. Glauben Sie das nach wie vor? Ich persönlich weiß, dass es auf mich gewartet hat und dass es an diesen Strand gelangt ist, damit ich zurück auf meinen Weg finde und weitergehen kann. Manchmal gibt es zwischen einem Buch und einem Leser eine klare Verbindung – das kann kein Zufall sein.

Von Maggy an Anne-Lise

Vincent Square, London,
den 28. Juni 2016

Hello, Lisou!

Ich bin vor Ort! Du hattest recht, London ist herrlich! Gestern bin ich bis um 23 Uhr am Themseufer entlanggelaufen, habe in regelmäßigem Rhythmus die Meeresluft eingeatmet, die mir über das Gesicht strich, als wäre sie mir von zu Hause bis hierher gefolgt. Unbeeindruckt von der feuchtkühlen Luft, die uns umgab, saß ich mit mehreren Dutzend Leuten gedankenversunken am Ufer des aufgewühlten grauen Flusses, und ich vermute mal, dieser Spazierweg hat mehr Romane inspiriert als alle meine Küstenpfade zusammen.

Obwohl ich leider (oder vielmehr glücklicherweise) nicht verstehe, was die Leute um mich herum sagen, fühle ich mich wie daheim. Hattest Du das gleiche Gefühl auf Deinen Reisen in diese Stadt? Es ist ein beglückendes und verwirrendes Gefühl, sich an einem Ort daheim zu fühlen, an den man noch nie zuvor einen Fuß gesetzt hat ...

Heute Morgen bin ich dem Wind gefolgt, der sich hier von einer Kreuzung zur nächsten bewegt, als wollte er die aufsteigenden Gerüche des Flusses aussäen. Ich bin durch die Straßen geirrt und musste lächeln, wenn ich fremde Worte aufschnappte, denen ich im Einklang mit dem Gesichtsausdruck desjenigen, der sie von sich gab, einen Sinn zu verleihen suchte. Dann hat sich ein Sonnenstrahl mitten durch die Wolken gebohrt. Am Rand eines Straßencafés habe ich mich in sein Licht gesetzt und die Menschen beobachtet, die vor mir vorbeigeschlendert sind. Ich habe England entdeckt, bin ganz verzückt von den verrückten Kleiderkombinationen, den die Nase kitzelnden *Fish-and-chips*-Aromen und den unerwarteten Lauten. Alle meine Sinne waren wie betäubt.

Um die Mittagszeit habe ich Kontakt zu Deinem Mister Grant aufgenommen, der zum Glück genauso gut Französisch spricht wie ich (gleich nach meiner Rückkehr werde ich Englisch lernen, versprochen). Er konnte sich heute nicht freinehmen, aber er hat mir Orte vorgeschlagen, die ich besuchen könnte, als er erfuhr, dass ich zum ersten Mal in London bin. Wir haben uns für morgen in einem Lokal verabredet, wo wir gemeinsam zu Mittag essen wollen.

Ist Dir bewusst, was Du mir abverlangst? Wo ich so ungern meine Höhle verlasse, bin ich jetzt in dieser Stadt, deren Sprache ich nicht beherrsche, und treffe mich mit einem Fremden, von dem Du nach eigener Aussage überhaupt nichts weißt! Ist Dir bewusst, dass es sich vielleicht um einen Nachfahren von Jack the Ripper handeln könnte und ich für Dich mein Leben riskiere?

Es wird Zeit, dass ich zu Bett gehe, wenn ich morgen alles sehen will, was Dein William mir empfohlen hat.

Küsschen und *good night*
Maggy

PS: Ich hoffe, Dein Engländer ist kein Fan internationaler Politik und will keine Diskussion über den Brexit vom Zaun brechen. Dann sähe ich mich gezwungen, ihm zu sagen, dass ich dazu keine Meinung habe, um nicht einen Mann zu verärgern, der möglicherweise über wertvolle Hinweise in unserer Sache verfügt …

Beachte bitte meine Fähigkeit zur Diplomatie!

Von Anne-Lise an Maggy

Rue des Morillons, den 2. Juli 2016

Liebste Maggy,

soeben erreichen mich die zwei Briefe, die Du am Donnerstag am Londoner Flughafen eingeworfen hast … Was ist dort passiert? Was hat mein William Grant Dir angetan? Hat Dich die Stadt verzaubert oder der Mann? Ist meine beste Freundin wirklich Verfasserin dieser Zeilen:

Kaum hatte ich das Lokal betreten, zog ein Mann meinen Blick auf sich, der allein weit hinten im Pub saß. Sein Blick ging nach draußen, ein leises Lächeln umspielte seine Lippen, als träumte er von vergangenen glücklichen Tagen. Sein Profil war sanft und eigenwillig zugleich, und ich betete mit aller Kraft, dass es sich bei ihm um Mister Grant handelt. Kaum hatte er mir den Kopf zugedreht, erhob er sich mit jener charmanten und typisch englischen Steifheit von seinem Stuhl. Er half mir aus dem Mantel, und wir unterhielten uns über die Sehenswürdigkeiten, die ich mir in seiner Stadt angeschaut hatte. Ich musste fast übermenschliche Kräfte aufbieten, um nicht in seine grauen Augen zu schauen, und konzentrierte mich auf den Wandschmuck, damit ich über Gott und die Welt reden und dabei ganz natürlich klingen konnte,

so als würde ich regelmäßig mit attraktiven Männern mit unwiderstehlichem Blick zu Mittag essen.

Maggy, bitte, bitte sage mir, dass Du weder seine Adresse noch
seine Telefonnummer aufbewahrt hast! Was hättest Du davon,
Dich in einen Anglo-Franko-Belgier zu verknallen, der sich zu allem Überfluss die Zeit damit vertreibt, Pokerspiele zu diskutieren? Es tut mir leid, dass ich Dich in einer Art Kurzschlusshand-
lung dorthin geschickt habe, ohne vorher die geringsten Informationen über diesen Mann eingeholt zu haben. Es handelt sich
ganz offensichtlich um einen Abenteurer, der seine Zeit damit
verbringt, Frauen zu verführen und in Casinos volles Risiko zu
gehen! Ich bin zumindest beruhigt zu erfahren, dass Du trotz des
gemeinsam mit ihm verbrachten Tages in ein Flugzeug gestiegen
bist, das Dich von diesem Frauenheld wegbringt zurück in Dein
Dorf, wo Du dieses Abenteuer rasch vergessen wirst. Und ver-
abschiede Dich von der bescheuerten Idee, Englisch lernen zu
wollen, diese Sprache ist gefährlich. Lerne lieber Bretonisch und
verliere Dein Herz an einen netten Seemann, der seine Zeit auf
dem Meer verbringt und Dir Deine Freiheit und die Einsamkeit
lässt, die Du im Finistère gesucht hast.

Dennoch war Dein leichtfertiger Ausflug nicht vergeblich,
denn so haben wir erfahren, dass William Grant Sylvestres
Manuskript zehn Jahre lang aufbewahrt hat, nachdem er es bei
seinen Eltern gefunden hatte. Da sein Vater jedoch verstorben
und seine Mutter an Alzheimer erkrankt ist, stellt sich die Frage:
Wer könnte uns sagen, wie diese Seiten ins Lozère gekommen
sind?

Komischerweise habe ich bei der Vorstellung, dass alles an
dieser Stelle endet, Tränen in den Augen, und ich danke dem
Himmel, dass Julian nicht zu Hause ist, sonst würde er mir eine
Szene machen. Diese Suche nimmt zu viel Raum in meinem

Leben ein, das weiß ich, aber sie ist mitnichten vergleichbar mit dem, was ich vor acht Jahren durchgemacht habe. Damals, Du erinnerst Dich, hatte ich gerade meine Mutter verloren, und die Affäre, in die ich mich gestürzt habe, war lediglich der verzweifelte Versuch, mein Herz wieder zum Schlagen zu bringen, eine Art Elektroschockbehandlung. Der Schreiberling war mir komplett egal gewesen, und seine Texte waren eher mittelmäßig. Wenn Du es verstehst, dann erklär mir bitte, warum Julian mich misstrauisch beäugt, sobald ich eine Stunde später nach Hause komme, als geplant. Ich dachte, das alles wäre vorbei und wir hätten das Alter für Eifersüchteleien hinter uns gelassen.

Mein Interesse an Sylvestre ist rein literarischer Natur. Ich denke nur, dass sein Roman etwas ganz Besonderes ist. Liegt es daran, dass dieser von zwei Autoren stammt, die sich nicht kennen? Ist es der Plot, der für Spannung sorgt, sind es die naiven Bemerkungen oder die einfachen Glücksrezepte eines Zwanzigjährigen? Ich weiß es nicht, Maggy, aber ich habe wieder den Reiz eines Spaziergangs durch meine eigene Stadt entdeckt, das Lächeln des Busfahrers, wenn sich der Tag dem Ende neigt, den Duft nach frischem Gras am frühen Morgen, wenn ich den Park Georges Brassens durchquere ...

Und jetzt soll ich Sylvestre darüber informieren, dass wir in eine Sackgasse geraten sind?

Sei ganz lieb gegrüßt
Lisou

PS: Ich möchte mich noch einmal dafür entschuldigen, dass ich Dich nach London geschickt habe, vergiss diese betörende Stadt und konzentriere Dich auf unsere geplante Flucht nach Brüssel ... Ich verspreche Dir, dass wir dort allen grauen Augen aus dem Weg gehen werden ...

Von Anne-Lise an Sylvestre

Rue des Morillons, den 3. Juli 2016

Lieber Sylvestre,

nehmen Sie bitte zur Kenntnis, dass ich bis Juli gewartet habe, um Ihnen zu antworten. Ich habe genug von all den Vorhaltungen in Bezug auf dieses Manuskript, sei es aus Ihrem Mund oder aus dem meiner Familienmitglieder. Aber Sie können sich das heutige Datum einprägen als den Tag, an dem Sie Ihren Roman zurückerhalten und wir die Klammer »Wo ist Walter« schließen werden.

Offenheit gehört zu meinen Stärken, und ich versichere Ihnen, dass meine Entscheidung in keinerlei Zusammenhang zu Ihrer Erbostheit steht. Auch nicht zu einer wie auch immer gearteten Ermüdung meinerseits (Beharrlichkeit ist ein weiterer Charakterzug meiner Person). Um ehrlich zu sein, hat der Engländer William Grant Ihr Manuskript nach Belgien gebracht und selbst am Ende ein paar Zeilen hinzugefügt. Daher habe ich meine Freundin Maggy nach London geschickt, und Gott sei Dank ist sie heil zurückgekehrt (fast zumindest). Sie hat dort den Mann getroffen, der Ihr Manuskript jahrelang aufbewahrt hat, nachdem er es 2006 im Besitz seiner Mutter gefunden hatte. Leider ist die Arme geistig nicht mehr auf der Höhe, weshalb wir wohl kaum herausfinden werden, wie es bei ihr gelandet ist.

Und außerdem, das muss ich leider sagen, beunruhigt meine Schwärmerei für Ihr Manuskript mein Umfeld. Mein Mann und meine Kinder haben die Befürchtung, ich hätte mich in einen Autor verguckt und würde meine sündige Liebe hinter einem vorgeschobenen literarischen Interesse verbergen. Daher verzichte ich darauf, mich mit dem Gedächtnisverlust einer Alzheimerkranken auseinanderzusetzen, und füge die Telefonnummer ihres Sohns bei, falls Sie selbst Ihr Glück versuchen wollen. Jetzt liegt es an Ihnen, sich eine Rechtfertigung für eine entsprechende Reise zu überlegen, falls Sie Ihrer Familie bisher noch nichts erzählt haben …

Das ist der Stand der Dinge, lieber Sylvestre, und sollten die Abstände zwischen unseren Briefen nun größer werden, danke ich Ihnen schon jetzt in meinem eigenen Namen und im Namen aller Ihrer Leser für die schöne Geschichte, die Sie uns geschenkt haben, sowie für die Nebeneffekte, die sie auf unser Leben hatte. Sie haben einen Text geschrieben, der die Zeit überdauert und um sich herum kleine Glückskrumen verstreut hat. Er hat im Leben mancher Menschen zu Begegnungen und Verwandlungen geführt, wozu nur große Werke imstande sind.

Mit unendlicher Dankbarkeit und freundlichem Gruß
Anne-Lise

PS: Ich kann die Kontaktdaten all der Personen, die mir in den letzten zwei Monaten geholfen haben, nicht einfach für mich behalten. Alle haben Ihren Text gelesen. Daher füge ich die Adressen für eine eventuell von Ihnen gewünschte Korrespondenz bei, die Ihnen, wie ich hoffe, ebenso viel Freude bescheren wird wie mir.

Von William an Anne-Lise

Great Peter Street, den 7. Juli 2016

Liebe Madame Briard,

anders als geplant, werde ich in den nächsten Wochen doch nicht nach Paris kommen. Ich bitte diesbezüglich um Nachsicht, aber ich habe eine Einladung ins Finistère erhalten, das ich überhaupt nicht kenne, und seine Erkundung erscheint mir plötzlich äußerst dringend.

Sie sollten jedoch wissen, dass ich anschließend ins Lozère fahre. Bei dieser Gelegenheit werde ich nach Hinweisen suchen, die mir vor zehn Jahren verborgen geblieben sein könnten, als ich das Manuskript Ihres Freundes dort gefunden habe. Bei meinen früheren Versuchen, das Haus meiner Familie aufzuräumen, bin ich ständig auf Erinnerungen gestoßen, die mich ausgebremst haben. Denn jeder Gegenstand scheint uns mit einer Vielzahl vergessener Bilder zu versorgen, als hätte er diese abgespeichert und fügte sie unserem Gedächtnis hinzu, sobald wir ihn in die Hand nehmen. Deshalb habe ich den Dachboden, den Keller und das ehemalige Büro meiner Mutter noch nicht durchgeräumt.

Diesmal bin ich jedoch wild entschlossen, es in Angriff zu nehmen und neue Indizien zu finden, die Ihre Suche voranbringen könnten.

Ich werde Sie selbstverständlich über meinen nächsten Abstecher nach Paris informieren und hoffe, dass wir dann die Gelegenheit für ein Treffen haben werden.

Hochachtungsvoll
William Grant

Von William an Maggy

Great Peter Street, den 7. Juli 2016

Hello, liebe Maggy!

Erinnern Sie sich noch an mich? Sagen Sie Ja, ich meinerseits habe Ihre Einladung nämlich sehr ernst genommen.

Bevor ich zu meinen belgischen Freunden fahre, wollte ich eigentlich einen Zwischenstopp in Paris einlegen, aber Ihre Begeisterung hat mich überzeugt, sodass ich nicht sterben kann, ohne das Finistère gesehen zu haben (nicht, dass ich eine Verabredung mit dem Sensenmann hätte, aber ich gehöre zu den Leuten, die die Erkundung exotischer Weltregionen keinesfalls auf die lange Bank schieben).

Folglich werde ich übermorgen um 14 Uhr 15 in Brest eintreffen. Nachdem die Entscheidung nun gefallen ist, werde ich die Reise auf keinen Fall mehr absagen, unabhängig davon, wie groß Ihr Wunsch, mich wiederzusehen, ist.

Diesbezüglich kann ich Ihnen mehrere Angebote unterbreiten: Sie könnten zum Beispiel sehr beschäftigt sein, dann würde ich Ihre Region auf eigene Faust erkunden; Sie könnten Ihre Einladung auch bereuen, dann würde ich genauso verfahren und Sie nicht weiter belästigen; es ist aber auch möglich, dass Sie nichts Besseres zu tun haben, als einen fast Fremden an die bretonische Küste heranzuführen. Sollte mir dieses Glück vergönnt sein, warte ich am Flughafen von Brest bis um 16 Uhr auf Sie.

Ich gehe davon aus, dass Sie den Brief am Tag meiner Ankunft erhalten werden; das ist Absicht. Ihnen blieben nur wenige Stunden, um sich zu entscheiden, und in dringenden Situationen trifft man nicht selten die besten Entscheidungen. Ich habe es mir zur Angewohnheit gemacht, um wichtige Entscheidungen in meinem Leben zu würfeln, auch wenn meine Spezialität nach wie vor das Pokerspiel ist. Seit ich mein Leben so manage, ist vieles leichter geworden, ich habe es folglich nie bereut.

In der Hoffnung, dass mir das Glück weiterhin hold ist,

XXX

William

Von Sylvestre an Anne-Lise

Les Chayets, den 8. Juli 2016

Ich hätte Ihnen nicht im Juni schreiben dürfen. Werfen Sie meinen letzten Brief weg. Die regelmäßigen Berichte, die Sie mir haben zukommen lassen, haben mir die Abende verschönt. Vor ein paar Monaten habe ich wieder angefangen zu schreiben, zunächst sehr selten, dann immer häufiger, bis ich das dringende Bedürfnis verspürt habe herauszulassen, was so viele Jahre in mir festgesessen hat. Ich habe mein altes Manuskript zugunsten eines neuen beiseitegelegt, das überhaupt nichts Autobiographisches hat, oder wenn, dann nur ganz wenig. Das alles verdanke ich Ihnen, und das weiß ich sehr zu schätzen.

Hätte ich 2006 gewusst, dass mein Manuskript es sich auf einem Dachboden im Lozère gemütlich machen würde, dass es sich anschicken würde, seine Leser zu finden, sie zu begleiten und bisweilen zu trösten, dann wären die letzten zehn Jahre meines Lebens sicherlich anders verlaufen …

Aus der Sicht eines Zwanzigjährigen wirkt das Leben freundlich, und selbst wenn er den Verdacht hegen sollte, dass es ihm Hindernisse in den Weg stellen will, die es zu überwinden gilt, fühlt er sich gut gerüstet, sich dem Tosen der Ozeane, den dicken Regentropfen des Himmels und der unerbittlichen Wucht der Großstädte zu stellen. Drei Jahrzehnte später wirkt der Parcours

weniger angenehm. Die Sommergewitter haben tiefe Wagen-
spuren hinterlassen, die das Vorankommen erschweren. Folglich
schaut man zurück und sagt sich, dass man nicht gut vorbereitet
war, dass unsere Vorfahren einen Makel in unsere Gene einge-
baut haben müssen, an dem andere nicht leiden. Man sagt sich,
dass man zu spät geboren wurde oder zu früh. Dass dieses zeit-
versetzte Leben vorprogrammiert war oder man eine schlecht
ausgeschilderte Ausfahrt verpasst hat. Man sagt sich vor allem,
dass Flughäfen und Bahnhöfe uns mehr gestohlen haben als ein
paar maschinengeschriebene Seiten. Egal! Heute blicke ich ge-
lassener auf meine Fehltritte und betrachte die Reise meines Romans als Matroschka. Jede Etappe enthüllt eine neue Figur, die
wiederum eine weitere in sich trägt.

Daher danke ich jenem unbekannten Walter und versuche
ihn mir vorzustellen, wie er mein Eigentum auf einem Sitz am
Flughafen findet und es gewissenhaft nach Hause trägt. Das
Ende, das er sich ausgedacht hat, hat absolut nichts zu tun mit
dem Ende, das ich gewählt hätte, aber ich denke, dass es die Erzählung aufwertet. Wenn Sie von meiner Undankbarkeit nicht
zu enttäuscht sind und wir trotz allem in Kontakt bleiben, werde
ich alsbald an Ihre Meinung als erfahrene Leserin appellieren.
Werden Sie meiner Bitte entsprechen, oder haben Sie mich von
der Liste Ihrer Briefbekanntschaften gestrichen?

Ich kann gut verstehen, dass Ihre Liebsten beunruhigt sind, das
tut mir auch sehr leid. Beruhigen Sie sie, so gut es geht, stellen
Sie mich gern in einem schlechten Licht dar, alles ist erlaubt, so-
lange es Ihnen Ihre Familie erhält. Aber kündigen Sie mir nicht
die freundschaftliche Korrespondenz ...

Bedenken Sie, dass ich nicht der Einzige bin, der auf Ihre Antwort wartet. Sollten Sie unseren brieflichen Austausch einstel-
len, zwingen Sie den Briefträger, seine Route zu ändern, da er

derzeit den Weg zu meinem verwitterten Briefkasten nutzt, um mein Tor zu öffnen, über mein Grundstück zu laufen und einen Privatweg zu beschreiten, der ihm normalerweise verwehrt ist ... Dadurch spart er wertvolle Minuten, und die Route ist weniger hügelig als die offizielle über die Straße. Dies erwähne ich nur, damit Sie im Blick haben, welche unerwarteten Folgen eine brutale Beendigung unserer Brieffreundschaft nach sich zöge.

Ich wünsche Ihnen einen schönen Sommeranfang,

Sylvestre

PS: Ich danke Ihnen, dass Sie sich im Juli die Zeit genommen haben, mir zu schreiben, wo Sie wie die meisten unserer Mitbürger vermutlich dabei sind, Ihren bevorstehenden Jahresurlaub in der Sonne zu planen. Wir werden jetzt sechs Wochen lang Fernsehreportagen über das Glück bezahlten Urlaubs und die obligatorischen Touren der Allerglücklichsten über uns ergehen lassen müssen: ihre Fahrten auf der Autobahn in einer einzigen langen Schlange (wo ist der »Schlaue Bison« unserer Jugend geblieben, der uns vor Staus gewarnt hat?), ihre Aufenthalte auf einem Campingplatz am Mittelmeer, ihre Mahlzeiten im Freien mit Blick auf den Weg zu den Sanitäranlagen und schließlich, wie sie sich mit ihren bleichen Speckfalten auf dem öligen Sand eines überfüllten und lauten Strandabschnitts breitmachen.

Von Maggy an Anne-Lise

Pointe des Renards, den 9. Juli 2016

Liebe Lisou,

die Kopie des berühmten Manuskripts ist wohlbehalten bei mir eingetroffen. Angesichts dessen, was Du mir darüber erzählt hast, muss ich jedoch sagen, dass ich etwas enttäuscht war. Ich hatte damit gerechnet, dass mir der Text den Atem nimmt, ich mit seinen Helden zittere und er mir den Schlaf raubt, weil ich rasch zum Ende kommen will ... Nichts davon hat sich bewahrheitet. Die Geschichte ist so banal, dass ich mich gefragt hatte, was Dich wohl geritten hat.

Erst eine Nacht später haben die Worte angefangen, ihren Weg zu mir zu finden, und ich habe begriffen. Sobald man die letzte Seite umgeblättert hat, ist man empfänglicher für alles Schöne. Man betrachtet Menschen, die einem begegnen, mit ungewohntem Wohlwollen, und am Ende überträgt man dieses auf die eigene Person. Ich muss zugeben, dass die Erzählung ein Lächeln befördert und all die Kleinigkeiten zu relativieren vermag, die die Macht haben, unseren Alltag zu belasten. Zumindest habe ich es heute Morgen beim Aufstehen so empfunden, und seltsamerweise habe ich im selben Moment einen Brief vorgefunden, der mich verwirrt. Mehr verrate ich nicht, meine Liebe, lediglich dass ich in den nächsten Stunden eine Entscheidung treffen muss und mir beim Gedanken daran angst und bange wird. Wie dem auch sei, wenn Du diesen Brief liest, liegt die Entscheidung hinter mir, dasselbe gilt für ihre Folgen. Daher nützt es nichts, wenn ich hier eine Liste der Nachteile aufstelle, die es mit sich bringen wird, sollte ich der Bitte entsprechen – oder nicht.

Mach Dir keine Sorgen, ich werde Dir in wenigen Tagen im Detail berichten. Jetzt muss ich leider Schluss machen, da ich noch etwas zu besorgen habe (was bedeutet, dass meine Entscheidung gefallen ist und ich Dir für Deine – wenn auch unfreiwillige – Hilfe danke).

In diesem Moment bin ich sehr froh darüber, weder eine E-Mail-Adresse noch einen privaten Telefonanschluss zu besitzen, denn ich weiß, dass Du mich ansonsten auf allen Kanälen bombardieren würdest, sobald Du den Brief in den Händen hältst ...

> Sei ganz lieb von mir gegrüßt
> Deine unerreichbare Freundin
> Maggy

PS: Heute Morgen hat der bretonische Himmel seine Wolken wieder, und dieser graue Tag, der die ganze Schönheit unserer Landschaft offenzulegen weiß, macht mich sehr glücklich. Hier kommt uns der blaue Himmel immer wie ein Schwindler vor, der uns mit den starken, unpassenden Kontrasten blendet, mit denen sich der Süden umgibt. Heute weiß ich zumindest, dass sämtliche Eindrücke heruntergedimmt werden, und über dieses Wissen kann ich mich nur freuen.

PPS: Kein Mann kann die Sensibilität einer Frau durchdringen, anders als man es uns zuweilen einreden will. Dein Julian ist auf dem Holzweg. Sei's drum. Sein Wesen ist jedoch ein wahrer

Segen. Du weißt jederzeit, was er gerade denkt, und auf ihn war stets Verlass, wenn Dir der Boden unter den Füßen weggezogen wurde. Und außerdem, was erwarten wir sonst von den Männern, wenn nicht die stets von neuem bestätigte Gewissheit, dass sie uns nie verstehen werden?

Von Anne-Lise an Maggy

Rue des Morillons, den 11. Juli 2016

Du Geheimniskrämerin!

Ich weiß den Grund für Deine Unentschlossenheit, aber keineswegs von Dir selbst! In was für ein Abenteuer hast Du Dich gestürzt? Kannst Du mir erklären, was Du mit diesem Mister Grant vorhast? Und sag nicht, dass ich für Eure Annäherung verantwortlich bin, das weise ich hiermit weit von mir! Wenn ich an Dein modernes feministisches Gerede denke, Dein Bedürfnis nach Isolation und einsamen Spaziergängen weit weg von den Männern und den Zwängen, die sie Frauen auferlegen! Schämst Du Dich nicht?

Ich fordere Dich auf, mich umgehend darüber zu informieren, was »dieser attraktive Mann mit dem unwiderstehlichen Blick« (Deine Worte!) im Finistère macht. Und erzähl mir keinen Blödsinn, ich sehe den Typ nämlich bald und werde ihn zum Reden bringen. Darf ich wenigstens erfahren, ob Du Deine Einsiedelei für seine grauen Augen, seinen köstlichen Akzent oder einfach nur für sein großes Talent verlassen hast, am Ende von Manuskripten, die in der hinterletzten Ecke eines Dachbodens aufgetaucht sind, Verse zu notieren?

Egal! Ich höre an dieser Stelle mit meinen Vorwürfen auf und warte auf Deine Version der Dinge. Sei bloß nicht zu gutgläubig und bedenke, dass Dir ein Pokerspieler gegenübersitzt, dessen größter Trumpf der Bluff ist …

Trotz dieser Zeilen brenne ich darauf, den Mann kennenzulernen, der es verstanden hat, meine beste Freundin aus ihrem Exil zu locken, in das sie sich seit Jahren zurückzieht.

Bis ganz bald, und geize nicht mit Details.
Deine Freundin, die an Dich denkt,
Lisou

PS: Behalte im Hinterkopf, dass das mangelnde Verständnis für Frauen im gleichen Maße für den britischen Mann gilt!

Von Maggy an Anne-Lise

Pointe des Renards, den 13. Juli 2016,

Hallihallo, Lisou!

Sind bei Dir alle Sicherungen durchgebrannt? Sei versichert, dazu bestand kein Anlass. Ich habe lediglich – in allen Ehren – akzeptiert, William während der drei Tage, die er hier verbracht hat, als Reiseführerin zu dienen, im Gegenzug für seinen Einsatz in London, wohin ich mich auf Dein Geheiß Hals über Kopf begeben habe!

Und außerdem liebe ich die Küstenpfade im frühen Morgenlicht, und wie sich herausstellt, hat auch mein Gast Freude an der erwachenden Natur. Wir haben viel geredet, und ich habe ihm in allen Details von Deiner jüngsten Leidenschaft erzählt. Fasziniert von der abenteuerlichen Geschichte, hat er mich gebeten, mit ihm nach Roscoff zu fahren, wo wir unseren Barkeeper und seine Angebetete getroffen haben. Am Sonntagabend haben wir zu viert im Restaurant diniert.

Dabei musste ich an Dich denken, Dir hätte dieses Zusammentreffen von Menschen mit unterschiedlichstem Hintergrund, die sich ohne Dein Zutun nie kennengelernt hätten, gefallen. Trotz Deiner hartnäckigen und absurden Anspielungen auf die Beziehung zwischen unserem Anglo-Franko-Belgier mit dem umwerfenden Charme und mir danke ich Dir für die wun-

derbaren Begegnungen, die Du ausgelöst hast. William hat seine
Pläne geändert, wofür er sich entschuldigt. Er wird keinen Stopp
in Paris einlegen, sondern ist direkt ins Lozère gefahren, um Recherchen zu Deinem Autor anzustellen, bevor er nach Belgien
und dann in die USA reisen wird, wo er an einem Pokerturnier
teilnimmt.

Genau wie Du will er das Rätsel unbedingt lösen, doch als ich
ihn auf seine Verse angesprochen habe, wurde er ganz einsil-
big … Er hat behauptet, er sei von Lyrik besessen, aber er klang
so wenig überzeugend, dass ich mich gefragt habe, ob er nicht
der miserabelste Lügner ist, dem ich je begegnet bin! (Meinst
Du, ich sollte mich ans Pokerspielen machen?)

So, meine Liebe, das ist der von Dir geforderte vollständige
Bericht. Und es stimmt schon, ich habe gezögert, einem Menschen, über den ich nichts oder fast nichts wusste, die Tür zu
meiner Höhle zu öffnen. Doch am Ende habe ich beschlossen,
mich über mein Misstrauen hinwegzusetzen, und habe es nicht
bereut. Wir haben drei herrliche Tage verlebt, mein Gast war äußerst zuvorkommend und wusste stets die angemessene Distanz
zu wahren. Ich kann mich übrigens nicht daran erinnern, hier je
einen weniger vereinnahmenden Menschen zu Besuch gehabt
zu haben als William. Am ersten Abend hat er zusammen mit
mir gekocht, und wir haben uns über Kinderliteratur unterhalten. Ich habe ihm gestanden, was ich beruflich mache, und habe
ihm »Wo ist Walter« gezeigt (gemeinsam haben wir mindestens eine Stunde lang das kleine geringelte Kerlchen gesucht!).
William ist vermutlich der einzige Engländer, der Martin Handford nicht kennt (vielleicht sein belgischer Anteil), und ich habe
diesen Missstand behoben. Allerdings ist er bei den anderen an-
gelsächsischen Autoren unschlagbar. Vor seiner Abreise hat er
sich gewünscht, dass wir mit einer Thermoskanne Kaffee und
ein paar Crêpes ganz vorne auf der Landzunge picknicken. Wir

waren zum Sonnenaufgang da, allein in dieser Landschaft, die sich sekündlich verändert. Als wir uns hingesetzt haben, war das Meer dunkel und bewegt. Nach unserer ersten Tasse Kaffee wurde es von kleinen goldenen Wellen überzogen, und als wir gingen, hatte es sich jene silberne Rüstung übergestreift, die ihm so gut steht.

Dir verdanke ich es, einen ungewöhnlichen (immerhin ist er Pokerspieler!), aber interessanten Menschen kennengelernt zu haben, dem ich sicherlich in den kommenden Monaten öfter schreiben werde. Stell an dieser Stelle Deine Verkupplungsbemühungen ein und schau lieber nach, ob Du an den unten aufgeführten Terminen Zeit hast, denn Deine Skulptur aus Kronkorken hat meinen Wunsch, nach Brüssel zu fahren, um das Zehnfache verstärkt ...

Bis ganz bald,
Deine immer noch alleinlebende Freundin
Maggy

PS: Stimmt es, dass Du Bastien einen fünfundfünfzig Zentimeter großen Manneken Pis mitgebracht hast? Hast Du ihm die Figur während eines Meetings überreicht oder sie in der Kaffeepause lässig auf seinen Schreibtisch gestellt?

Von Anne-Lise an Sylvestre

Rue des Morillons, den 14. Juli 2016

Lieber Sylvestre,

mit Freuden will ich Ihre erste Leserin sein, und es beruhigt mich, dass unser Verhältnis nicht gelitten hat.

Da ich demnächst ein paar Urlaubstage nehmen muss, plane ich, alsbald mit einer Freundin nach Brüssel zu reisen. Allerdings kann ich nicht zu lange wegbleiben, weshalb ich dem verlockenden Bild widerstehe, das Sie mir von den Stränden des Südens gezeichnet haben. Anfang August kehre ich wieder an meinen Schreibtisch zurück. Drei Wochen später bin ich dann beim Umzug meines Sohns in seine Studentenbude eingespannt. Die letzten Tage werde ich also mit Malen verbringen (nur Wände, bleiben wir auf dem Boden), und ich werde Möbel zusammenbauen, die die Skandinavier mit ihrem speziellen Humor als Bausatz verkaufen ...

Die Recherche, die uns zueinander geführt hat, wird vorübergehend eingestellt, auch wenn Mister Grant versprochen hat, in seiner Familie ein paar Nachforschungen anzustellen. Doch Ihr Roman verfügt über die Macht, Menschen zusammenzubringen, daran besteht kein Zweifel, und mit dieser Verantwortung werden Sie leben müssen. Daher bin ich neugierig auf das Thema Ihres nächsten Romans: Können Sie mir diesbezüglich schon etwas sagen, damit ich es schaffe, mich bis zur Zusendung zu gedulden?

Von dort, wo ich schreibe (am Sekretär in meinem Büro im schrägen Strahl einer inspirierenden Morgensonne), geht mein Blick auf einen Pariser Park, in dem sich ein wunderschöner Baum erhebt. Seit Wochen kann ich ihn nicht mehr anschauen, ohne die Meditationsübung auszuführen (denn das ist es doch, oder?), die Sie mir beigebracht haben und die mir, wie ich zugeben muss, ein tröstliches Gefühl von Zufriedenheit beschert. Besteht darin Ihr Geheimnis? Ernährt sich das Faultier in Ihnen von Bewusstseinsübungen, um der Welt um sich herum mit innerer Gelassenheit zu begegnen? Und vor allem, waren Sie ein Vorreiter dieser Technik, als Sie vor dreißig Jahren schrieben:

Ich lief hinter ihr her und beobachtete sie in aller Ruhe. Ich verspürte nicht den geringsten Wunsch, mich als ihren »Auserwählten« zu erkennen zu geben oder der Welt zuzurufen, »diese Frau gehört mir«, nein. Es genügte mir vollkommen, sie zu jeder Stunde des Tages zu betrachten und sie in jedem Augenblick aufs Neue zu entdecken, dank spontaner Anwandlungen, die sie mir wieder fremd erscheinen ließen.

Ich hoffe, Sie werden mir eines Tages den Ausgang dieser zarten Liebe verraten. Denn Sie lassen mich mit Ihrer Andeutung, die wahre Geschichte sei weniger interessant als die von unserem Walter erfundene, am ausgestreckten Arm verhungern. Doch ich höre auf, Ihnen weitere Fragen zu stellen, da ich fürchte, meine Neugierde könnte dazu führen, dass Sie ein weiteres Mal auf Abstand gehen, und nichts liegt mir mehr am Herzen als das Wohl Ihres Briefträgers …

Mit den besten Grüßen
Anne-Lise

PS: In welchem abgelegenen Teil der Erde wohnen Sie, dass den Bediensteten der Post kein Gefährt zur Verfügung steht und sie zum Verteilen der Post widerrechtlich die Grundstücke ihrer Kunden überqueren müssen? Wen wundert es da, dass die Leute lieber per Mail kommunizieren?

PPS: Die familiären Spannungen sind fast verflogen. Ich rede zu Hause nicht mehr über Ihren Roman, auch wenn ich oft an ihn denke.

Von William an Anne-Lise

Belle Poelle, Génolhac,
den 14. Juli 2016

Liebe Anne-Lise,

diese Anrede mag Ihnen sehr ungezwungen vorkommen, aber
ich kann Sie beim besten Willen nicht mit Madame ansprechen,
nachdem ich von Maggy so viele Anekdoten über Ihre Kindheit
gehört habe. Ich befinde mich derzeit in meinem Landhaus im
Lozère, und wenn Sie mich jetzt sehen könnten, dann mit Spinn-
weben überzogen, von oben bis unten eingestaubt und völlig un-
ordentlich, denn ich habe die letzten drei Tage damit verbracht,
mein Elternhaus auf den Kopf zu stellen und vom Keller bis zum
Dachboden jede Kiste, jede Schublade umzudrehen. Wenn Sie
überdies wissen, dass meine Mutter ein Mensch ist, der nichts
wegwirft, und dass sie diese Disziplin in den letzten zwanzig Jahren vehement gepflegt hat, haben Sie eine ungefähre Vorstellung
davon, welcher Aufgabe ich mich unterzogen habe.

Das letzte Mal, dass in diesem Haus etwas aussortiert wurde,
war anlässlich des Todes meines Vaters vor zwölf Jahren. Ich
wollte meine Mutter überreden, zu mir zu ziehen (damals war
meine berufliche Situation viel stabiler, und ich wohnte in einem
Londoner Vorort), aber sie hat sich in England nie wohlgefühlt
und es vorgezogen, zu Verwandten nach Belgien zu ziehen.

Wir haben ihr daraufhin eine Wohnung in Brüssel gemietet unweit von dort, wo Sie abgestiegen sind. Ich erspare Ihnen weitere Details, es genügt, wenn Sie wissen, dass nun unser Roman ins Spiel kommt. Tatsächlich war ich beim Ausräumen der Sachen meines Vaters auf den Text gestoßen. Eine Weile hatte ich vermutet, er könnte der Autor dieser Zeilen sein, doch da ich im ganzen Haus nie eine Schreibmaschine gesehen habe, musste ich mich von dieser Vorstellung verabschieden.

Noch bevor ich meine Mutter zur Herkunft des Romans befragen konnte, hat sich ihr geistiger Zustand verschlechtert und sie endgültig von dieser Welt abgeschnitten. In ihren lichten Momenten äußert sie bis heute den Wunsch, in das Haus im Lozère zurückzukehren, welches sie mit meinem Vater bewohnt hat. Daher habe ich ihrem Wunsch nachgegeben, sie hierhergebracht und häufig besucht, um sicherzugehen, dass es ihr gut geht. Jedes Mal, wenn ich mich hierher zurückgezogen habe (ich versichere Ihnen, dass das Haus mitten in der Pampa steht, was Maggy bestätigen wird, wenn sie mich besuchen sollte), habe ich den Text gelesen und vor dem Einschlafen ein paar Verse dazugekritzelt.

Leider hat meine Mutter seit bald sieben Jahren keinen Fuß mehr in unsere Welt gesetzt. Sie lebt in einer Spezialeinrichtung eine halbe Stunde von hier entfernt. Auch wenn ich sie nicht so unterstützen kann, wie ich es gern täte, engagieren sich ihre früheren Nachbarn und besuchen sie jede Woche.

Sie werden sich fragen, warum ich meine familiären Enttäuschungen so ausführlich schildere, obwohl wir uns gar nicht kennen. Dazu komme ich gleich. Bei der Durchsicht ihrer Papiere sind mir Fotos in die Hände gefallen, die 1996 anlässlich eines Essens aufgenommen worden sind. Meine Eltern und ein paar Freunde sind am Feiern, und auf einer der Aufnahmen sieht man das Manuskript zwischen lauter Gläsern auf dem Gartentisch liegen. Kurzerhand habe ich die Nachbarn aufgesucht und darauf angesprochen. Zu meiner großen Überraschung ist Bernadette (die Freundin meiner Mutter) beim Anblick der Fotos in Tränen ausgebrochen. Ihr Mann hat mich schließlich zum Gehen aufgefordert, da sie außerstande war, weiter mit mir zu reden, was ich selbst ebenfalls erkannt hatte, auch wenn sie mir jegliches psychologische Gespür abzusprechen schienen.

Daher würde ich mich freuen, wenn Sie ins Lozère kämen, sobald Ihr Terminkalender es zulässt. Ich habe das Gefühl, dass es zwischen dem schmerzvollen Schweigen und Ihrem Buch eine Verbindung gibt, und meine Nachbarn werden nicht mit mir darüber reden wollen, wenn die Enthüllungen meine Familie betreffen. Maggy hat mir gegenüber Ihre Fähigkeit, Kontakt zu anderen Menschen aufzunehmen und ihnen alle Arten von Geständnissen zu entlocken, in den höchsten Tönen gepriesen, und ich habe das Gefühl, es könnte Ihnen eher als mir gelingen, Geständnisse aus ihnen herauszukitzeln. Glauben Sie mir, das Haus ist in allerbestem Zustand, und die Tür steht Ihnen offen. Gern können Sie Ihre ganze Familie mitbringen, denn es gibt viele Zimmer und drei Bäder. Ich werde zehn Tage weg sein, um einer Verpflichtung in den USA nachzukommen, aber Bernadette hat einen Schlüssel, und Sie können sich hier wie zu Hause fühlen. Maggy habe ich von dem Haus erzählt, und ich bin mir sicher, dass sie hier dieselbe Ruhe vorfinden wird wie in ihrem Dorf. Dennoch möchte ich gern Ihre Dienste in Anspruch nehmen, liebe Anne-Lise, um Maggy zu einem gleichzeitigen Aufenthalt zu überreden, da ich selbst fürchte, mir von ihr eine Absage einzuhandeln.

Mir ist bewusst, dass dieses Ansinnen äußerst ungewöhnlich ist, und ich bin nicht der Mann, Leuten, die ich kaum kenne, die Tür zu öffnen, doch im Grunde ist der Auslöser unserer Bekanntschaft mindestens ebenso verrückt wie mein Angebot. Ich habe es mir vor langer Zeit schon zur Gewohnheit gemacht, meine Gefühle und meine Spontanität sprechen zu lassen und erst dann auf meinen Verstand zu hören, und mein Instinkt sagt mir heute, dass es das richtige Vorgehen ist.

Ich hoffe, Sie stimmen mit mir überein, sodass wir uns in diesem Haus, das das Objekt Ihrer Recherchen so viele Jahre beherbergt hat, bald kennenlernen werden.

Hochachtungsvoll

William Grant

Von Anne-Lise an Maggy

Rue des Morillons, den 17. Juli 2016

Liebste Maggy,

ändere auf der Stelle die Liste der einzupackenden Klamotten, denn ich habe mir die Freiheit genommen, den Ort unserer Sommerfrische eigenmächtig zu verlegen. Brüssel muss warten, wir beide haben nämlich eine Einladung ins Lozère! Wir werden die Pralinen also durch Esskastanien und das Bier durch das berühmte Quézac-Wasser ersetzen.

Deine Schreie und Ausrufe kann ich bis hierher hören, daher füge ich in meinen Brief eine Leerzeile ein, damit Du mich nach Herzenslust beschimpfen kannst ...

Geht's Dir jetzt besser? Darf ich mich erklären?

Gestern Morgen habe ich einen Brief Deines charmanten Besuchers erhalten. Möglicherweise hat er eine Spur zu den Menschen aufgetan, die seinen Eltern das Manuskript übergeben haben. Wie Du weißt, fliegt er demnächst in die USA, aber er überlässt uns den Schlüssel zu seinem Domizil, damit wir vor Ort Nachforschungen anstellen können. Das Haus scheint wunderschön zu sein, und wir nehmen Katia mit, die Ferien hat und nicht weiß, was sie den lieben langen Tag machen soll (ich habe meinen Göttergatten im Verdacht, sie als Anstandswauwau mitzuschicken, da er sich entgegen seinen Äußerungen Sorgen hinsichtlich meiner Aktivitäten rund um diesen Roman macht. Daher akzeptiere ich mit Freuden ihre Anwesenheit, denn sie befreit mich von allem Argwohn).

Zumal ich mir die Freiheit genommen habe, Sylvestre ebenfalls einzuladen. Wir werden die ersten Tage ohne William verbringen, er wird jedoch am Wochenende dazustoßen. Ich kann es kaum erwarten, mich selbst von der Wirkung seiner grauen Augen auf das weibliche Geschlecht zu überzeugen. Erst als er so sehr darauf bestanden hat, dass ich Dich mitbringe, ist mir klargeworden, dass das Band zwischen Euch nicht so hauchzart ist, wie Du mir weismachen wolltest. Außerdem leuchtet mir der Grund für seine Bitte um Hilfe, die unsere Anwesenheit angeblich erforderlich macht, keineswegs ein, er scheint nämlich sehr wohl in der Lage zu sein, von Leuten zu bekommen, was er will ...

Lass mich bald wissen, ob Du über Paris fährst und wir die restliche Strecke gemeinsam zurücklegen können, oder ob Du es vorziehst, allein ins Lozère zu reisen.

Antworte mir schnell.

Sei ganz lieb gegrüßt

Lisou

PS: Und stell Dich nicht so an, ich weiß jetzt schon, dass wir eine wunderbare Zeit haben werden!

PPS: Ich hoffe, Dir ist aufgefallen, dass ich mich zu Deinem letzten Brief, auch zu seinem zentralen Thema, mit keinem Wort geäußert habe ... Im Gegenteil, ich habe so getan, als wäre es völlig normal, dass meine beste Freundin über einen Sonnenaufgang, den sie schon tausendmal erlebt hat, in Verzückung gerät und in Jugendsprache verfällt, um ihre morgendlichen Beobachtungen zu kommunizieren … Meinst Du, die Sonnenaufgänge im Lozère sind genauso schön?

Von Anne-Lise an Sylvestre

Rue des Morillons, den 18. Juli 2016

Lieber Sylvestre,

ich habe auf Ihrem Anrufbeantworter drei Nachrichten hinterlassen! Ist er kaputt? Haben Sie ihn so programmiert, dass er alle
Pariser Anrufe löscht? Oder weigern Sie sich schlicht, allein oder
mit Ihrer Gattin ins Lozère zu kommen?

Und sagen Sie mir nicht, Sie hätten ihr bisher noch nichts davon erzählt!

Am Mittwoch, dem 27. Juli, fahren wir los, und ich wiederhole
noch einmal mein Angebot einer Fahrgemeinschaft. Falls Sie
fürchten, während der siebenstündigen Fahrt das Geschwätz
dreier Frauen über sich ergehen lassen zu müssen, gebe ich Ihnen für alle Fälle noch die Adresse durch, an der wir eine knappe
Woche verbringen wollen. Ich werde meine Tochter mitnehmen
(seit ihr Bruder in Urlaub gefahren ist, irrt sie wie verloren durch
die Wohnung), und William Grant hat mir versichert, dass das
Haus sehr groß ist. Es handelt sich um ein typisches Landhaus
der Cevennen in Hanglage, das von hundert Jahre alten Bäumen
umgeben ist, und im Herbst gibt es dort die besten Esskastanien
im ganzen Lozère!

Kommen Sie mit, damit wir uns endlich unterhalten können,

ohne von der durchaus bewährten Schnelligkeit Ihres Briefträgers abhängig zu sein.

Bis ganz bald,
mit freundlichem Gruß
Anne-Lise

PS: Falls es nicht deutlich geworden sein sollte (oder falls Sie zu der Sorte Mann gehören, die nicht zwischen den Zeilen lesen kann), möchte ich noch einmal betonen, dass ich äußerst verärgert wäre, sollten Sie meiner Bitte nicht nachkommen ...

Von Anne-Lise an William

Rue des Morillons, den 19. Juli 2016

Lieber William,

vielen Dank für Ihre Einladung. Sie rührt mich mehr, als ich es zum Ausdruck zu bringen vermag, auch wenn ich von Maggy bereits gehört habe, wie sehr Sie sich dem Manuskript verbunden fühlen. Die unerträglichen Temperaturen in der Hauptstadt machen die Reise ins Lozère attraktiver denn je.

Folglich können Sie auf meine Anwesenheit zählen, desgleichen auf die meiner sechzehnjährigen Tochter, die zurzeit Ferien hat. Ich hoffe, dass Ihre grauen Augen sie besänftigen und zur Vernunft rufen werden, wenn sie ausrastet, sie befindet sich nämlich mitten in einer Phase der Rebellion und lästert über meine Lieblingsbeschäftigungen sowie meine Freunde (aber kein Wort davon an Maggy, sonst reißt sie mir die Augen aus, die mir – obschon von brauner Farbe – lieb und teuer sind). Um ehrlich zu sein, hoffe ich, die Gegenwart fremder Menschen könnte ihr Temperament zügeln und sie empfänglicher machen für die Interessengebiete der über Sechzehnjährigen …

Hinsichtlich unserer verehrten Freundin kann ich Sie ihres Kommens versichern, auch wenn sie sich eine Weile zieren wird, um ihren Stolz zu wahren. Wie Sie längst begriffen haben, nimmt sie die Beine unter den Arm, sobald ein Mann einen Schritt auf sie zumacht. Ich habe sie allerdings im Verdacht, ein Faible für polyglotte pokerspielende Weltenbummler zu haben, weiß der Himmel warum! (Das bleibt natürlich unter uns und wird Sie nur interessieren, wenn Sie selbst eine Vorliebe für Einsiedler haben, die unfähig sind, zwei Worte Englisch hintereinander herauszubringen.)

Ich möchte Sie außerdem darüber unterrichten, dass ich auch Sylvestre Fahmer eingeladen habe. Zwar habe ich noch keine Antwort von ihm erhalten, aber ich hoffe, es ist ihm ein Anliegen, seine Leser zu treffen, die gleichzeitig auch – nacheinander und unrechtmäßig – Besitzer seines Manuskripts waren.

Sie halten es bestimmt für unverschämt, dass ich mit meiner Familie und Freunden in Ihr Haus im Lozère einfalle, aber ich stecke tief drin in dieser Geschichte, und nur diese Verstrickung rechtfertigt die Ignoranz sämtlicher Anstandsregeln. Folglich hoffe ich, dass Sie Ihren Eindruck revidieren werden, wenn wir das Vergnügen haben, uns endlich kennenzulernen.

Sobald die organisatorische Seite der Reise abgeschlossen ist, setze ich Sie über den Tag und die Stunde unserer Ankunft in Kenntnis, damit Sie Ihre Nachbarn informieren können.

Mit Dank für die Ermöglichung dieses Aufenthalts
und freundlichem Gruß
Anne-Lise

PS: Ich adressiere den Brief an das von Ihnen genannte Hotel, da ich jedoch ein sehr begrenztes Vertrauen in die Amerikaner und die transatlantische Postbeförderung habe, werde ich Ihnen unsere Ankunft noch telefonisch bestätigen.

Von Maggy an Anne-Lise

Pointe des Renards,
den 20. Juli 2016

Hallihallo, Lisou!

Die Lücke, die Du in Deinem letzten Brief gelassen hast, hat nicht ausgereicht, um meine Wut aufzufangen. Was hat Dich bloß geritten? Was soll das für ein Urlaub sein, wenn wir von Fremden umgeben sind? Wir hatten uns eine traute Zweisamkeit unter Freundinnen vorgestellt, und jetzt servierst Du uns die Parodie eines Cluburlaubs! Eins sag ich Dir, ich werde nicht die Rolle der Animateurin übernehmen, und ich werde keine Sekunde zögern abzureisen, wenn die Stimmung unerträglich wird. Aus genau diesem Grund werde ich mit dem eigenen Auto fahren, um mich bei der erstbesten Gelegenheit davonstehlen zu können. Und wenn William wünscht, dass ich anwesend bin, warum hat er mir dann nicht selbst geschrieben? Ich fürchte, Du zwingst mich genauso zu diesem Treffen wie Deinen Autor und Deine Tochter … Was wird unser Gastgeber zu einem solchen Überfall sagen?

Nach reiflicher Überlegung glaube ich, dass ich hier besser aufgehoben bin, wenn ich das sich spiegelnde Sonnenlicht auf der Wasseroberfläche betrachte, und Cidre hat auf mich eine weitaus inspirierendere Wirkung als alles Mineralwasser aus

Quézac. Sollte ich mich dazu durchringen zu kommen, dann einzig und allein, um Deine Tochter zu beschützen, die Du völlig leichtfertig in ein fremdes Haus mitnimmst und der Gegenwart jenes Sylvestre aussetzt, den Du noch nie gesehen hast … Du weißt selbst am besten, dass Schriftsteller in der Regel äußerst neurotische und besondere Geschöpfe sind und man lieber ihre Romane lesen sollte als seine Tage mit ihnen zu verbringen: Das ist zwar nicht notwendigerweise besser, aber in jedem Fall weniger langwierig und weniger riskant!

Und Julian? Findet er es okay, dass Ihr so weit wegfahrt? Protestiert er nicht? Oder benutzt Du meine Gegenwart als Alibi … Lisou, ich habe das Gefühl, wieder fünfzehn zu sein und Deine Eltern anlügen zu müssen, damit Du Roland im Café treffen kannst! Vergiss nicht, wie es damals ausgegangen ist: Dein Schäferstündchen war ein Bowling-Wettbewerb, und Du bist gedemütigt und stinkwütend nach Hause zurückgekehrt, weil Du Letzte geworden bist!

Bei der Wiedergabe von Williams Worten hast Du Dich sehr zurückgehalten, und ich will nicht, dass Du die Kupplerin spielst, wo Du genau weißt, dass in meinem Leben kein Platz für einen Mann ist. Außerdem, wenn ich mich recht besinne, habe ich die Wirkung seiner grauen Augen vielleicht ein wenig überschätzt. Ich denke, zwischen Kastanienbäumen werden sie weniger zur Geltung kommen als am Strand, und ich rate Dir dringend, Dir in seiner Anwesenheit jegliche Anspielungen darauf zu verkneifen.

Solltest Du mir vor der Abreise etwas mitteilen wollen, erreichst Du mich am Samstagabend übrigens bei Agathe im *Beau Rivage*, ich habe ihr versprochen, ihr beim Ausrichten eines Geburtstagsessens zur Hand zu gehen (sei unbesorgt, ich werde nicht kochen). Du kannst mich daher gern im Hotel anrufen und mir sagen, was unsere Mission dort unten sein wird und welche Fährte wir in den Wäldern der Cevennen eigentlich verfolgen.

Bis Samstag.

Sei trotz allem lieb gegrüßt

Maggy

PS: Und noch ein Tipp: Geh prophylaktisch schon mal zum Bowlen, schließlich weiß man nie …

Von Sylvestre an Anne-Lise

Les Chayets, den 21. Juli 2016

Sind Sie von allen guten Geistern verlassen, dass Sie das gemächliche und wenig abwechslungsreiche Leben eines Mittfünfzigers auf den Kopf stellen wollen? Sobald ich einen Umschlag im Briefkasten erspähe (sein Inhalt ist vom Haus aus sichtbar, denn ich habe ihn nicht repariert, seit der Nordwind vor einiger Zeit die Klappe abgerissen hat), werde ich etwas unruhig beim Gedanken daran, was ich wohl zu lesen bekomme.

Und jetzt soll ich ins Lozère fahren! In das Haus eines Mannes, den ich nicht kenne, um mich dort mit Leuten zu umgeben, über die ich nichts weiß, die ihrerseits jedoch durch die Lektüre dessen, was ich vor mehr als dreißig Jahren zu Papier gebracht habe, in mein Innerstes vorgedrungen sind!

Ich komme auf keinen Fall.

Ich hielt die ausbleibende Reaktion auf Ihre wiederholten Anrufe für aussagekräftig genug. Dem ist wohl nicht so, vielleicht ist es daher an der Zeit, Anne-Lise, dass Sie erfahren, mit wem Sie es zu tun haben.

Ich bin in den Pyrenäen geboren. An einem Ort, an dem der Stein alles dominiert. Er beherrscht jedes Haus, jeden Baum, jeden Menschen. Wer dort lebt, hat sich damit abgefunden, sich ihm unterordnen zu müssen, denn der Stein hat gesehen, wie er zur Welt gekommen ist, und wird ihn auch sterben sehen. Der Stein ist seine Ewigkeit. Wer diesen Ort verlässt, nimmt die Beständigkeit der Felsen und das Rauschen des Waldes mit. Diese Natur glauben Sie in Ihrem Stadtleben Tag für Tag mit sich herumzutragen, doch in der Nacht klopft sie wieder bei Ihnen an. Sie versucht, Ihren Träumen die unermessliche Kraft des Windes, der sich in Böen von den Gipfeln herabstürzt, die Gewalt des Wassers, das den Schlamm hinunter ins Tal bringt, und die Geschichten von Männern und ihren Dämonen, die Generationen kleiner Bergbewohner in Schrecken versetzt haben, unterzujubeln.

Meine Eltern haben zwei Kinder bekommen. Den Älteren haben Sie Pierre genannt, den zweiten Sylvestre. Mit zwei Vornamen – Stein und Wald – war alles gesagt. Mein Bruder war so intelligent zu bleiben. Wenn man im Schatten der Berge aufwächst, fühlt man sich in den Metrogängen nicht zu Hause. Man versucht sich zu arrangieren. Bis zu dem Tag, an dem der Organismus rebelliert. Bei mir war es mit fünfzig Jahren so weit. Die Beschwerden haben mich zum ersten Mal unter der Erde ereilt, zwischen den Metrostationen Pyrénées und Belleville. Erster Krankenhausaufenthalt. Die Rede war von Überlastung aufgrund ungünstiger Arbeitszeiten und langer Fahrten im öffentlichen Nahverkehr. Beim zweiten Anfall wurde mir ein Auto empfohlen und die relative Stille eines Verkehrsstaus. Beim dritten Mal hat sich die Betriebspsychologin dafür eingesetzt, dass ich woanders arbeite, dort, wo die Morgenstunden frisch sind und graue Berge nah. Da meine Frau in Paris praktizierte, konnten wir nicht in die Pyrenäen ziehen. Daher haben wir uns in den Norden zurückgezogen, in angemessene Entfernung zur Hauptstadt. Dort haben wir uns ein altes Haus mit Blick auf den Horizont gekauft. Das Kaff, in dem Grund und Boden billig waren, beherbergte in verstreuten Baracken depressive Städter, die mit der Welt durch ihren Breitbandanschluss verbunden waren, und mittellose Rentner, die ihren Lebensabend erschwinglicher gestalten wollten.

Sobald ich mich der Natur hingab, ließen die Anfälle nach, aber mein Kapital an Menschenliebe war definitiv aufgebraucht. Ich ertrug keine Menschen mehr. Eine Weile ließ sich dieses Handicap vor meinen Nächsten verbergen, indem ich eine chronische Erschöpfung vortäuschte, die mich ans Dorf fesselte, dann ans Haus. Der Horizont rückte näher ...

Als ihnen die Abgeschiedenheit die Luft abschnürte, sind meine Frau und meine Tochter geflohen, jeweils in die Arme eines Retters. Die Krankheit hatte sich heimtückisch in mir festgesetzt, und sie musste zuerst meine Familie zerstören, bevor ich bereit war, mich ihr zu stellen.

Danach musste ich die einengenden Grenzen verschieben. Allein. Seit zwei Jahren kehre ich langsam in die Zivilisation zurück. Ich führe kurze Gespräche von zwei, drei Sätzen mit den Nachbarn und kann wieder Auto fahren, vorausgesetzt, ich meide Großstädte und menschliche Kontakte. Ich bin das, was man asozial nennt.

Gern hätte ich Sie ins Lozère begleitet. Wirklich. Ich wäre allein gekommen. Während unserer gemeinsamen Zeit habe ich meiner Frau nie von diesem Teil meines Lebens erzählt. Das mag Ihnen kindisch vorkommen seitens eines erwachsenen Mannes, aber es beruht auf der Gewissheit, dass keine Frau (auch kein Mann, das kann ich Ihnen versichern) gern erfahren möchte, dass sie erwählt wurde, weil ihr Partner jegliche Hoffnung verloren hatte, eines Tages die große Liebe seiner Jugend wiederzufinden.

Gehen Sie nicht zu hart mit mir ins Gericht, ich sage nicht, dass ich die vergangenen Jahre bereue, die Momente des Glücks mit meiner Frau und meiner Tochter; ich sage nur, dass die von mir beschriebene Liebe, die Sie so berührt hat, sich in meinem Leben seit jener Zeit, in der ich diese Zeilen verfasst habe, nicht mehr eingestellt hat. Ich bin mir sicher, meine Frau hätte alles durchschaut, wenn ich ihr den Text zu lesen gegeben hätte. Aber es besteht keinerlei Hoffnung, dass dies noch passiert, denn wir sind seit vier Jahren getrennt ...

Ich weiß, dass ich bei diesem Thema äußerst vage war, und ich leugne nicht, bezüglich meines Familienlebens falsche Signale von mir gegeben zu haben. Von Ihrem ersten Brief an war ich der Ansicht, dass ein Briefwechsel mit einem alleinstehenden Mann für Sie unangemessener wäre als ein vorgeblich literarisches Gespräch mit einem verheirateten und vermutlich stabilen Menschen. Da ich diesen Austausch unbedingt weiterführen wollte, habe ich es vorgezogen, meine Situation zu verschweigen. Aus demselben Grund habe ich meine Krankheit und meine Isolation geheim gehalten.

Ich erfülle meine beruflichen Verpflichtungen in meinem Rhythmus und ohne administrative Kontrolle. Die Berichte, die ich übermittle, werden erst Wochen später gelesen, woraus ich schließe, dass meine Arbeit für die Firma, die mich beschäftigt, nicht mehr von großem Nutzen ist. Ich habe den Personalverantwortlichen im Verdacht, einen verstörten Mitarbeiter aufs Abstellgleis geschoben zu haben. Bitte unterstellen Sie mir keine Bitterkeit. Eines Tages werde ich sicherlich grenzenlose Bewunderung hegen für eine Gesellschaft, die so organisiert ist, dass sie für jedes Problem eine Lösung findet, für jeden Topf einen Deckel, und die für jeden Menschen ein Kästchen auf einem Formular vorsieht, egal wie weit er sich von der Norm entfernt ...

So. Nun werden Sie besser verstehen, warum ich nicht zu Ihnen ins Lozère kommen kann. Ich werde in Gedanken bei Ihnen sein, mehr geht leider nicht.

Sylvestre

Von Anne-Lise an Sylvestre

Rue des Morillons, den 23. Juli 2016

Lieber Sylvestre,

ich danke Ihnen für das Vertrauen, das Sie mir in Ihrem letzten Brief zuteilwerden ließen. Er hat mich erschüttert, und doch haben Sie mich erneut zum Lächeln gebracht ...
Die Menschen glauben seit jeher, ihre Wurzeln zu beherrschen ... Dem ist nicht so. Unsere Wurzeln scheinen uns von Geburt an zu prägen, und nichts ist gewonnen, wenn wir versuchen, sie zu negieren. Können Sie, nachdem Sie das akzeptiert haben, nicht einen Schritt weiter gehen und Ihre Vergangenheit annehmen? Müssen Sie dauerhaft in Abgeschiedenheit leben, um das Rauschen des Winds zu hören und die Kraft der Natur zu spüren? Und wenn schon! Kommen Sie ins Lozère! Ich habe mit William telefoniert, der meine Vermutungen bestätigt hat: Das Dorf, in dem wir einquartiert sind, zählt nur vier Häuser, und nur ein einziges davon ist das ganze Jahr über bewohnt ... Das Landhaus, in dem wir untergebracht sein werden, ist sehr groß und liegt an einem Berg, der es locker mit den Pyrenäen aufnehmen kann. Das Haus verfügt über zahlreiche Zimmer, Sie können einen ganzen Flügel für sich allein haben, in den Sie sich zurückziehen können, wenn Ihnen unser Geschwätz zu viel wird. Der Ort ist wie für Sie geschaffen, Sylvestre, packen Sie gern Ihre

Menschenscheu ein und ziehen Sie sich in Ihr Schneckenhaus zurück, kein Problem. Am Ende werden Sie ungewöhnlichen Menschen mit realen Blessuren begegnen, auch wenn diese Ihnen noch fremd sind. Ohne Narben kommt man nicht durchs Leben. Besuchen Sie uns, Sie werden sich in dieser schweren Zeit weniger allein fühlen.

Falls Sie mit dem Auto kommen, werden Sie ein stilles Fleckchen Erde mit verstreuten Dörfern vorfinden, von der Hauptstadt vergessen, Sie werden sehen, dass es noch ein anderes Frankreich gibt, das seine Sonntage nicht in riesigen Einkaufszentren verbringt und seinen Urlaub an den Stränden des Südens. Das zu sehen könnte Ihnen richtig guttun ...

Wir richten ein Zimmer für Sie her. Bis nächste Woche.

Ihre Freundin
Anne-Lise

Von William an Anne-Lise

Blossom Ave, Flushing,
den 24. Juli 2016

Liebe Anne-Lise,

es freut mich sehr, dass Sie dieses Treffen im Lozère organisieren, und ich werde mich bemühen, meine Termine möglichst zügig hinter mich zu bringen. Die Vorstellung, einen Aufenthalt mit Bücherfreunden zu verbringen, ist großartig. Ich habe meine Nachbarin informiert, die sich freut, für ein paar Tage Menschen in ihrer Nähe zu haben, und die versuchen wird, eine Ausgeherlaubnis für meine Mutter zu erhalten. Ich träume immer wieder davon, dass eine Rückkehr in ihr Haus einen Geistesblitz in ihrem Gedächtnis auslösen könnte, der sie mir wenigstens für ein paar Stunden zurückgibt … Bis jetzt ist dieser Traum allerdings noch nie in Erfüllung gegangen.

Natürlich habe ich mit Freuden vernommen, dass Maggy Ihnen von mir erzählt hat. Doch obgleich mir meine grauen Augen im Alter von zwanzig Jahren gewisse Erfolge beschert haben, reichen sie heute leider nicht aus, um mir die Aufmerksamkeit der Frauen zu sichern. Ich hoffe, eher durch meinen Verstand und meine Freundlichkeit zu bestechen als durch die Farbe meiner Augen.

Seit ein paar Tagen merke ich tatsächlich, dass ich eine Vorliebe für Exilanten habe, die keine zwei Worte Englisch herausbringen, und es ist kaum zu glauben, dass ich so lange warten musste, um mir dessen bewusst zu werden … Ich weiß, dass ich Ihnen vertrauen kann und Sie meine Äußerungen von den Ohren jener Person fernhalten werden, der sie eventuell Angst einjagen könnten …

Bis ganz bald,
William

PS: Wie Sie sehen, schafft es die Post, den Atlantik unabhängig von der herrschenden Windrichtung zu überfliegen, und ich bin auch weiterhin davon überzeugt, dass sie mich hier schneller erreicht als im Lozère! Indem ich den Brief nach Belle Poelle schicke, versuche ich Sie nachhaltig mit den Amerikanern zu versöhnen, die anders sind, als Sie in Frankreich mit Ihrer – seien wir ehrlich – uralten Herablassung gegenüber allen Ländern, deren Geschichte ein paar Jahrhunderte fehlen, denken …

Von Anne-Lise an Julian

Belle Poelle, den 30. Juli 2016

Julian, Liebster,

der Aufenthalt hier ist wunderschön!

Ich weiß, dass Du täglich von Katia auf dem Laufenden gehalten wirst, die ihr Handy übermäßig strapaziert, sobald sie mich außer Sichtweite weiß, und glaub mir, es hätte Dir gefallen, diese freien Tage mit uns zu verbringen. Seit drei Tagen leben wir wie eine Altachtundsechziger-Kommune in diesem Landhaus im Lozère (keine Bange: ohne die dazugehörigen Orgien und Drogen!).

William ist charmant, er ist gestern Abend gekommen, das heißt zwei Tage früher als vorgesehen. Er entspricht in allen Punkten dem Menschen, den wir uns vorgestellt haben. Er sieht gut aus, hat ein ebenmäßiges Gesicht und gepflegte Hände. Er verfügt über diese natürliche Distinguiertheit, die wir in Frankreich gemeinhin mit englischen Lords assoziieren. Er ist allen gegenüber aufmerksam, und ich muss zugeben, dass seine hellen Augen romantischen Seelen durchaus den Kopf verdrehen könnten (bei mir besteht also keine Gefahr, da kann ich Dich beruhigen).

Übrigens hast Du Deine Wette gewonnen: Sylvestre ist gestern Morgen nachgekommen. Bezüglich seines Aussehens lagen wir allerdings beide daneben. Er ist vom Typ so dunkel, wie William hell ist. Während wir uns einen blassen, kränklichen Mann vorgestellt hatten, der nachts arbeitet und sich tagsüber verkriecht, sah ich einen großen Kerl, braungebrannt und mit Dreitagebart, hier ankommen. Trotz der äußeren Erscheinung eines Menschen, der im Freien arbeitet, strahlt er allerdings nicht die ruhige Kraft aus, die man erwarten könnte. Das liegt vermutlich an seinen struppigen braunen Haaren oder dem gequälten Blick seiner riesigen und unergründlichen schwarzen Augen. In den ersten Stunden war er sehr zurückhaltend und hat uns schweigend gemustert. Dann haben wir zusammen noch einmal den Schluss des Manuskripts gelesen, und der Nachmittag bestand aus einer Reihe von Spekulationen bezüglich der Identität des zweiten Autors.

Anschließend hat uns William eine Fotoserie von 1996 gezeigt. Auf einem der Fotos ist tatsächlich Sylvestres Manuskript zu erkennen. Es liegt aufgeschlagen auf dem Tisch, als hätte es jemand kurz abgelegt, um sich einen Aperitif einzuschenken. Um dafür eine Bestätigung zu bekommen, habe ich einen kleinen Blumenstrauß zusammengestellt, bin zu den Nachbarn gegangen und habe sie zum Abendessen eingeladen. Schon am selben Abend saßen wir zu acht am Tisch: Ihre Tochter Alice, die als Bibliothekarin in Alès arbeitet, war ebenfalls mitgekommen. Sie war mir auf Anhieb sympathisch, und ich habe sie zwischendurch beiseitegenommen und ihr alles erzählt.

Stell Dir vor, sie hat den Roman noch in der Nacht gelesen und ihn mir beim Frühstück am nächsten Morgen zurückgegeben. Wir haben draußen einen Kaffee getrunken, beide eingemummt in unsere Jacken, denn in dieser Höhe ist es morgens äußerst frisch. Im Angesicht der erwachenden Natur und des wunderschön aufsteigenden Nebels hat Alice das Gespräch wiedergegeben, das sie am Abend zuvor mit ihrer Mutter geführt hat.

Am Tag, an dem das Foto aufgenommen wurde, hatte einer ihrer Onkel das Manuskript dabei. Fast erleichtert hat ihr die Mutter endlich von ihrem jüngsten Bruder erzählt, der bei allen in der Familie nur »der arme David« hieß. Bis jetzt genügte allein der Ausspruch dieser drei Worte, um jegliches Gespräch zu unterbinden, denn sie verstärkten Bernadettes Schwermut nur. Der Benjamin war in der Familie ganz einfach tabu, und die jüngere Generation hütete sich davor, einen Onkel zu erwähnen, der ganz offensichtlich auf die schiefe Bahn geraten war.

David war das jüngste von sieben Geschwistern, von denen Bernadette, Alices Mutter, die Älteste war, ein sehr begabtes Kind. Er war in der Familie beliebt und brillierte in der Schule. Als er elf war, überredete der Dorflehrer seine Eltern, ihn nach Alès ins Internat zu schicken, wo er alle möglichen Preise einheimste, von Mathematik bis Literatur. Er war der Einzige in der Familie, der das Abitur ablegte, und alle sahen in ihm schon einen künftigen Rechtsanwalt. Seine guten Noten führten ihn nach Marseille, wo er ein Jurastudium aufnahm. Um seine Ausgaben gering zu halten, quartierte er sich bei einem Freund ein, den er im Hafen kennengelernt hatte, wo er, um sich etwas dazuzuverdienen, beim Entladen von Schiffen half. Ab da scheint es der vielversprechende junge Mann lukrativer gefunden zu haben, sich seinem Mitbewohner und dessen Freunden anzuschließen, die sich auf Einbrüche in die umliegenden Villen spezialisiert hatten. Er wurde mehrfach erwischt, aber seine juristischen Kenntnisse ermöglichten ihm eine Zeitlang, allzu schweren Strafen zu entgehen, seine ersten Strafen überstiegen nie ein Jahr Haft. Bis zu jenem Tag, als ihn die Polizei in Belle Poelle festnahm, wo ihm die Mitwirkung an einem Banküberfall zur Last gelegt wurde ...

Das Trauma war für Bernadette noch größer als für ihre Geschwister, denn David war von jeher ihr Lieblingsbruder gewesen. Man mag sich nicht ausmalen, was sie empfunden haben muss, als er eine zehnjährige Gefängnisstrafe aufgebrummt bekam ... Er hat aber nichts daraus gelernt, denn kaum war er nach acht verbüßten Jahren entlassen worden, nahm er seine illegalen Aktivitäten wieder auf. Vor einem Jahr wurde er erneut verhaftet (wir sprechen hier von einem Mann, der beharrlich sein Ziel verfolgt und den nichts von seinem einmal eingeschlagenen Karriereweg abbringen kann!) und sitzt heute im Gefängnis von Villeneuve-lès-Maguelone ein, wo er noch ein paar Monate bleiben muss.

Habe ich Dir nicht außergewöhnliche Menschen in Aussicht gestellt: Nach einem Pokerspieler haben wir nun einen Bankräuber in unserer Mitte!

Wie dem auch sei, nach der spektakulären Verhaftung des Jüngsten hat es keine weiteren Familientreffen mehr gegeben. Bernadette erinnert sich an den Tag, als David Williams Mutter das Manuskript überreicht hat; dank ihrer gemeinsamen Leidenschaft für Literatur sollen sie beim Kochen darüber gesprochen haben. Danach hat Bernadette das Manuskript wieder vergessen und David diesbezüglich keine Fragen mehr gestellt, sodass wir nicht wissen, wie der Roman in seinen Besitz gelangt ist ...

Gestern hat Williams Mutter den Tag mit uns verbracht. Sie ist eine sehr angenehme Person, wäre da nur nicht dieser verlorene Blick, der, auch wenn die Augen von der gleichen Farbe sind wie die ihres Sohns, jeglicher Lebendigkeit entbehrt. Eine ganze Weile hat sie an einem Fenster gesessen, das zum Mont Lozère geht, ein zaghaftes Lächeln auf den Lippen, das in regelmäßigen Abständen von unerklärlichen Panikanwandlungen verscheucht wurde. Sie spricht nicht, über ihre Lippen, die sie fest verschlossen hält, dringen keine Worte, so als fürchte sie sonst, etwas Unbeabsichtigtes von sich zu geben. Erst als Sylvestre sein Manuskript hervorgeholt und auf den Tisch gelegt hat, kam Bewegung in sie, und etwas Unglaubliches ist passiert: Die alte Frau erhob sich aus ihrem Sessel, um es in die Hand zu nehmen. Sie starrte es minutenlang an, dann streichelte sie den Einband und murmelte dabei wiederholt den Namen David vor sich hin. Alle Gespräche in dem großen Zimmer waren verstummt; wir waren angesichts des Energieschubs zutiefst erstaunt. Wie kann sich eine Erinnerung einen Weg durch den Nebel eines gedächtnislosen Menschen bahnen?

Vorsichtig hat William seiner Mutter die Blätter entzogen, und sie hat ein letztes Mal gelächelt, bevor sie wieder in Lethargie verfiel. In diesem Augenblick war die Geschichte des Manuskripts ganz weit weg; wir waren alle verwirrt, möglicherweise auch in Panik – genau wie sie – beim Gedanken an diese Krankheit, die im Hinterhalt lauert, um hinter der nächsten Wegbiegung vielleicht auch uns zu überfallen. Dieser Krebs, der das Gedächtnis zersetzt, ist gewiss der abscheulichste von allen, da er von Tag zu Tag unsere Vergangenheit auslöscht und wir peu à peu verschwinden, bis wir niemals existiert haben.

Trotz der Schwierigkeiten, auf die wir gestoßen sind, kannst Du sehen, was wir schon erreicht haben, denn es ist uns gelungen, die Reise dieses Manuskripts, das Sylvestre 1983 verloren hat, bis ins Jahr 1996 zurückzuverfolgen. Du siehst, unsere Entschlossenheit hat sich ausgezahlt, und wir gehen zuversichtlich weiter. Keine Angst, ich habe nicht vor, ins Gefängnis von Villeneuve-lès-Maguelone zu fahren, damit beauftrage ich William, der versprochen hat, sich über Besuchsmöglichkeiten zu informieren, sobald er aus Brüssel zurück ist (er bricht am Dienstagabend auf, der Mann kommt viel in der Welt herum).

Ist Dir bewusst, dass der Weg, den dieses Manuskript zurückgelegt hat, in seiner Abenteuerlichkeit Stoff für einen weiteren Roman böte?

Wie unsere heißgeliebte Tochter Dir sicherlich schon verkündet hat, fahren wir am Dienstagmorgen zurück, um die Wochenendstaus zu umgehen (seit wir in diesem Haus angekommen sind, ist sie die Liebenswürdigkeit in Person, ich glaube, ihr gefällt die Atmosphäre hier, und allein dafür, sie wieder wie ein Kind lächeln zu sehen, bereue ich diesen Ausflug ins Lozère mitnichten).

Könntest Du uns am Abend etwas Leckeres kochen? Stell Dir vor, wir haben seit unserer Ankunft hier einen ordentlichen Appetit entwickelt (ja doch, sogar Katia).

Küsschen,
Deine Lisou

Von William an Anne-Lise

Chaussée Saint-Pierre, Brüssel,
den 3. August 2016

Liebe Anne-Lise,

gestern habe ich etwas erfahren, das ich Ihnen unbedingt mitteilen muss.

Im Anschluss an Ihre Abreise nach Paris habe ich Belle Poelle verlassen und bin nach Belgien gereist, um mit meiner Cousine Ilana zu sprechen. Sie hatte ein enges Verhältnis zu meiner Mutter, und auf diese Nähe habe ich gesetzt, als ich ihr von der erstaunlichen Reaktion meiner Mutter auf das Manuskript erzählt habe. Meine Cousine war in das Geheimnis eingeweiht, das habe ich sofort begriffen, als ich sah, wie sie den Kopf senkte und errötete. Ich musste über eine Stunde lang auf sie einreden, bis sie bereit war, mir davon zu erzählen!

Ilana ist in meinem Alter. Als Kinder haben wir die Ferien gemeinsam bei meiner Großmutter mütterlicherseits verbracht. Auch wenn wir in großer Entfernung zueinander aufgewachsen sind, bot jeder Sommer die Gelegenheit zu einem großen Wiedersehen, und ich hatte vor ihr keinerlei Geheimnisse. Ich weiß nicht, ob das auch umgekehrt zutrifft, denn Ilana gehört zu jenen Menschen, die anderen zuhören und niemals von sich erzählen. Sie hätte Ordensschwester werden können, ist aber Kinder- und Jugendpsychologin geworden. Sie geht voll und ganz in ihrem Beruf auf, war nie verheiratet und wollte keine eigene Familie haben. Aber täuschen Sie sich nicht, sie ist der glücklichste Mensch, den ich kenne, und sie ist stets von Freunden und nahen Verwandten umgeben. Es gibt für sie keine größere Freude, als ihnen zu helfen.

So kam es, dass sie meine Mutter nach dem Tod meines Vaters unterstützte. Da sie in derselben Straße wohnte, sahen sie sich jeden Tag, und ihre Gegenwart war mir eine große Beruhigung. Vor ihrer Erkrankung hat sich meine Mutter ihr anvertraut und ihr Episoden aus ihrem Leben erzählt. Ich selbst habe nie versucht, ihr diese Erinnerungen zu entlocken – vermutlich dachte ich, mir bliebe noch Zeit …

Ich muss zugeben, dass mich Ilanas Enthüllungen erschüttert haben. David hat meiner Mutter das Manuskript tatsächlich geschenkt, aber es ging dabei nicht einfach nur um ein Stück Literatur. Er war verliebt, und seine Gefühle wurden erwidert … Er war sechsundvierzig, meine Mutter fünfundfünfzig, als sie durch Davids Inhaftierung voneinander getrennt wurden. Laut meiner Cousine soll ihre Affäre anderthalb Jahre zuvor während eines Abendessens bei Bernadette begonnen haben. Ilana sprach von Liebe auf den ersten Blick und hat mir versichert, dass sich die beiden lange geschrieben hatten, bevor sie ihren Gefühlen nachgaben. Übrigens meinte sie, der Wunsch meiner Mutter vor Ausbruch ihrer Krankheit, ins Lozère zurückzukehren, um in ihrem Haus zu leben, sei teilweise dem Umstand geschuldet, dass die Briefe ihres Geliebten dort in einer Truhe verwahrt würden.

Ich habe in unserem Landhaus nie eine Truhe gesehen, aber ich werde gleich nächste Woche hinfahren, um mir Gewissheit zu verschaffen. Glauben Sie mir, Anne-Lise, ich finde mein Vorhaben widerlich, aber ich kann mit der Ungewissheit nicht leben, und der Vorfall, dem wir beigewohnt haben, bestätigt die Schilderungen meiner Cousine.

Ich habe Maggy nichts davon erzählt, denn ich kann mir vorstellen, dass sie über meine Indiskretion empört wäre. In Belle Poelle habe ich mich gezwungen, etwas Abstand zu ihr zu wahren. Das hat mich so viel Energie gekostet, dass ich ihr Verhalten nicht als charmant, sondern als gleichgültig deuten muss … Sollten Sie diesbezüglich auch nur den geringsten Hinweis von ihr erhalten haben, klären Sie mich bitte auf …

Ich werde Sie meinerseits über Entdeckungen auf dem Laufenden halten, denn besagte »Truhe« könnte gut und gern einer der alten Überseekoffer sein, die auf dem Dachboden stehen! Ich weiß, dass ich mich von der literarischen Suche, der Sie nachgehen, entferne. Ich hoffe, Sie sind mir nicht böse, dass ich Sie als Vertraute gewählt habe in einem Moment, in dem Teile meiner Vergangenheit in sich zusammensacken wie die vernachlässigten Überreste eines verlassenen Hauses in Familienbesitz.

Mit den besten Grüßen
William

PS: Sie können Ihre Antwort ins Lozère schicken, denn hier werde ich höchstens noch drei Tage bleiben … Zu viele Zweifel treiben mich wieder nach Frankreich.

PPS: Und Ihr Cousin? Noch am Leben?

Von Anne-Lise an Maggy

Rue des Morillons, den 6. August 2016

Liebe Maggy,

wie ist Deine Rückfahrt verlaufen? Und wie erträgst Du die Abgeschiedenheit nach dieser herrlichen WG-Erfahrung?

Am Donnerstagmorgen hatte ich selbst etwas Schwierigkeiten, all die Projekte anzupacken, die ich sträflich auf meinem Schreibtisch zurückgelassen hatte und die ich meinem Cousin vor dem 13. übergeben muss. Zum ersten Mal seit zwei Jahren bin ich ihm im Flur über den Weg gelaufen, ohne ihm gleich die Augen auskratzen zu wollen. Dabei ändert er sich nicht. Er bewegt sich im Stil eines dynamischen jungen Chefs (der allmählich altert, denn seine Schläfen sind ziemlich ergraut) mit zwei Handys in der Hand und reckt bei jeder Frage, die man ihm stellt, sein MacBook Air in die Luft, in dem er auf alles die passende Antwort zu finden scheint. Er misst seinen Erfolg an der Anzahl der darauf eingehenden Tweets und findet außerhalb der sozialen Netzwerke rein gar nichts ... Keine Frage, Du würdest ihn lieben, ich mache Euch bei Gelegenheit gern miteinander bekannt.

Zum Glück werden derlei Ärgernisse von der Verwandlung meiner Tochter kompensiert. Du hast genau wie ich gesehen, wie gut ihr der Aufenthalt im Lozère getan hat; stell Dir vor, die

Transformation hält auch in Paris noch an. Die Katia, die nach Hause zurückgekehrt ist, ist eine völlig andere geworden. Sie ist freundlich, und auch wenn sie Hausarbeit weiterhin als entehrende Betätigung empfindet, zeigt sie seither doch ein gewisses Interesse für das, was mich beschäftigt, und für die Leute, die ich treffe. Sie redet von Sylvestre und William, als gehörten sie zur Familie. Vor allem Letzterer hat sie schwer beeindruckt; sie will unbedingt, dass wir diesen Winter noch einmal ins Lozère fahren, um die Gegend im Schnee zu erleben ... Ich bin ganz Deiner Meinung, der Blick dieses Mannes hat etwas Magisches. Sollte er etwa meine rebellische Tochter in eine zivilisierte Jugendliche verwandelt haben?

Ich will nicht versäumen, ihm dafür zu danken, wenn ich auf den Brief antworte, den ich gerade von ihm erhalten habe. Zum Inhalt äußere ich mich nicht, aber seine überraschenden Entdeckungen machen den Parcours des Romans immer abenteuerlicher.

Behalte bitte im Hinterkopf, dass ihm die Ereignisse ziemlich zusetzen, und solltest Du ihm schreiben, verzichte lieber auf Deine übliche Ironie ...

Bis ganz bald, meine Liebe.

Genieß die Seeluft,

Deine Dich umarmende Lisou

PS: Gerade habe ich von Bastien zu einem Vorgang, den wir zusammen bearbeiten, eine Nachricht erhalten. Es ist 23 Uhr 50 und Samstag! Der Typ schläft wohl nie? Seine Hyperaktivität muss in den mütterlichen Genen liegen, denn unsere Seite der Familie ist so gestrickt, dass wir alle acht Stunden Schlaf und zwei Liter Kaffee brauchen, bevor wir überhaupt etwas in Angriff nehmen können ...

Von Maggy an Anne-Lise

Pointe des Renards, den 10. August 2016

Meine Liebe,

Du hattest recht, der mehrtägige Ausflug hat mir sehr gutgetan, und ich habe Band 2 der Kroko-Abenteuer quasi fertiggestellt: *Kroko verlässt seine Insel*. Mir fehlen nur noch zwei Illustrationen. Ich weiß, Du wirst lachen, wenn Du Seite 23 liest ... Dort findet sich eine Anspielung an die Ermittlungen, die wir als Zehnjährige über unsere Nachbarn angestellt haben. Weißt Du noch, wir hatten sie im Verdacht, eine Leiche unter den Steinplatten ihrer Terrasse versteckt zu haben, und haben sie mit einem Fernglas beobachtet (das überhaupt nichts vergrößert hat ... Ich glaube, Deine Eltern hatten es an einer Tankstelle gewonnen)!

Dein letzter Brief hat auf mich allerdings einen eher unvollendeten Eindruck gemacht. Was ist das für ein neues Rätsel, das Du ansprichst, ohne etwas darüber zu verraten? Deinen Anspielungen zum Trotz habe ich seit meiner Rückkehr ins Finistère nichts mehr von William gehört. Unser Pokerspieler hat sich wohl nur die Zeit genommen, Dir zu schreiben, weshalb Du jetzt mehr über ihn weißt als ich ...

Daraus schließe ich, dass das Interesse, von dem Du geträumt hast, jeglicher Grundlage entbehrt, und ich bin die Letzte, die darüber nicht froh wäre. Es befreit mich von Gedanken, die sich als lästig hätten erweisen können. Dieser Mann ist ein Irrlicht, und ich lege keinen gesteigerten Wert darauf, wie die Reisenden zu enden, die von umherirrenden Seelen ins Herz der bretonischen Heidelandschaft gelockt wurden ... Weißt Du wenigstens, wo er sich derzeit aufhält? Bei seinen vielen Ortswechseln habe ich den Überblick verloren und weiß nicht, ob er ins Lozère zurückgekehrt ist oder in die britische Hauptstadt. Ich habe bei meiner Abreise nämlich die Notizen zu meinem künftigen Projekt vergessen. Sollte er Dich kontaktieren, könntest Du ihm bitte ausrichten, dass er mir einen großen Gefallen erweisen würde, wenn er sie mir zuschicken könnte?

Ich freue mich sehr zu hören, dass das positive Verhalten Deiner Tochter andauert. Ich fand sie während unseres Aufenthalts ganz entzückend und glaube, Du übertreibst bezüglich ihrer angeblichen Hausarbeitsphobie. Meiner Erinnerung nach hat sie beim Zubereiten aller Mahlzeiten geholfen. Mehrmals habe ich sie im Gespräch mit Sylvestre ertappt, den sie von uns allen als Erste aus der Reserve gelockt hat. Ohne Katias Anwesenheit hätte unser Autor uns seine Geschichte noch lange vorenthalten.

Er ist ein Mann, der bei näherem Kennenlernen gewinnt, und ich bin wahrlich nicht die Richtige, um seine Sehnsucht nach Einsamkeit zu kritisieren. Außerdem hat mich seine Aufrichtigkeit berührt, als er ohne viel Worte von seinen Problemen erzählt hat.

Da Du schon an den Winterurlaub denkst: Könntest Du auch noch etwas Zeit für unseren geplanten Brüsselbesuch erübrigen? Ich will Dich Deiner Familie nicht entziehen, aber es wäre schön, wenn wir diesen Ausflug, von dem wir seit drei Jahren träumen, ohne ihn uns je gegönnt zu haben, zu zweit unternehmen könnten … Da unsere Geburtstage in den Oktober fallen, wäre dies eine wunderbare Gelegenheit, sie zu feiern.

Jetzt muss ich schließen, um meine Illustrationen zu beenden. Ganz liebe Grüße an die Kinder und an Julian …

Deine Freundin, die Dich nicht umarmt,
weil sie ganz farbverschmiert ist,
Maggy

PS: Es fängt gerade an zu stürmen, und der Wind schickt Regensalven an meine Fensterscheiben. Stimmt etwas nicht mit mir, wenn ich sage, dass mich dieses Wetter grundlos lächeln lässt?

PPS: Ich beglückwünsche Dich zu der klugen Entscheidung, Deinen Cousin lieber zu verschonen. Gesteh mir jedoch zu, dass ich die Zeiten vermisse, in denen Du streitlustiger warst und es mich beglückt hat zu lesen, welches Leid Du ihm zuzufügen gedenkst. Solltest Du Deine Meinung ändern, habe ich noch ein paar Foltermethoden in petto, auf die ich in einem Schauerroman gestoßen bin, der genüsslich von den Wahnvorstellungen eines Serienmörders erzählt.

Von Anne-Lise an Sylvestre

Rue des Morillons, den 11. August 2016

Lieber Sylvestre,

seit einer Woche stelle ich mich wieder den Herausforderungen im Büro und erkenne dabei, dass ich schon immer gern im August gearbeitet habe. Das originelle Auftreten der Augustarbeiter in der Hauptstadt ist ein einziges Vergnügen. Kennen Sie das? Wir fühlen uns aller zeitlichen Zwänge enthoben und tragen in den Straßen von Paris unsere Kostüme und Anzüge zur Schau, ein blasiertes Lächeln auf den Lippen angesichts der Touristen in kurzen Hosen. Wir demonstrieren unsere Herablassung im Stil eines Schlossbesitzers, der die Fotografen auf seinem Grundstück duldet, bevor er sie zum Ausgang bugsiert. Auch wenn wir stets bereit sind, verlorenen Urlaubern Auskunft zu geben, wahren wir hinter unserem Lächeln das wachsame Auge des geschäftigen Menschen, der permanent auf sein Handy starrt. Diese Haltung verleiht uns die Bedeutung, die uns den Rest des Jahres versagt bleibt. Verzeihen Sie mir diese kleine Marotte, die ich zerknirscht beichte, und gestatten Sie mir, Ihnen nun die letzten Neuigkeiten zu schildern.

Wir können William nicht zumuten, David zu besuchen. Familiäre Ereignisse greifen aktuell in den Parcours Ihres Buchs ein, und ich denke, unser Freund braucht etwas Abstand zu unseren Ermittlungen. Daher wage ich mich vor und bitte Sie inständig, mich zur Haftanstalt in Villeneuve-lès-Maguelone zu begleiten.

Ich weiß, dass Sie beim Lesen dieser Zeilen den Kopf schütteln werden, genauso wie ich in Ihrem Gesicht zugleich ein nachsichtiges Lächeln erkenne … Oh ja, ich habe Sie während der Tage im Lozère genau beobachtet und habe das Gefühl, dass Sie nicht mehr derselbe Mensch sind, der meinen ersten Brief geöffnet hat. Sie haben diese wenigen Tage mit uns verbracht, ohne erkennbar unter unserer Anwesenheit zu leiden. Sie haben von Ihrer Krankheit erzählt, obwohl Sie durch nichts dazu verpflichtet gewesen wären. Und Sie haben mir am letzten Tag anvertraut, welche Freude Ihnen unsere Gespräche bereitet haben.

Ein Mann, der wieder Gefallen am Leben findet, weil er *seinen* Text zurückbekommen hat … Es gibt keinen Zufall, Sylvestre, das wissen Sie, und heute spüre ich Ihre Bereitschaft, Himmel und Erde in Bewegung zu setzen, um herauszufinden, welchen Weg Ihr Roman in den letzten dreißig Jahren genommen hat. Daher zähle ich auf Ihre Unterstützung, wenn ich das Tor der Strafanstalt von Villeneuve-lès-Maguelone durchschreite. Sie sind stark genug für diese neue Herausforderung, davon bin ich überzeugt.

Jetzt muss ich nur noch Julian über meinen Ausflug in Kenntnis setzen. Ich warte, bis ich die Antwort auf meine Besuchsanfrage in der Hand halte, um mir ein weiteres Mal sein Unverständnis zuzuziehen. Vor zwei Tagen hat er mich zum hundertsten Mal gefragt, warum ich mich geweigert hätte, meine (sehr bescheidenen, bloß keine falschen Vorstellungen) Firmenanteile an meinen Cousin zu verkaufen. Er ging sogar so weit aufzuzählen, was wir Katia und Matthias aus dem Erlös hätten ermöglichen können! Manchmal überrascht es mich, dass sich dieser Mann, mit dem ich seit sechsundzwanzig Jahren mein Leben teile, noch über meine Entscheidungen und meine Halsstarrigkeit wundert. Sind Ehepartner immer so verschieden? Schätzen beide nach mehr als zwei Jahrzehnten den anderen immer noch völlig falsch ein?

Lieber Sylvestre, lassen Sie mich bitte nicht im Stich und bereiten Sie sich auf unsere Reise in den Süden vor, lassen Sie Ihre Freundin bei ihrem ersten Gefängnisbesuch mitsamt den damit verbundenen Belastungen nicht allein.

Mit Dank im Voraus für Ihre Unterstützung
bei dieser schweren Aufgabe
Ihre Mitgefangene
Anne-Lise

Von Anne-Lise an William

Rue des Morillons, den 12. August 2016

Lieber William,

heute Morgen habe ich von Maggy einen Brief erhalten. Darin meine ich, eine leise Bitterkeit vernommen zu haben, weshalb ich Ihnen nahelegen möchte, ihr schnellstmöglich zu schreiben. Warum haben Sie das bisher nicht getan? Es hat sie gekränkt, dass sie nicht vor mir von Ihnen gehört hat, und ich will nicht, dass unsere Freundschaft unter einer unangebrachten Eifersucht leidet. Und bitte, bitte, lieber William, kein Wort an Maggy bezüglich unseres vertraulichen Austauschs über sie, denn wenn ich mich umschaue, wird mir klar, dass ich nicht sehr viele Freundinnen habe und es mir nicht erlauben kann, auch nur eine einzige davon zu opfern ... seien die Beweggründe dafür noch so einleuchtend.

Was Sie betrifft, kann ich nur versuchen, mir die Empfindungen eines Sohns auszumalen, der von einer Liebesaffäre seiner Mutter erfährt, die ihn völlig unvorbereitet trifft. Die Nachricht muss umso schwerer wiegen, als sie so spät kommt, dass Sie von Ihrer Mutter nicht mehr die geringste Erklärung erwarten können. Doch das ist etwas sehr Persönliches, und wir sollten in der Lage sein, unseren Liebsten Verfehlungen zu verzeihen, die denen vergleichbar sind, die wir selbst erlebt haben oder noch erleben … Und vor allem, lieber William, verlieren Sie nicht aus dem Blick, dass alles, was ein schlafendes Herz weckt, gut ist. Ich weiß, dass Sie verstehen, was ich damit sagen will …

Natürlich steht es mir nicht zu, Maggy oder Sylvestre davon zu erzählen, was ich bisher stets getan habe. Ich überlasse es daher Ihnen, den beiden Ihre Entdeckungen zu übermitteln (oder auch nicht).

In ungeduldiger Erwartung Ihrer Antwort

Ihre Freundin

Anne-Lise

PS: Mein Cousin Bastien ist zur Stunde noch am Leben – große Überraschung, nicht wahr? Aber ich trage gerade alle Mittel für eine unauffällige Beseitigung in einer roten Sammelmappe mit der Aufschrift »Sicherheitskopie« zusammen! Behalten Sie die Rubrik »Diverses« im Auge! Unsere nächsten Meinungsverschiedenheiten könnten es sehr wohl auf die Titelseiten der Pariser Zeitungen schaffen …

Von William an Anne-Lise

Belle Poelle, den 16. August 2016

Liebe Anne-Lise,

heureka! Nachdem ich vom Keller bis zum Dachboden alles geleert hatte, was auch nur im Entferntesten an eine Truhe erinnern konnte, hatte ich bereits alle Hoffnung aufgegeben, irrte von Zimmer zu Zimmer und beäugte jeden Gegenstand, als besäße er die Macht, das geheime Leben meiner Mutter zu enthüllen. Da fiel mein Blick auf ihr Nähkästchen, das neben dem alten Ledersessel steht. Sie hat es von meiner Großmutter geerbt, und möglicherweise ist es Ihnen während Ihres Aufenthalts hier aufgefallen. Es ist aus dunklem Holz und lässt sich auseinanderziehen, um sodann einen Schatz aus bunten Garnen, Nadeln aller Größen und Fingerhüten, die die Jahre ohne den geringsten Kratzer überstanden haben, zu offenbaren.

Als Kind nannte ich es Schatzkiste und verbrachte Stunden damit, die Knöpfe zu sortieren, während meine Großmutter am Kamin strickte.

Als hätte ich eine Eingebung gehabt, habe ich heute Morgen wie selbstverständlich die drei Etagen des Kästchens auseinandergezogen und die Ecke eines Briefumschlags erspäht, der unter den Maßbändern hervorlugte. Als ich daran zog, kam ein ganzes Bündel zum Vorschein. Dreizehn Briefe. Alle von ihm.

Werden Sie mir glauben, wenn ich Ihnen sage, dass ich beim Lesen weinen musste? Bestimmt. Folgendes steht in Davids letztem Brief an sie:

Mein geliebter Schatz,

ich habe meinen Freunden mitgeteilt, dass ich mit allem aufhöre. Ich habe ihnen verkündet, dass ich dieses Leben endgültig hinter mir lassen will und mich nichts mehr von meiner Meinung abbringen kann, selbst wenn ich, um uns zu ernähren, acht Stunden am Tag Böden schrubben oder Mauern hochziehen müsste. Nichts zählt mehr als die Gewissheit, dass wir unser Leben gemeinsam verbringen wollen. Seit Du Ja gesagt hast, kann ich nicht mehr schlafen, nicht mehr essen, nicht mehr leben ... Ich warte auf Dich.

Ich habe unser Versteck an die Dir bekannte Stelle verlegt, dort habe ich meine Sachen und Geld deponiert, das uns über die erste Zeit helfen wird. Es sind meine Ersparnisse, jeder Schein ehrlich verdientes Geld. Mach Dir keine Sorgen, ich habe besagtes Haus gekauft und weiß, dass wir dort glücklich werden. Du kannst es beziehen, sobald Du mit Deinem Sohn gesprochen hast, ich werfe Dir morgen den Schlüssel in den Briefkasten, alle offiziellen Papiere sind auf Deinen Namen ausgestellt. Ich will, dass Du Dich dort zu Hause fühlst. Wir sehen uns am Sonntag beim Familienessen, und ich werde Dir den Text mitbringen, der so unfassbar gut beschreibt, was ich für Dich empfinde ...

Bis ganz bald
David

Diese Zeilen wurden fünf Tage vor seiner Festnahme verfasst. Ich werde nie erfahren, ob meine Mutter ihm geantwortet hat, aber eins ist klar, sie wollte mit ihm abhauen, und alles war für ihre Flucht vorbereitet. Mein Vater wird mit keinem Wort erwähnt. Wusste er etwas, oder sollte er vor vollendete Tatsachen gestellt werden? Und was ist aus dem Haus geworden, das David gekauft hat, um sie auf ihrer Flucht zu beherbergen? Glauben Sie, er hat es nach seiner Entlassung verkauft? Hat meine Mutter es allein aufgesucht, darin um ihren verlorenen Geliebten getrauert? Tja, der Text, den er erwähnt, kann nur Sylvestres sein, oder? Seit gestern Abend spuken mir alle diese Fragen wie Voodoo-Formeln im Kopf herum.

Aber keine Angst, ich bin ein großer Junge, und nach einem kurzzeitigen und legitimen Schock suche ich jetzt den nötigen Abstand. Wenn ich leide, dann insbesondere für meine Mutter, bei der Vorstellung, was sie durchgemacht haben muss, als David inhaftiert wurde. Und ich habe ihr ihre Verzweiflung nicht angemerkt, als ihr Geliebter jahrelang im Gefängnis saß ... Heute verstehe ich die Veränderungen, die damals eingetreten sind. Mir war aufgefallen, dass in meinem Elternhaus zunehmend Trauerstimmung herrschte, aber völlig absorbiert von meinen eigenen Sorgen, habe ich ihr keinerlei Bedeutung beigemessen.

Sie lernen hier ein egoistisches Wesen kennen, Anne-Lise, weit entfernt von dem Reisenden mit dem verträumten Blick, der Sie im Lozère empfangen hat. Die Vergangenheit holt mich ein und präsentiert Ihnen einen Mann, auf den seine Liebsten nie zählen konnten, einen Menschen, der flüchtet, wenn seine Familie schwere Zeiten durchmacht. Wie sehr ich das bedaure. Genau aus diesem Grund habe ich auch Maggy bisher nicht geschrieben. Die Erinnerungen, die sich hinter dem Spieler und Lebemann verbergen, sind alles andere als ruhmreich, und niemals würde ich es wagen, eine Frau damit zu belasten, die – das spüre ich – auf der Suche nach Ruhe und Authentizität ist.

Ich kehre daher nach London zurück, wo ich die nächsten Monate verbringen und auf den Winter warten werde, bevor mich Verpflichtungen nach Japan rufen. Ich weiß, dass es Ihnen im Lozère gefallen hat, der Schlüssel liegt bei meiner Nachbarin, Sie können sich dorthin zurückziehen, wann immer Ihnen danach ist. Betrachten Sie das Haus als Ihr eigenes ...

Nun habe ich nur von mir gesprochen, aber ich vergesse Sylvestre nicht. Sein Manuskript vermischt sich zurzeit mit meiner Familiengeschichte, was mich in nächster Zeit davon abhalten wird, Sie zu David zu begleiten. Informieren Sie mich dennoch, sobald Sie Walter gefunden haben.

An dieser Stelle muss ich Ihnen etwas beichten: Trotz Ihrer Diskretion, Anne-Lise, weiß ich, was Sie beruflich machen, ich kenne die Wahrheit ... Als ich von meinem Besuch bei Maggy zurückkam, habe ich ein paar Recherchen angestellt, und was ich gefunden habe, gestattet mir, Ihre Besessenheit für Sylvestres Buch nachzuvollziehen.

Mögen Sie Ihr Ziel erreichen!
Ihr Freund
William

Von Anne-Lise an William

Rue des Morillons, den 18. August 2016

Lieber William,

Sie haben gerade eine geheime Seite im Leben Ihrer Mutter kennengelernt, und ich kann gut verstehen, dass Sie das aus der Fassung gebracht hat. Doch damals hatten Sie Ihr eigenes Leben, und selbst der aufmerksamste Sohn hätte eine solche Affäre nicht ahnen können. Was hätten Sie im Falle eines Falles denn getan? Hätten Sie Ihrer Mutter beigestanden, die gerade ihren Herzallerliebsten verloren hat? Hätten Sie Ihren Vater unterstützt, der soeben erfahren hat, dass seine Frau sich mit einem reuigen Einbrecher aus dem Staub machen wollte? Wäre es Ihnen lieber gewesen, sich zwischen den beiden zu zerreißen und ihnen noch Ihr eigenes Leid aufzuladen?

Nein. Für Ihre Eltern war Ihr Verhalten das allerbeste, Ihre Gegenwart hätte in dieser persönlichen Angelegenheit nicht geholfen. Das ist zumindest meine bescheidene Sicht auf die Dinge, und ich kann mich nur wundern, dass Sie sich so große Vorwürfe machen, indem Sie einen feigen und oberflächlichen William Grant beschreiben.

Als ich heute Morgen lesen musste, wie sehr Sie sich kasteien, wurde ich das seltsame Gefühl nicht los, dass Sie mit meinen Analysefähigkeiten spielen. Ich habe den Brief noch einmal gelesen, zwischen den Zeilen, wie man so schön sagt, und dabei das Gefühl gehabt, Ihre Selbstkritik würde auf Seiten Ihres Lebens verweisen, die mir bisher nicht vertraut sind. Könnten sie eine Anspielung auf die große Veränderung in Ihrem Leben sein, die Sie im Lozère angedeutet haben?

Sie hatten uns erzählt, Sie seien in England Literaturprofessor gewesen, bevor Sie von heute auf morgen »alles« hingeschmissen hätten, um Pokerspieler auf internationalem Niveau zu werden … In meinem Alter kann man sich denken, dass die Formulierung »von heute auf morgen« verschweigt, was sich zwischen diesen beiden Tagen abgespielt hat, und es ist ganz offensichtlich, dass die Nacht, die die beiden Ereignisse voneinander trennt, gefüllt war mit schweren Gedanken und Ungewissheiten!

Hinsichtlich des »alles«, was Sie aufgegeben haben, müssen Sie zugeben, dass wir so taktvoll waren, Sie nicht zu fragen, was damit gemeint war …

Daher, lieber William, seien Sie so gütig und bringen Sie Ihr Geständnis zu Ende, teilen Sie mir mit, was eine Freundin wissen muss, um Sie nach allen Regeln der Kunst verachten zu können! Sie können sich darauf verlassen, dass ich es mit Überzeugung tun werde, sollten Sie es wirklich verdient haben.

Bis dahin werde ich mich weigern, Sie wegen angeblicher früherer Fehler, die sich meiner Kenntnis entziehen, verabscheuungswürdig zu finden! Ich erwarte folglich Ihr Plädoyer, und sollten Sie sich anklagen, dann bitte mit aller gebotenen Eloquenz und durch Beweise gestützt …

In Erwartung Ihrer Freveltaten
Ihre Freundin (bis auf Widerruf)
Anne-Lise

PS: Ich weiß nicht, wo Sie sich gerade aufhalten, und versuche mein Glück in London. Sollten Sie jedoch demnächst ins Lozère zurückkehren, werden Sie feststellen, dass Maggy dort den Entwurf ihres nächsten Bilderbuchs vergessen hat, den sie gern wiederhätte. Sehen Sie darin keine Freud'sche Fehlleistung, Maggy ist einfach sehr zerstreut: Ich habe sogar schon in meinem Badezimmer Zeichnungen von ihr gefunden, und wenn ich sie besuche, verbringen wir nicht wenig Zeit pro Tag mit der Suche nach ihrem Schlüssel oder ihrer Tasche, wie Sie es bei Ihrem Aufenthalt im Finistère sicherlich miterlebt haben …

PPS: Sie wissen, wer ich bin, was mich sehr freut. Ich halte diese Information nicht geheim, sondern verschweige sie nur gelegentlich – und ich weiß, dass Sie einen gewissen Sinn für diesen kleinen Unterschied haben.

Von Sylvestre an Anne-Lise

Les Chayets, den 18. August 2016

Sollten meine Berechnungen zutreffen, werden diese Zeilen Sie am Samstag erreichen. Ich stelle mir vor, wie Sie den Brief lesen, wie sich Ihr Blick dabei im Park gegenüber Ihrer Wohnung verliert, wie Sie eine Tasse Kaffee in der Hand halten und mit jedem Schluck die Sie umgebende Stille genießen. Ich weiß, dass man in Paris die Bedeutung des Wortes »Stille« nicht kennt, aber die Entschlossenheit, die Sie im Lozère an den Tag gelegt haben, in aller Frühe aufzustehen, um die Stille des beginnenden Tages auszukosten, hat mich nicht unberührt gelassen.

Habe ich Sie richtig verstanden? Sie laden mich ins Gefängnis ein? Mit derselben Selbstverständlichkeit, wie Sie mich dazu gebracht haben, durch die Wälder der Cevennen zu fahren … Auch auf die Gefahr hin, dass es Sie erstaunt, sage ich nicht Nein. Ich bin bereit, Sie zu diesem Bankräuber zu begleiten (geben Sie zu, dass ich Sie überrasche).

Allerdings sollten Sie wissen, dass ich in den nächsten Tagen unterwegs sein werde. Ich fliege morgen zu meiner Tochter. Diesen Termin kann ich unmöglich verschieben, denn er deckt sich in Teilen mit ihrem Jahresurlaub. Ja, Sie haben richtig gelesen: Ich biete der Menschenmenge an Flughäfen, der Panik vor dem fliegenden Sarg und der Angst, die fremde Gesichter mir einflößen, die Stirn. Ich wage den großen Sprung. Ich konzentriere mich auf Coralies Freude, als sie erfahren hat, dass ihr Vater sie endlich in ihrem Gastland besuchen wird. Ihr ist der Kraftakt, der für mich damit verbunden ist, bewusst, und ich will sie nicht enttäuschen. Ich werde den Ozean zum zweiten Mal mit meinem Manuskript unter dem Arm überqueren, doch dieses Mal, damit meine Tochter es lesen kann (und ich werde es auf der ganzen Reise stets in Reichweite haben, um es nicht unter einem Sitz zu vergessen, obwohl es mittlerweile auf drei USB-Sticks gespeichert ist) ...

Sollte ich die Grizzlys und den Ahornsirup überleben, stehe ich Ihnen ab dem 27. August zur Verfügung, um alle noch so ausgefallenen Menschen, die Sie identifiziert haben und mir vorstellen wollen, zu treffen: einen Raubtierdompteur, der sich zum Nacktschneckenzüchter hat umschulen lassen, einen ehemaligen Minister, der in eine isländische Grotte verbannt wurde, einen Tierarzt, der sich auf das Studium von Heuschrecken spezialisiert hat, oder einen Mundharmonikaspieler der Berliner Philharmoniker ... Beim Gedanken an all die wunderlichen Gestalten, die vor unserem Einbrecher in diesen Seiten geblättert haben könnten, muss ich in mich hineinlächeln, und ich bin gespannt, ob wir eines Tages noch jenen ausfindig machen werden, den Sie Walter nennen.

Wissen Sie, dass ich auf dem besten Weg bin, mich mit meinem Briefträger anzufreunden? Am Montag kam er sogar bis an meine Tür, er wirkte so glücklich darüber, Post für mich zu haben, dass ich ihm einen Kaffee angeboten habe. Anfangs noch stockend, wurde unser Gespräch allmählich flüssiger, bis wir am Ende eine angeregte Diskussion über die bewegte Beziehung zwischen Poulet-Malassis und Baudelaire geführt haben. Als meinem Gast auffiel, dass bereits eine Stunde verstrichen war und er die restliche Tour mit Verspätung antreten würde, stob er davon, aber wir haben uns gleich für den nächsten Tag verabredet, um unser herzliches Streitgespräch zu beenden.

Und so habe ich nun einen Briefträger und Baudelaire-Spezialisten zum Kumpel, der es verdient, auf der Liste der außergewöhnlichen Personen zu stehen, die ich dank Ihrer Hilfe kennengelernt habe. Die Neuankömmlinge nisten sich so nachdrücklich in meinem Leben ein, dass ich mir vorgenommen habe, meiner Tochter von dieser verrückten Entwicklung zu erzählen. Sobald ich einen Fuß auf kanadischen Boden gesetzt haben werde, wird sie alle Details erfahren, und ich werde Ihre Verantwortung in der ganzen Angelegenheit nicht aussparen.

Ich warte daher auf weitere Nachrichten von Ihnen, um gleich nach meiner Rückkehr unsere Expedition in den Süden zu organisieren. Ich habe mir bereits notiert, dass ich den Zug nach Montpellier nehmen muss und dass uns von dort ein Bus innerhalb von einer Dreiviertelstunde zum Gefängnis bringt. Erinnern Sie sich, dass ich noch vor einem Jahr Stunden gebraucht habe, um den kurzen Weg zur Dorfbäckerei zu bewältigen! Und jetzt ein Gefängnis … Was für ein irres Abenteuer für einen Mann, der sich noch nie auch nur einen Strafzettel eingehandelt hat!

Sylvestre

PS: Haben Sie gesehen, dass wir auf das Tragen jeglicher Armbanduhren, Gürtel und Schmucksachen verzichten müssen, damit die Metalldetektoren in der Sicherheitsschleuse nicht anschlagen? Und dass wir ein Besucherzimmer reservieren müssen, so wie man einen Tisch im Restaurant reserviert?

Von David Aguilhon an
Anne-Lise Briard

Avenue du Moulin-de-la-Jasse,
Villeneuve-lès-Maguelone,
den 20. August 2016

Sehr geehrte Frau Briard,

hiermit möchte ich Sie darüber informieren, dass ich Ihre Besuchsanfrage abgelehnt habe. Ich weiß nicht, was Sie von mir wollen, aber in meinem Alter habe ich ein Recht auf Ruhe, egal wofür ich verurteilt wurde.

Wenn Sie auf der Suche nach einem Knastbruder sind, dessen Geständnis dazu taugt, der Pariser Bourgeoisie einen Schauer über den Rücken zu jagen, und der von seinem Leben hinter Gittern berichtet, kenne ich Häftlinge, die ihre Erfahrungen mit Freuden teilen würden. Glauben Sie mir, mein Leben ist wenig originell, es würde nicht mehr als zwei Zeilen in einem Klatschblatt füllen. Banküberfälle sind keine Heldentaten, und die Ganoven dahinter keine Abenteurer. Wenn Sie Ihre Leser packen wollen, denken Sie sich lieber eine Geschichte aus, in der Sie das Grauen eines liederlichen Lebenswandels und den fragwürdigen Mythos des geläuterten Helden unterbringen können. Egal wie, ich lege Ihnen nahe, sich anderen Stimmen zuzuwenden, und stehe zu Ihrer Verfügung, um Sie mit den Namen von

Gefängnisinsassen zu versorgen, die davon träumen, in Reality-Shows zu brillieren. Wenn wir von meinen Kollegen, die in der Bonbonverpackungsabteilung eingesetzt sind, absehen, bleiben ein paar sehr vorzeigbare Exemplare übrig, die sich aufgrund emsiger Sporthallenfrequentation ein flottes Äußeres bewahrt haben.

Mit Dank im Voraus für Ihr Verständnis, das Sie nach der Lektüre dieser Zeilen gewiss aufbringen werden, verbleibe ich mit ergebenem Gruß

Insasse 822
David Aguilhon

Von William an Anne-Lise

Great Peter Street, den 23. August 2016

Liebste Anne-Lise,

als ich die Tür zu meinem Londoner Refugium geöffnet habe, wurde ich schon von Ihren Zeilen erwartet. Hier lebe ich in der englischen Sprache, die auch die Sprache meiner Vergangenheit und der damit verbundenen Dramen ist. Daher fällt es mir leichter, Ihnen heute meine Geschichte zu erzählen.

Wie Sie bereits wissen, war ich vor zehn Jahren Englischprofessor an der Brunel University im Westen Londons. Was Sie nicht wissen, ist, dass ich seinerzeit verheiratet und Vater eines reizenden siebenjährigen Töchterchens war. Ich war glücklich, ohne mir dessen wirklich bewusst zu sein, wie es häufig der Fall ist, wenn man glaubt, dass das eigene Leben auf einem guten Weg ist und es bis in alle Ewigkeit so weitergeht.

Wie viele Männer, die die Vierzig überschritten haben, träumte ich davon, mein Leben zu verändern, mich neuen Herausforderungen zu stellen. Als eine junge Kollegin an der Universität einen Pokerclub gründete, meldete ich mich an und entdeckte die Faszination dieses Spiels. Ich, der ich mich von Spielkarten bisher ferngehalten hatte, wurde auf dem Campus rasch zu einem Star, und dank der damit verbundenen Berühmtheit schlitterte ich in eine Affäre mit der Frau, die diese Leidenschaft in meinem Leben geweckt hatte. Die Geschichte ist von trauriger Banalität, liebe Anne-Lise, da werden Sie mir zustimmen. Aber in der Freude über meine wiedergefundene Jugend habe ich nicht bedacht, was ich meiner Familie antue, wenn diese die Wahrheit erfährt.

Die Fortsetzung ist noch banaler. Meine Frau Moïra hat mich verlassen und ist mit unserer Tochter zu ihren Eltern nach Schottland gezogen. Als Reaktion darauf habe ich meine Stelle gekündigt und jette seitdem von Pokertisch zu Pokertisch, um mir meinen Lebensunterhalt als Spieler zu verdienen. Damals dachte ich, unsere Trennung sei nur von kurzer Dauer, und genoss mein Junggesellendasein. Ich düste von einem Turnier zum nächsten und kehrte im strahlenden Glanz des Ruhms, den das leicht verdiente Geld mit sich brachte, zu meiner Familie zurück. Ich machte ihnen große Geschenke, aber auch wenn Laura sich über meine Besuche freute, nahm ihre Mutter zunehmend Anstoß daran, und unsere Treffen waren nur noch von Feindseligkeit und Wut geprägt.

Am 12. Juli 2008, zwei Jahre nach unserer Trennung, erhielt ich von meinem Schwiegervater eine Nachricht, wonach Moïra nach einem Autounfall ins Krankenhaus eingeliefert worden sei. Ich flog sofort nach Schottland, um festzustellen, dass sie im Koma lag. Daraus ist sie nie wieder erwacht. Am 15. August ist sie gestorben.

Meine Schwiegereltern haben mir erzählt, Moïra habe in dem Jahr, bevor ihr Wagen von der Fahrbahn abkam, zwei Selbstmordversuche unternommen … Es fiel mir nicht schwer, zwei und zwei zusammenzuzählen. Obwohl ich es ihren Eltern eine Weile übelgenommen habe, dass sie mir den Ernst der Situation vorenthalten hatten, wusste ich tief in mir drin, dass meine Frau sich nie vom Zerfall unserer Familie erholt hatte.

Anschließend habe ich das Spielen aufgegeben und bin nach Schottland gezogen, um mich meiner neunjährigen Tochter zu widmen, die gerade ihre Mutter verloren hatte. Wir haben für unser Leben zu zweit eine neue Balance gesucht und drei Jahre zusammengelebt. Gelegentlich hielt ich Vorträge im Rahmen eines Seminars, doch im Grunde hatte ich genug Geld, um nicht auf meinen Posten als Professor zurückkehren zu müssen. Damals begleitete mich das Ihnen bekannte Manuskript. Es verfügte über die eigenartige Fähigkeit, meinen Schmerz und meine Schuldgefühle zu verringern. Bis meine Schwiegermutter einen Herzinfarkt erlitt und einige Zeit im Krankenhaus verbrachte ... In der Überzeugung, dem Tod nur knapp entronnen zu sein, hat sie ihrer Enkelin Moïras letzten Brief überreicht. Beim Lesen hat Laura begriffen, dass ich Auslöser der Depressionen war, die ihre Mutter heimgesucht hatten. Mit zwölf Jahren hat sie ihre Koffer gepackt und ist zu ihren Großeltern zurückgekehrt. Seit diesem Tag weigert sie sich, mich zu sehen oder am Telefon zu sprechen.

Ich will keineswegs, dass Sie für mein Schicksal Mitleid empfinden, Anne-Lise. Ich bin nicht unglücklich und ermögliche meinen Liebsten allen nur denkbaren materiellen Komfort. Ich weiß, dass es ihnen gut geht, mein Schwiegervater hält mich regelmäßig auf dem Laufenden, er ist die einzige Verbindung zwischen meiner Tochter und mir. Ich reise viel, lerne wunderbare Menschen kennen wie Sie und Ihre Freunde oder die Mitglieder des belgischen Lesekreises, und ich bitte niemanden um Entschuldigung. Sollte ich am Tod einer Frau schuld sein, die ich geliebt habe, erhalte ich jeden Morgen meine gerechte Strafe, wenn ich allein erwache und nicht das unschätzbare Glück habe, meine Tochter heranwachsen zu sehen. Deshalb habe ich mich auch so sehr gefreut, Katia kennenzulernen, die exakt ihr Alter hat und die ich mit Freuden beobachtet habe, daran denkend, dass Laura ihr ähnlich sein könnte.

So, jetzt wissen Sie Bescheid über meine Verschwiegenheit und die Schatten, die auf meinem Leben lasten. Seien Sie meiner Freundschaft versichert.

Mit sehr herzlichem Gruß

William

Von Anne-Lise an David

Rue des Morillons,
den 24. August 2016

Sehr geehrter Herr Aguilhon,

ich danke Ihnen, dass Sie mich persönlich über die Ablehnung meines Ersuchens informiert haben. Allerdings bin ich weder Journalistin noch Schriftstellerin oder Sendeleiterin einer Reality-Show. Mein Interesse, Sie zu treffen, ist ganz anderer Art. Wenn es eine Verbindung zwischen Ihrem und meinem Leben gibt, dann ist es ein Manuskript, das allerdings vor mehr als dreißig Jahren verfasst und von Ihnen eigenhändig an Madame Grant, die Nachbarin Ihrer Schwester im Lozère, übergeben wurde.

Der Autor hat den Text seit kurzem wieder und versucht mit meiner Hilfe zu rekonstruieren, welchen Weg dieser seit seinem Verschwinden 1983 zurückgelegt hat. Ohne Sie zu kennen, weiß ich, dass Sie unserer Suche die gebührende Bedeutung beimessen werden, und ich hoffe, Sie sind bereit, uns den Namen der Person zu verraten, die Ihnen das Manuskript anvertraut hat.

Sie sind das letzte uns bekannte Glied in der Kette der Besitzer dieses Manuskripts, welches das Leben seiner jeweiligen Leser durcheinandergewirbelt zu haben scheint. Selbstverständlich kann ich Ihr Misstrauen meiner Person gegenüber nachvollziehen, aber seien Sie versichert, dass der einzige Grund meiner Anfrage darin bestand, Sie zu diesem Buch zu befragen.

Ich danke Ihnen im Voraus für jegliche Form von Information, die Sie mir bezüglich dieses Romans noch zukommen lassen wollen.

Mit herzlichem Gruß
Anne-Lise Briard

PS: Es ist mir wichtig, Ihnen zu versichern, dass mich keinerlei krankhafte Neugierde getrieben hat, Sie im Gefängnis besuchen zu wollen. Ich war sogar erleichtert, als ich von Ihrer Ablehnung erfuhr, so unangenehm schien mir die Aussicht, in die Gefängniswelt eindringen zu müssen. Meine einzige Motivation bestand darin, einem Menschen nahekommen zu wollen, der dieses Buch geliebt hat und mir deshalb bereits vertraut erschien.

Von Maggy an William

Pointe des Renards, den 25. August 2016

Lieber William,

ich stelle fest, dass ich Ihnen zum ersten Mal schreibe. Vor drei Wochen haben wir uns im Lozère verabschiedet, seither habe ich nichts mehr von Ihnen gehört. Das ist allerdings nur teilweise wahr, denn Ihr Briefwechsel mit Anne-Lise zeigt mir zumindest, dass Sie noch am Leben sind.

Allerdings hat Anne-Lise mir kein Wort über Ihre Enthüllungen verraten. Obwohl sie für gewöhnlich das Gegenteil von mir und meiner verschwiegenen, geheimniskrämerischen Natur ist, verschließt sie sich wie eine Auster, wenn ich ihr entsprechende Fragen stelle. Ich wage nicht mir vorzustellen, was Sie ihr anvertraut haben könnten, um eine solche Verwandlung zu bewirken. Als ich Anne-Lise vor wenigen Tagen angerufen habe (wie besorgt muss ich gewesen sein, dass ich bis zum Hotel gelaufen bin, um diesen von mir verabscheuten Apparat zu benutzen!), hat sie mir Folgendes geantwortet: »Bitte, schreib ihm … «

Sie müssen zugeben, dass es riskant ist, einen Menschen zu kontaktieren, dessen Probleme man nicht kennt, weshalb ich diesen Vorschlag sofort zurückgewiesen habe. Heute Morgen bin ich dann allerdings die Küstenpfade entlanggelaufen. Sie erinnern nicht länger an eine Autobahn, denn der erste Nieselregen hat die Sommertouristen ins Landesinnere gescheucht, wo sie auf der Suche nach dem authentisch Bretonischen oder wasserdichten Heimatmuseen sind. Stellen Sie sich vor, wir haben doch noch ein paar Rückzugsgebiete, die netterweise von irgendwelchen Fertiggerichteherstellern gesponsert werden. Zwischen zwei Menhiren kann man dort alte Bretoninnen mit ihren traditionellen Hauben herumlaufen sehen.

Dabei musste ich an unsere Spaziergänge während Ihres Besuchs im Finistère denken. Die morgendliche Brise hat meine Stimmung beeinflusst, und ich habe überlegt: Wenn ich schon nicht weiß, von welchen Sorgen Sie geplagt werden, könnte ich Sie wenigstens mit dem neuesten Klatsch und Tratsch von hier ablenken.

Allen voran hat das kleine leerstehende Ladenlokal auf dem Marktplatz einen Käufer gefunden. Erinnern Sie sich, wie wir verschiedene Geschäfte durchgespielt haben, die dort einziehen könnten? Sie hatten ein Flötengeschäft vorgeschlagen, das Spieler aus der ganzen Welt anziehen würde, und ich einen Farbenladen, der nur Blau im Angebot hat. Öl-, Aquarell- oder Pastellfarben, egal, Hauptsache, man kauft dort die Farbe des Himmels, die hier bei uns häufig mit etwas Grau angerührt wird, worauf Sie mich aufmerksam gemacht hatten. Zum Schluss hatten wir uns darauf geeinigt, dort ein Geschäft anzusiedeln, das Originalmanuskripte anbietet unter der Bedingung, dass sie niemals veröffentlicht werden.

Wir lagen beide daneben, denn ich habe gestern einen Aushang entdeckt, auf dem steht: »Demnächst öffnet hier ein Geschenkladen«. So werden Flöten, Farbtuben und verblichenes Papier notgedrungen muschelverzierten Kleiderhaken, Pendeluhren mit bretonischen Leuchttürmen, Kaffeeschalen aus Quimper, auf denen »Weltbester Papa« steht, oder Bildtafeln mit dem Rezept für Kig Ha Farz oder einer Anleitung für Seemannsknoten weichen. Selbstverständlich kommt alles aus China oder der Türkei und wird von kleinen Händen hergestellt, die keinen blassen Schimmer davon haben, wo in der Welt sich das Finistère befindet. Wenigstens werden die Touristen hierin eine neue, gut erreichbare Sammelstelle erkennen, wenn sie von den Fährschiffen kommen, die Ouessant mit dem Festland verbinden.

Bitte unterstellen Sie mir weder Bitterkeit noch Bedauern darüber, dass das Dorf nicht mehr so ist wie in meiner Kindheit. Ich beobachte diese Entwicklungen zwar voller Ironie, aber auch mit einem gewissen Vergnügen … jenem, das uns bei der Vorstellung erfasst, dass nichts unveränderlich ist, dass sich die Erde auch nach unserem Ableben weiterdrehen wird, trotz der Prognosen eines Weltuntergangs, den wir zu Lebzeiten nicht selten beschworen haben werden.

Wissen Sie, dass ich mit meinen Illustrationen fertig bin? Ich bin sehr zufrieden damit, sie gefallen mir besser als die im ersten Band, und es ist eine große Erleichterung festzustellen, dass man altern und dennoch besser werden kann. Wenn wir immer wieder zu hören bekommen, *das Alter sei ein Schiffbruch*, ist man versucht zu glauben, unsere Fähigkeiten würden mit der Zeit nachlassen. Das ist mitnichten so, der Beweis dafür liegt auf meinem Schreibtisch, Krokos Abenteuer, Teil zwei, ist raffinierter als der vorhergehende Band (wie versprochen, schicke ich Ihnen ein Exemplar, sobald das Buch erscheint).

Dabei fällt mir ein: Haben Sie die Mappe gefunden, die ich im Lozère vergessen habe und die einen Entwurf meines nächsten Bilderbuchs enthält? Falls ja, können Sie sie gern behalten, denn ich habe mich für ein anderes Maskottchen entschieden. Den Namen des neuen Protagonisten habe ich beim Lesen eines Romans gefunden: Er soll Papata heißen und ein ganz besonderer Papageitaucher sein. Ich liebe das Stadium, in dem ich grob den roten Faden der Geschichte festlege und noch alles erlaubt ist. Dieser Arbeit wohnt eine Freiheit inne, die mich mit Freude erfüllt.

Im Westen sehe ich schwarze Wolken, die allmählich näherkommen und mir ein Lächeln entlocken. Der heranziehende Sturm ist gleichbedeutend mit Arbeiten im Haus, hinter meinen Fensterscheiben, einen Teebecher in der Hand, umgeben nur vom Rauschen des Winds, denn die letzten Wanderer haben sich in die Crêperien im Dorf geflüchtet. Übrigens: Schnuppern Sie gern an diesem Brief, bevor Sie ihn zu Ende lesen, ich bin mir sicher, Sie riechen den herrlichen Crêpes-Duft, der das ganze Haus erfüllt, ich habe vorhin nämlich etwa zwanzig Stück gebacken. Das wird mein Mittagessen, mein Teegebäck (ich weiß noch, wie sehr Sie sich darüber amüsiert haben, dass ich wie ein Kind einen Nachmittagsimbiss zu mir nehme) und vielleicht auch noch mein Abendessen …

Das wären ein paar Anekdoten mit dem Ziel, Sie für einige Zeit von Ihren Sorgen abzulenken. Wenn man so abgeschieden lebt wie ich, drängt die Natur die menschlichen Nöte in den Hintergrund, und sie werden belanglos und lächerlich. Sollten Sie sich demnächst im trubeligen Leben der Großstädte dieser Welt verloren fühlen, gönnen Sie sich eine Pause und besuchen Sie mich auf der bretonischen Landzunge. Sie werden sehen, hier bleibt der Horizont stabil, egal was uns gerade umtreibt.

In der Hoffnung, Ihnen ein kleines Lächeln entlockt zu haben, grüße ich Sie sehr herzlich

Maggy

Von David an Anne-Lise

Avenue du Moulin-de-la-Jasse,
den 27. August 2016

Sehr geehrte Madame Briard,

ich bitte vielmals um Entschuldigung. Gerade habe ich Ihren Brief gelesen und stelle fest, dass ich seit meiner Inhaftierung eine ordentliche Portion Misstrauen entwickelt habe. Tatsächlich habe ich in den letzten Jahren vierzehn Interviewanfragen von Pseudoschriftstellern und journalistischen Schmierfinken erhalten, die ihren Namen gern auf Seite Drei des *Midi libre* sehen wollen …

Als ich den Ersten zurückgeschrieben habe, ich würde mich freuen, ihnen im Detail meine Tage zu beschreiben, die ich einzig und allein damit verbringe, Duftkerzen einzupacken, haben sie sich lieber an Kandidaten gewandt, die einen größeren Hang zur Tragödie haben und bereit waren, ihnen Lügen oder Abenteuer aufzutischen.

Aber mit zunehmendem Alter ist meine Ironie versiegt, weshalb ich alle Besuchsanfragen einfach ablehne, ohne mir vorher die Mühe zu machen, die Gründe des Antragstellers in Erfahrung zu bringen.

Was das von Ihnen erwähnte Manuskript betrifft, dürfte Ihnen bereits bekannt sein, welche Bedeutung es für mich hat. Ich habe es Madame Grant am Tag vor meiner Inhaftierung überreicht. Sie hat Ihnen vermutlich von unseren Gesprächen im Schatten der Kastanie erzählt … Aber da es mittlerweile bei Ihnen gelandet ist, schließe ich daraus, dass sie sich dieses Teils ihrer Vergangenheit entledigt hat. Sollten Sie sie bei Gelegenheit wiedersehen, richten Sie ihr bitte aus, dass unsere Gespräche nicht für die Katz waren und sie ihre Lesebegeisterung an mich weitergegeben hat. Das hat mich im Übrigen vor einer chronischen Depression bewahrt, die sich an die Insassen dieser Anstalt heftet wie die Wellhornschnecke an einen Felsen.

Ich erinnere mich bestens an die junge Frau, die es mir geschenkt hat. Ich habe sie in einem Erholungsheim in der Nähe von Montpellier kennengelernt. Genau wie ich hielt sie sich oft in der Bibliothek der Einrichtung auf, wo wir uns während meiner Aufenthalte häufig über den Weg gelaufen sind. In einem schwachen Moment habe ich ihr von meiner verhinderten Liebe erzählt, die ich damals durchlebt habe, und sie hat daraufhin einen Text erwähnt, der große Wirkung auf sie gehabt haben soll. Angeblich hat er ihr geholfen, aus dem selbstzerstörerischen Verhalten herauszufinden, in das sie sich nach dem Tod ihrer Eltern geflüchtet hatte, und sie hat ihn mir freundlicherweise zum Abschied überlassen. Auch wenn er auf mein Leben nicht die erhoffte Wirkung hatte, kommt er für andere vielleicht noch rechtzeitig … Fordern Sie den Autor daher auf, sein Buch zu verteilen. In Schulen, Krankenhäusern, Gefängnissen … überall dort, wo verlorene Seelen ein Zeichen brauchen. Und falls meine Aussage dazu beitragen kann, es noch bekannter zu machen, umso besser. Allein die Tatsache, dass ich Ihnen nach all den Jahren diese Zeilen schreibe, hat mich mit großer, wenngleich nostalgisch eingefärbter Freude erfüllt.

Ich wünsche Ihnen gutes Gelingen.
Mit herzlichem Gruß
David Aguilhon

PS: Besagte junge Frau hieß Elvire, und ich erinnere mich, dass sie aus Kanada stammte. Wenn Sie Kontakt zum Erholungsheim *Les Collines* aufnehmen, wird man Ihnen dort in den alten Verzeichnissen ihre Kontaktdaten heraussuchen können.

Von Sylvestre an Anne-Lise

Les Chayets, den 27. August 2016

Nach einem Kurzbesuch bei meiner Tochter Coralie bin ich wieder im Lande. Kaum hatte ich ihre Wohnung betreten, habe ich ihr meinen Text überreicht und ihre Reaktion mit flauem Gefühl im Magen abgewartet. Als ihr klar wurde, worum es ging, hüpfte sie durch den Flur und rief nach Adam, ihrem Partner.

Beide haben mich beglückwünscht, als hätte ich den Prix Goncourt erhalten, sie haben sich förmlich darum geprügelt, wer den Anfang zuerst lesen darf. Meine Tochter hat gewonnen und sich mit dem ersten Teil in ihr Schlafzimmer zurückgezogen. Während ich noch verzweifelt nach einem Thema suchte, das ich mit meinem Schwiegersohn besprechen könnte, legte er los. Obwohl wir bis dahin nicht mehr als zehn Worte miteinander gewechselt hatten, hat Adam mir von dem letzten Roman vorgeschwärmt, den er gelesen hatte ... Der Junge ist viel interessanter, als es auf den ersten Blick den Anschein hatte, und wir haben zusammen gekocht, ohne auf Coralie zu warten, die erst essen wollte, wenn sie mit dem Manuskript durch wäre.

Als sie sich an den Tisch setzte, hatte sie Tränen in den Augen, und ich fürchtete, sie würde mich auf ihre Mutter ansprechen und dadurch zwingen, die zwei Frauen in meinem Leben zu vergleichen. Aber ich brauchte sie nicht anzulügen (wozu ich gegebenenfalls bereit gewesen wäre), denn Coralie erwähnte sie mit keinem Wort. Sie hat mir Fragen zum Ende des Romans gestellt, und ich habe ihr gestanden, dass zwar ein Ende vorläge, dieses jedoch von einem Fremden stamme. Den Teil hatte ich im Hotel gelassen, aber ich musste ihr versprechen, ihn am nächsten Tag mitzubringen. Anschließend habe ich den beiden im Detail den unglaublichen Weg des Manuskripts beschrieben und durfte mich über die Verwunderung in ihren Gesichtern freuen.

Ich hatte zu meiner Tochter immer ein gutes Verhältnis, vor allem auch – das muss ich zugeben –, weil ich bei ihren Aktivitäten und Wünschen nie ein Veto eingelegt habe. Dennoch war unsere Beziehung von einer gewissen Distanz geprägt, als verfügten wir nicht über genug Gemeinsamkeiten, um in die Welt des jeweils anderen vordringen zu können. Dann hat mich meine Krankheit vom Rest der Welt abgeschnitten, und unsere seltenen Begegnungen reduzierten sich auf stereotype Floskeln ihrerseits und ein unerträgliches Schweigen meinerseits anstelle von echten Antworten.

Als ich am Abend die Tür zu meinem Hotelzimmer schloss, war ich völlig geplättet davon, wie sehr sich dieser Abend von allen anderen unterschieden hatte. Unsere Gespräche waren nicht mehr verhalten, sondern ganz natürlich: Coralie stellte mir Fragen zu meinem aktuellen Roman, und ich konnte sehen, dass ihr Interesse echt war.

Allein vor einem Fenster, das allerdings nur einen deprimierenden Blick auf den Parkplatz bot, spürte ich das Blut in mir brodeln, als hätte man mich wieder an das Leben angeschlossen. Ich hatte zum ersten Mal das Gefühl, in den Augen meiner Tochter und meines Schwiegersohns tatsächlich zu existieren, und diese Erkenntnis löschte langsam den Eindruck von Ausgrenzung aus, mit dem ich all die Jahre gelebt hatte.

Ich weiß nicht, ob Sie mich verstehen, Anne-Lise, denn Sie stehen immer noch mitten im Kampf: Ihre Kinder wohnen noch zu Hause, Sie haben einen Mann an Ihrer Seite, und Sie reiben sich zwischen der Führung eines Haushalts und einem anspruchsvollen Beruf auf. Doch der Altersunterschied zwischen uns hat mich in die Reihen der Beobachter geführt, derjenigen Menschen, die Zeit haben und ohne Termine oder Zwänge leben (die Zwänge meines Berufs wirken fast inexistent, seit sie im Homeoffice erledigt werden können).

Hier an diesem Ort kann man schon mal vergessen, dass man noch lebt.

Der Rückkehrer ist daher verwandelt, äußerlich derselbe, aber im Kopf ein völlig anderer. Kaum im Haus, habe ich meine Post durchgesehen und Ihre kurze Nachricht bezüglich der Annullierung unseres »Gefängnisaufenthalts« gelesen. Das hat mich sehr traurig gestimmt, denn der neue Sylvestre hätte große Lust gehabt, die Zeit zurückzudrehen und mit einem weichherzigen Einbrecher zu sympathisieren.

Sollten Sie während meiner Abwesenheit weitere Informationen erhalten haben, lassen Sie es mich bitte umgehend wissen, denn ich habe dieses Jahr noch ein paar Urlaubstage übrig und könnte mir gut vorstellen, sie zu nutzen, um neue Leser zu treffen.

Bis dahin werde ich mich mit Freuden ans Schreiben machen, ich nähere mich nämlich mit großen Schritten dem Epilog ...

Sylvestre

Von William an Maggy

Great Peter Street, den 29. August 2016

Liebe Maggy,

ich schäme mich, Ihnen nicht früher geschrieben zu haben, auch wenn ich weiß, dass Ihre Unabhängigkeit Sie vor meinen Stimmungsschwankungen bewahrt. Ihr Brief hat mir mein Lächeln zurückgegeben, und ich musste mich sehr beherrschen, um nicht sofort ins Flugzeug zu steigen und zu Ihnen ins Finistère zu eilen, wo ich mich in Ihrer Gesellschaft der beruhigenden Wirkung der Gischt hingeben könnte.

Als ich gestern Abend an der Themse spazieren ging, habe ich an unsere Begegnung in diesem Pub gedacht, das Sie so charmant fanden. Ich erinnere mich an jede Sekunde dieses Mittagessens, denn es war ein Ereignis außerhalb der Zeit, genau wie die Momente, die wir in der Bretagne und im Lozère erlebt haben.

Und natürlich bin ich heute Morgen viel zu früh aufgewacht. Die Luft war vom morgendlichen Smog erfüllt, der die Stadt heimsucht, sobald mehrere heiße Tage aufeinanderfolgen, und ich habe beschlossen, meine Londoner Wohnung zu putzen. Als alles sauber war, sprang mir der nüchterne Charakter der Einrichtung ins Auge. Ich musste an mein Haus im Lozère und an Ihr bretonisches Landhäuschen denken, und mir wurde klar, dass hier die Wärme fehlt, die einem Zuhause eine freundliche Ausstrahlung verleiht.

Etwas lässt mich die Welt mit neuen Augen sehen. Als ich ein Kind war, hat meine Mutter behauptet, man spüre das Älterwerden am Wechsel der Brille. Noch als Jugendlicher glaubte ich, sie spreche von der mit den Jahren nachlassenden Sehkraft. Doch als sie mich eines Tages zusammen mit Betty, einer Klassenkameradin, sah, erinnerte sie mich daran, dass ich dasselbe Mädchen drei Monate zuvor als fürchterlich nervig beschrieben hätte.

Lächelnd sagte sie: »Mein Junge, Du hast wohl eine neue Brille auf ... Herzlichen Glückwunsch!«

Seit einigen Tagen, liebe Maggy, trage ich eine neue Brille. Ihretwegen schaue ich nun zurück und spüre, dass die Zeit reif ist, zu Leuten, die ich mag und ohne die ich mir meine Zukunft nicht vorstellen kann, wieder Kontakt aufzunehmen. Ich weiß, dass Sie mich verstehen werden und mir verzeihen, nicht früher von dieser Vergangenheit gesprochen zu haben, die mich hemmt.

Ich denke sehr oft an Sie und hoffe, Sie bisweilen auf Ihren morgendlichen Spaziergängen an der Küste zu begleiten ... Sie sollten wissen, dass sich Ihr Duft in den Londoner Straßen festgesetzt hat und mir folgt, sobald ich durch die Stadt laufe.

Mit sehr herzlichen Grüßen
William

Von Anne-Lise an David

Rue des Morillons, den 31. August 2016

Lieber David,

vielen Dank für die Informationen, die Sie mir haben zukommen lassen. Gerade habe ich im *Les Collines* angerufen, doch leider verweigert mir die Sekretärin am Telefon eine Auskunft. Die einzige Möglichkeit, an Elvires Adresse zu gelangen, ist eine Anfrage an die Leiterin, die jedoch, wie ich erfahren habe, normalerweise keine Informationen über Heimbewohner herausgibt. Ich setze nun auf die Einzigartigkeit meiner Anfrage, um sie zu erweichen.

Ihrem Brief habe ich entnommen, dass Sie von der Erkrankung von Madame Grant keine Kenntnis haben. Sie lebt seit Jahren in einer Einrichtung, die sich auf Alzheimerpatienten spezialisiert hat, etwa eine halbe Autostunde von dort entfernt, wo sie gewohnt hat, als Sie sie zuletzt gesehen haben. Es sieht so aus, als seien ihre Erinnerungen in den Jahren nach Ihrem Verschwinden peu à peu ausgelöscht worden, bis vor sieben Jahren schließlich eine Art Stillstand eintrat.

Ich habe sie letzten Monat kennengelernt, und sie hatte das reservierte Benehmen eines Menschen, der sich durchs Leben bewegt und dabei ständig vergisst, was ihn zum aktuellen Ort geführt hat. Ein einziges Mal nur ist sie aus ihrer Lethargie erwacht: Als sie das Manuskript auf dem Tisch liegen sah, hat sie Ihren Vornamen ausgesprochen. Können Sie sich das vorstellen? Es gibt demnach derart starke Bindungen, die im Gedächtnis überleben, als wären sie physisch in jede Zelle unseres Körpers eingebrannt …

Ich weiß nicht, wie Ihre Reaktion auf diesen Brief ausfallen wird, aber ich konnte Sie nicht in Unwissenheit lassen. Vielleicht haben Sie unter dem Ausbleiben eines Lebenszeichens gelitten: Das hier ist die Erklärung. Ich gehe davon aus, dass die Realität, und sei sie noch so schmerzlich, den unermüdlichen Grübeleien vorzuziehen ist, in denen sich unser Gehirn mehr oder weniger prompt ergeht.

Diese vertrauliche Mitteilung ist nicht der einzige Grund für meinen Brief. Ich stehe in regelmäßigem Kontakt zu ihrem Sohn, William, der bald um eine Besuchserlaubnis bei Ihnen ersuchen wird. Da ich weiß, wie rasch Sie derlei Anfragen ablehnen, möchte ich Sie inständig bitten, William Grants Anfrage wohlwollender zu behandeln. Ich denke, Sie würden beide davon profitieren, über eine Frau sprechen zu können, die in Ihrem Leben eine große Rolle gespielt hat.

Es mag gerade den Anschein haben, als würde ich mich in Dinge einmischen, die mich nichts angehen (dem ist auch tatsächlich so), aber aus einem Grund, den ich mir nicht erklären kann, bin ich davon überzeugt, dass dieses Manuskript eine Kraft besitzt, die stärker ist als wir, und ich versuche, seine Wirkung mit meinen bescheidenen Mitteln und arglosen Ratschlägen zu unterstützen.

Wissen Sie, seit ich von Ihrer Existenz erfahren habe und zugleich auch von dem Ort, an dem sie sich abspielt, muss ich oft an Sie denken. Mir ist bewusst geworden, dass ich zum ersten Mal einen Menschen kennengelernt habe (und sei es nur per

Brief), der für diese Art von Vergehen eingesperrt wurde (ich spreche von Einbrüchen und Banküberfällen). Bisher kannte ich lediglich zwei Personen, die vor Gericht verurteilt worden waren, von denen eine Person nur eine Bewährungsstrafe erhalten hat. Bei beiden handelt es sich um Geschäftsleute, die in Fälle von Veruntreuung verwickelt waren, um sich berufliche Vorteile zu verschaffen. Ich darf Sie darauf hinweisen, dass ich zwischen denen und Ihnen einen Unterschied mache: Obwohl ich annehme, dass die beiden weitaus größere Summen entwendet haben als Sie, haben sie keine Ahnung, welche Angst man empfindet, wenn man eine Bank mit einer Waffe in der Hand betritt. Sie haben ihre Unterschrift unter illegale Dokumente gesetzt oder Geldtransfers auf Konten bewilligt, die ihnen nicht gehörten, doch war zu keinem Zeitpunkt ihre körperliche Unversehrtheit bedroht.

Bis zum heutigen Tag konnte ich mir nicht vorstellen, mich eines Tages mit einem Mann auszutauschen, der unter Gewaltanwendung Raubüberfälle begangen hat. Allerdings hat mir William Auszüge aus Briefen vorgelesen, die er bei seiner Mutter gefunden hat, und dabei ging mir auf, dass ich für Ihre Geschichte viel empfänglicher bin als für die der obenerwähnten Personen.

Zum Beweis kann ich anführen, dass ich es trotz der von Ihnen verübten Delikte bedaure, Sie nicht kennengelernt zu haben, ich bin davon überzeugt, dass es der Anfang einer Freundschaft hätte sein können. Sollten Sie dieses Gefühl erwidern, schreiben Sie mir gern, ich antworte Ihnen mit Freuden. Ich weiß, dass Sie noch ein Jahr hinter Gittern verbringen müssen. Vermutlich werde ich die Zeit benötigen, um Ihnen alle Abenteuer zu schildern, die das Manuskript, das mich veranlasst hat, Kontakt zu Ihnen aufzunehmen, hinter sich gebracht hat. Sie werden überrascht sein über seine vielen verschlungenen Wege.

Ich wünsche Ihnen einen möglichst schönen Tag: So gut, wie er eben sein kann, wenn Gitter uns davon abhalten, Kontakt zur Natur zu haben, und die einzige Beschäftigung darin besteht, Duftkerzen zu verpacken.

Viele Grüße
Anne-Lise Briard

PS: Heute ist ein weiterer Tag mit Gluthitze gemeldet … Haben Sie im Gefängnis klimatisierte Räume? Ansonsten wäre es grausam, Sie bei dieser Temperatur Kerzen verpacken zu lassen!

PPS: Haben Sie schon einmal erwogen, Ihr Leben zu einem Roman zu verarbeiten? Sollte dem so sein, lassen Sie es mich bitte wissen, ich kenne Verleger, die Interesse haben könnten. Bei genauerem Nachdenken kenne ich sogar Verlagshäuser, die zudem in der Lage wären, anlässlich der Jahresendfeierlichkeiten einen schönen Band über Duftkerzen herauszugeben …

Von Maggy an William

Pointe des Renards, den 2. September 2016

Lieber William,

gestern bin ich drei Stunden am Strand spazieren gegangen, wofür Sie mir dankbar sein können. Hätte ich mich nicht dieser körperlichen Bewegung unterzogen, hätte ich Ihnen nämlich sofort geantwortet, und Sie hätten erlebt, was eine wütende Frau nicht alles schreiben kann!

Sie wissen rein gar nichts über mein Unabhängigkeitsbedürfnis oder mein Interesse für Menschen, mit denen ich korrespondiere, aber heute werden Sie erfahren, dass ich Lügen und Heuchelei verabscheue (nein, das Wort ist nicht zu stark, und mir ist nicht bekannt, ob es im Englischen eine Entsprechung dafür gibt, aber Sie sollen wissen, dass Ihr britischer Gleichmut die bretonische Küste nicht kontaminiert hat). Ihr Brief mag in England ein Musterbeispiel höflicher Zurückhaltung sein, aber ich bin nicht mehr in einem Alter, in dem ich mich von Ihren »sehr herzlichen Grüßen« betören lasse, während Sie mir gleichzeitig verkünden, wieder an Ihre Vergangenheit anknüpfen zu wollen, die vermutlich eine Frau einschließt (wenn nicht gar mehrere!) und ein oder zwei Kinder … Wer wie wir das halbe Jahrhundert voll hat, hat immer eine Geschichte hinter sich, die er mehr oder weniger stolz vor sich herträgt, aber ich bin der Meinung, man sollte sich entsprechend verhalten und sie nicht in einem Augenblick vergessen, um sie im nächsten zum Schutz wieder hervorzuholen.

Ich kann mir gut vorstellen, dass Sie in aller Arroganz glauben, Ihr natürlicher Charme würde sich ungebremst auf die einsame Frau in der Verbannung auswirken, die Sie in mir sehen. Täuschen Sie sich nicht! Ich bin gegen Schönheit und schnelle Komplimente von Männern immun, und die Distanz, die Sie nun einnehmen wollen, wie Sie wenig taktvoll zu Ihrer Entschuldigung vorbringen, wird weder meinen üblichen Zeitplan für Spaziergänge noch meinen Fünfuhrtee über den Haufen werfen ...

Ich beglückwünsche Sie zu Ihrem Frühjahrsputz und Ihrer neuen Brille – sie steht Ihnen sicher bestens und könnte Ihre graue Iris mit dem Scharfblick versehen, an dem es Ihnen bisher mangelt. Dank dieser Brille werden Sie andere Gründe gehabt haben, Ihre Augen zu öffnen, als Menschen in Ihrer Umgebung zu verführen, und ich möchte Sie herzlichst ermuntern, damit fortzufahren.

Künftig brauchen Sie nicht mehr mit Halbwahrheiten oder zärtlichen Anspielungen anzukommen, die zwischen uns nichts zu suchen haben, zumal wir uns erst seit kurzem kennen und nichts über unsere jeweilige Vergangenheit wissen. Sollten wir uns wiedersehen, was allein der Vermittlung unserer gemeinsamen Freundin geschuldet sein wird, wahren Sie Ihre Distanz und zeigen Sie ganz unverhohlen Ihre alten und gleichzeitig neuen Zuneigungen. Sie werden im Gegenzug eine aufrichtige und treue Freundin finden.

Zu Beginn dieses Briefs hatte ich vor, Ihnen von der Tragödie zu erzählen, der sich meine Lebensentscheidungen verdanken. Dies werde ich nun tunlichst unterlassen. Die Informationen sind nicht mehr wichtig und haben in unserer freundschaftlichen Beziehung nichts verloren. Bitte beachten Sie meinen scharfen Ton. Wissen Sie, wir Bretonen sind zurückhaltende Menschen mit weichen runden Formen. Wir sind sehr umgänglich, denn das Überleben unserer Region verdankt sich der Fähigkeit, den anderen und seine Eigenarten zu akzeptieren. Die Bretagne ist äußerst gastfreundlich, was sich nach und nach in unsere Gene eingeschrieben hat. Wenn wir allerdings das Gefühl haben, betrogen oder verhöhnt zu werden, verwandeln wir uns sofort, wir fahren unsere Ecken und Kanten aus, und sie sind spitzer als die Felsen vor Ouessant. Nehmen Sie mir diese erblich bedingte Reaktion nicht übel.

Ich bleibe Ihnen freundschaftlich verbunden und wünsche Ihnen alles nur erdenkliche Glück.

Viele Grüße
Maggy

Von David an Anne-Lise

Avenue du Moulin-de-la-Jasse,
den 5. September 2016

Guten Tag, Anne-Lise,

danke.

Danke, dass Sie mir das alles erzählt haben.

Danke, dass Sie diesen Gefühlsschmerz wieder angefacht haben, den ich für immer erloschen geglaubt hatte und der nun dafür sorgt, dass ich mich erneut lebendig fühle.

Tatsächlich wusste ich nichts von Denises gesundheitlichen Problemen, da ich nach der Urteilsverkündigung den Kontakt zu ihr abgebrochen habe. Als mir klar wurde, dass ich gut zehn Jahre eingebuchtet bleiben würde, habe ich das starke Band durchtrennt, das uns verbunden hat. Es ist absurd, dass die längste Strafe, die mir je aufgebrummt wurde, zu einem Zeitpunkt kam, an dem ich beschlossen hatte, mein Leben zu ändern ... Aber es kam für mich nicht in Frage, diese wunderbare Frau mit in den Abgrund zu reißen. Ich wusste, dass sie bereit wäre, alles hinter sich zu lassen, um mir in dieser schweren Zeit beizustehen. Sie hätte ihre Freunde und ihre Familie verloren und wäre allein zurückgeblieben, Opfer einer verhinderten Liebe, die ihr im Gegenzug nichts gebracht hätte.

Ich bin kein guter Mensch. Bin es nie gewesen, außer vielleicht an ihrer Seite. Obwohl ich sie liebend gern behalten hätte, konnte ich mich nicht dazu durchringen, sie in diese Hölle hineinzuziehen. Ich beschloss, ihr ihre Zukunft gegen ihren Willen zu erhalten, und vernichtete alle Briefe, ohne je auch nur einen einzigen geöffnet zu haben. Ich lehnte ihre Besuche ab und betete dafür, dass sie wieder Frieden bei ihrer Familie findet, anstatt der Liebe nachzutrauern, die wir eingebüßt hatten und die einem nur einmal im Leben widerfährt.

Als ich nun Ihren Brief las, wurde mir klar, dass ich mit dem Wunsch, mich anständig zu verhalten, ihr Unglück noch befördert habe. Ich bin die Quelle ihrer Krankheit, mein Opfer war also vergeblich. *Diese Frau hat mich nicht vergessen*: Sechs Worte, die mich in einen emotionalen Strudel katapultieren. Zum einen ist da die absurde Freude zu erfahren, dass sie mich nie vergessen hat, zum anderen der Schmerz zu wissen, dass ich ihr Leid vielleicht hätte lindern können, sowie die Niedergeschlagenheit bei der Rückschau auf ein Leben, das allen Menschen, denen ich begegnet bin, Unrecht zugefügt hat.

Vor wenigen Tagen hat mich die Besuchsanfrage ihres Sohns erreicht. Ich habe zugesagt und ihn eingeladen, Denise mitzubringen. Könnten Sie mein Anliegen unterstützen und ihm dringend nahelegen, zusammen mit seiner Mutter zu kommen? Ich weiß, dieser Ort ist nicht einladend für eine Frau, die schon genug gelitten hat, aber ich denke, ihre Krankheit wird sie vor den negativen Einflüssen bewahren, die ein Gefängnis auf empfindsame Seelen hat. Und sollte unsere Liebe wahrhaftig überlebt haben, könnte sie ihr womöglich die Kraft verleihen, wieder an unsere Welt anzudocken? Das ist Träumerei. Dessen bin ich mir bewusst. Ich würde nur gern etwas Positives bewirken und es in Erinnerung behalten für den Tag, an dem ich hier rauskomme.

In Erwartung meiner Haftentlassung (die aufgrund meines Alters und gesundheitlicher Probleme möglicherweise vorzeitig erfolgen wird), würde ich mich sehr freuen, Ihnen weiter schreiben zu dürfen, sollte die Vorstellung, mit einem Ganoven zu korrespondieren, Sie nicht zu sehr stören.

In diesem Zusammenhang muss ich Ihr Bild jedoch zurechtrücken und Ihre Fantasie auf weniger romantische Bahnen lenken. Ich bin ein einfacher Dieb, Anne-Lise, noch nie habe ich mit einer Waffe in der Hand ein Schmuckgeschäft betreten, derlei Abschreckungsmanöver waren nicht nötig. Ansonsten hätte ich mir bei jeder Inhaftierung härtere Strafen eingehandelt.

Ich habe lediglich einer einfachen Einbrecherbande angehört, und unser Adrenalinpegel stieg allein aufgrund der Angst, geschnappt zu werden, wenn wir gewaltsam in verlassene Villen eindrangen bzw. mehr oder weniger geschickt die Alarmsysteme kleiner Bankfilialen aushebelten. Zum Glück stießen wir nie auf Menschen, die ihr Hab und Gut verteidigten, denn ich weiß nicht, wie ich darauf reagiert hätte. Heute kann ich mir einbilden, tief in meinem Innern gäbe es noch ein Minimum an Menschlichkeit, das mir untersagt hätte, einem Menschen für Geld etwas zuleide zu tun. Das glaube ich zumindest. Sicher werde ich mir nie sein können.

Das ist auch der Hauptgrund, weshalb ich niemals ein Buch über meine Heldentaten schreiben werde. Ich hätte das Gefühl, Taten auszuschmücken, die nichts Heldenhaftes an sich haben und durch nichts anderes motiviert waren als die reine Gier.

Herzlichst
David Aguilhon

Von Anne-Lise an Maggy

Rue des Morillons, den 6. September 2016

Liebe Maggy,

gerade habe ich einen Brief von William erhalten. Er bedankt sich sehr freundlich, dass ich mich bei David Aguilhon für ihn eingesetzt habe, und wird ihm demnächst im Gefängnis von Villeneuve-lès-Maguelone einen Besuch abstatten.

Weißt Du was? Er will mit uns im Lozère Weihnachten feiern! Nicht einmal Julian scheint der Vorstellung abgeneigt zu sein, wenn er sieht, welche Freude diese Aussicht bei seiner geliebten Tochter auslöst ... Und Du? Was denkst Du darüber?

Wir werden ganz bald Gelegenheit haben, das zu besprechen, denn ich biete Dir an, Dich am Wochenende zu besuchen. Ich arbeite weder am Montag, dem 12., noch am Dienstag, dem 13. September, ich werde also vier oder fünf Tage in Deiner Gegend verbringen können. Dieses Intermezzo wird uns gestatten, unsere Belgienreise zu planen, und mir zugleich eine erholsame Pause verschaffen. Du weißt ja, im Büro ist es um diese Zeit sehr stressig, und mit dem Alter benötigen meine Neuronen nach jedem Projekt Zeit zur Erholung. Mir ist bewusst, dass ich Bastien und seinem Team auf diese Weise das Feld überlasse, aber ich bin erschöpft. Die neun Jahre Altersunterschied sorgen für eine große

Kluft zwischen unseren Arbeitsmethoden, und ich verachte sein Verhalten ebenso sehr, wie er meins verachtet.

Damit Du verstehst, an welchem Point of no Return wir mittlerweile angekommen sind, muss ich Dir erzählen, was gestern vorgefallen ist und die gesamte Belegschaft erschüttert hat. Dazu musst Du wissen, dass der Sonntag sehr schwierig war. Zum x-ten Male hat Julian den Vormittag dazu genutzt aufzulisten, welche Vorteile es hätte, wenn ich zu Hause bliebe (er scheint von einer Partnerin zu träumen, die ihm das Frühstück macht, bevor er ins Büro muss). Er begreift nicht, dass ich über den Druck am Arbeitsplatz klage, um mich anschließend an meinen Job zu klammern wie an eine Rettungsboje. Kurz und gut, ich war noch wütend, als ich am Montagmorgen aufgewacht bin, und habe seine Toasts verbrennen lassen, bevor ich losmusste (es war keine Absicht, ich schwör's, aber seine Wunschfantasien von einem Heimchen am Herd haben sich sicherlich rasch in Luft aufgelöst, als er in verkohltes Brot gebissen hat).

Im Büro angekommen, habe ich erfahren, dass Bastien unser Meeting um eine Stunde vorverlegt hatte, weil er dringend nach Genf musste. Ich also auf dem Weg in den Sitzungsraum, alle Blicke sind auf mich gerichtet, dazu der spöttische Gesichtsausdruck meines Cousins, der sich wundert, dass ich seine Nachricht nicht gelesen habe (die am Abend vorher um 23 Uhr 30 an meine berufliche Mailadresse gegangen war!). Woraufhin er sein Smartphone zückt, sich seufzend zum Protokollführer umdreht und ihn auffordert, mich über die verpassten Entscheidungen zu informieren! Ich daraufhin: Wenn ich den Klatsch und Tratsch der anderen Abteilungen nicht kenne, hält mich das nicht davon ab, meine Arbeit diese Woche erfolgreich zu verrichten. Natürlich tat er so, als hätte er nichts gehört, und lächelte weiterhin in sein Display. Ich weiß nicht, warum ich so auf seinen Kaffee fixiert war, einen Guatemala Antigua, über den er ständig schwadroniert und den er sich jeden Morgen bei Starbucks kauft, um hip zu wirken. Ich ging auf ihn zu, nahm ihm sein neuestes iPhone aus der Hand und versenkte es genüsslich in seinem XXL-Becher ... Alle Anwesenden hielten die Luft an. So würdevoll wie nur irgend möglich verließ ich den Raum, gefolgt von Ingrid, meiner Assistentin, die hinter mir nach Luft japste. Bastiens Schreie verfolgten mich bis zu meinem Büro, und ich hörte Adjektive wie »hysterisch« und »total übergeschnappt« heraus, die nebenbei bemerkt vollkommen gerechtfertigt waren angesichts des Preises des in Rede stehenden Smartphones. In den nächsten Stunden kann er zumindest nicht auf seine Tweets geschielt haben!

Ich weiß, dass die Reaktion etwas heftig war, wie meine Kinder sagen würden, und wie Du Dir vorstellen kannst, habe ich mich nicht getraut, zu Hause mit meinen Heldentaten zu prahlen. Aber ich bereue nichts. Ich denke, viele unserer Angestellten haben sich über meine Aktion sehr gefreut, auch wenn sie es nie zugeben würden.

Außerdem sollte ich mich eine Weile von meiner Mailbox und meinem Telefon fernhalten. Ich erwarte tatsächlich einen Anruf der Leiterin des Zentrums in Montpellier, wo David das Manuskript herhat. Du kannst Dir vorstellen, dass ich stündlich meinen Anrufbeantworter abhöre ...

Kurzum: Eine Unterbrechung ist für mich lebenswichtig ...

In Erwartung Deiner (zugegebenermaßen erzwungenen) Einladung packe ich schon mal meinen Koffer und hoffe auf Deine telefonische Bestätigung (oder – falls dies zu viel verlangt ist – auf die von Agathe).

Küsschen
Lisou

PS: Wo ich gerade daran denke: Katia ist in derselben Klasse gelandet wie ihre Freundinnen! Die große Krise zum Schuljahresbeginn ist mir also erspart geblieben, zumal ich Getuschel über einen gewissen Yann vernommen habe, der vor ihr zu sitzen scheint. Bei diesem Vornamen mache ich mich auf das Schlimmste gefasst. Bretonen können so knorrig sein wie die Bäume, die sich im Westen den Stürmen stellen, und das verheißt für meine Tochter nichts Gutes ...

Von Anne-Lise an Sylvestre

Rue des Morillons, den 7. September 2016

Lieber Sylvestre,

ich schreibe Ihnen, weil heute Mittwoch ist ... Diese Einleitung mag Sie überraschen, aber Sie müssen wissen, dieser Tag ist für mich der ruhigste von allen.

Als meine Kinder noch klein waren, hatte ich es mir zur Gewohnheit gemacht, meine Termine so zu legen, dass ich meinem Arbeitsplatz mitten in der Woche fernbleiben konnte. Wie viele andere Frauen habe ich den Tag mit all dem vollgestopft, was man gemeinhin mit Mutterfreuden in Verbindung bringt: Arzttermine, Sportkurse, Musikstunden, Geburtstagseinladungen und so weiter und so fort. Nun sind meine Kinder größer geworden, und ich habe beschlossen, vor diesem Umstand die Augen zu verschließen. Während des Schuljahrs (und wie alle Mütter bin ich glücklich, wenn der Unterricht wieder anfängt) geht die ganze Familie am Mittwochmorgen zur Arbeit. Angesichts der vielen freien Zeit allein empfinde ich fast so etwas wie Ekstase. Manchmal erliege ich der Versuchung, Musik zu hören oder zu lesen, ohne dass irgendetwas die vierstündige Auszeit unterbricht. Genau, lieber Sylvestre, jedes Vergnügen ist begrenzt, denn meine Tochter kommt mittags aus der Schule und füllt den Raum mit wiederkehrenden Vorwürfen an ihre

Lehrer, bevor sie auf ihre Weise das französische Schulsystem reformiert.

Wie dem auch sei, ich befinde mich zurzeit im Auge des Orkans und nutze die Ruhe, um Ihnen meinen Fragenkatalog zu schicken. Erstens: Können Sie sich vorstellen, dass eine Frau Ihr Buch zu Ende geschrieben hat? Zweitens: Habe ich das Recht, die Leiterin des Erholungsheims zu bedrängen, wenn sie mich weiterhin ignoriert?

Ich habe mich ihrer Sekretärin gegenüber sehr deutlich ausgedrückt. Ohne Erfolg! Sie hat den vertraulichen Charakter der Informationen ins Feld geführt, und ich musste ihr versprechen, die Antwort ihrer Chefin abzuwarten und sie nicht weiter zu belästigen. Und wenn sie meine Anfrage einfach beiseiteschiebt?

Sie wissen, dass Geduld nicht meine größte Stärke ist: Daher habe ich beschlossen, ein paar Tage zu Maggy zu fahren, um auf andere Gedanken zu kommen. In einem Anfall von absoluter Ehrlichkeit muss ich zugeben, dass ich auch deshalb fahre, um mich zu vergewissern, dass es meiner besten Freundin gut geht. Erinnern Sie sich, wie wir beide letzten Monat gescherzt haben, dass es zwischen ihr und unserem Gastgeber gefunkt haben könnte? Ich habe mich getäuscht. Maggy ist für die Liebe definitiv verloren. Sie hat mich gerade vom Hotel aus angerufen, um zu bestätigen, dass sie mich erwartet. Dabei hat sie mir verkündet, Weihnachten auf Guernsey verbringen zu wollen, weshalb sie nicht ins Lozère kommen kann … Da sie William in den fünfzehn Minuten mit keinem Wort erwähnt hat, muss ich einsehen, dass wir diese Romanze wohl zu Grabe tragen können!

Zum Jahreswechsel zähle ich nun wenigstens auf Ihre Anwesenheit in Belle Poelle. Ich würde mich sehr freuen, Sie mit meinem Mann sowie meinem Sohn bekanntzumachen, der, ermuntert von seiner Schwester, an Silvester zu uns stoßen wird.

So weit der Bericht am Mittwoch, lieber Sylvestre. Ich erwarte voller Ungeduld Ihre Ratschläge. Übrigens habe ich meine Tochter beauftragt, während meiner Abwesenheit ans Telefon zu gehen. Sie soll der Leiterin des Heims in Montpellier Ihre Nummer geben, falls diese sich meldet. Ich werde für ein paar Tage nicht erreichbar sein, da Smartphones und auch andere moderne Kommunikationsmittel bei Maggy verboten sind. Ich bitte Sie daher inständig, schalten Sie Ihren Anrufbeantworter aus und nehmen Sie Ihre Anrufe entgegen!

In Vorfreude auf Ihren nächsten Brief
Anne-Lise

PS: Sollte es im Zusammenhang mit unseren Ermittlungen etwas Dringendes zu berichten geben, können Sie gern im Hotel *Beau Rivage* anrufen. Verlangen Sie dort nach Agathe, die über alles informiert ist und mir rasch Bescheid geben wird ...

Von William an Maggy

Great Peter Street, den 11. September 2016

Maggy,

Ihren Brief habe ich gestern Abend bei meiner Rückkehr nach London vorgefunden und habe den ganzen Abend sowie einen Teil der Nacht damit verbracht, in meinem Wohnzimmer auf und ab zu laufen. Zum Glück hat mich die englische Höflichkeit, die Sie mir vorhalten, dazu gezwungen, die Schuhe auszuziehen, um den Schlaf meiner Nachbarn nicht zu stören. Ich konnte meinen sanften Teppichboden genau wie Ihre harten Worte daher völlig ungestraft mit Füßen treten.

Da ich den Brief, der Ihre Wut ausgelöst hat, nicht vorliegen habe, musste ich versuchen, anhand der Liste Ihrer Vorwürfe zu rekonstruieren, wodurch ich Sie gekränkt haben könnte. Sollte ich Ihren Wunsch nach Unabhängigkeit erwähnt haben, dann war das mitnichten als Kritik gemeint, sondern vielmehr als grenzenlose Bewunderung für Ihren Lebensstil. Ich möchte Sie daher bitten, meine sprachliche Ungeschicklichkeit zu entschuldigen, wenn diese den Gehalt meiner Äußerungen verzerrt haben sollte. Ich bin es nicht gewohnt, Menschen, die mir wichtig sind, auf Französisch zu schreiben, vielleicht könnten Sie mir meine ungenauen Formulierungen nachsehen.

Zumindest bezüglich der Anzahl der Frauen und Kinder kann ich Ihnen eine korrekte Antwort geben. Ich war nur ein einziges Mal verheiratet (falls gewünscht, kann ich Ihnen aber ein Geständnis machen: Ich habe tatsächlich noch andere Frauen gekannt). Sie hieß Moïra … und ist 2008 gestorben. Wir haben eine gemeinsame Tochter, Laura, die heute bei ihren Großeltern lebt und sich weigert, mich zu sehen. Ich weiß nicht, ob ich Ihnen noch mehr erzählen soll, gegebenenfalls können Sie sich auch an Anne-Lise wenden, die über meine Vergangenheit Bescheid weiß. Ich hatte nicht erwartet, Ihren Zorn auf mich zu ziehen, indem ich Ihnen mein schmerzvolles Vorleben verschweige, allerdings hatte ich tatsächlich die Befürchtung, Sie zu enttäuschen, wenn ich Ihnen weniger rühmliche Seiten aus meinem Leben offenbare. In diesem Punkt sind Ihre Vorwürfe vielleicht gerechtfertigt.

Hingegen empfinde ich es als sehr ungerecht, dass Sie mein Verhalten als verführerisch charakterisieren, obwohl ich mich in Ihrer Gegenwart stets zurückgehalten habe! Niemals war es meine Absicht, Ihre festen Zeiten für Spaziergänge oder den Fünfuhrtee allein durch meine Existenz oder mein Interesse für Sie über den Haufen zu werfen. Wenn ich Anzeichen von Glücksgefühlen gezeigt haben sollte, dann war es die Hoffnung, die Sie in mir geweckt haben, indem Sie mich in Ihrer Höhle empfangen haben, die anderen Menschen angeblich verschlossen bleibt. Wie können Sie so leichtfertig all die wunderschönen Momente beiseite wischen, die wir zunächst in London und dann in der Bretagne zusammen erlebt haben? Was haben Sie aus dieser natürlichen und ganz offensichtlichen Verbundenheit gemacht? Und unsere nächtliche Rückkehr nach Roscoff, als wir an der Küste von Leuchtturm zu Leuchtturm gewandert sind, war das alles Einbildung?

Ich lese Ihren Brief zum wiederholten Male und begreife gar

nichts mehr, Maggy, am allerwenigsten Ihren Vorwurf der Lügerei oder Heuchelei. Ich werde nicht so weit gehen, Ihnen zu sagen, dass ich niemals lüge, aber ich kann Ihnen versichern, dass ich in Ihrer Gegenwart nichts gesagt habe, was nicht voll und ganz gestimmt hat und wahrhaftig so empfunden wurde. So wie jene »sehr herzlichen Grüße«, die mir rausgerutscht waren und Sie verärgert haben, ein Zeichen der Zuneigung sind, die ich für Sie empfinde und die ich mir versagen müsste, sollte ich Ihre Verbitterung ernst nehmen.

Um dieses Plädoyer zu beenden (und das Wort, das mir unwillkürlich gekommen ist, zeugt von der Brutalität Ihrer Anklagen), muss ich Ihnen sagen, dass die neue Brille (die Sie mir brutal von der Nase gerissen haben) nichts als eine Projektion dessen war, was meine Zukunft hätte sein können, wenn Sie meine Gefühle erwidert hätten. Ich werde mich bemühen, sie fortan nicht mehr aufzusetzen, so wie Sie es explizit von mir wünschen. Fühlen Sie sich daher völlig frei, an künftigen Treffen im Lozère teilzunehmen, ohne das geringste Anzeichen von Zuneigung seitens meiner Person fürchten zu müssen.

William

PS: Sie haben es nicht für hilfreich erachtet, mir Ihrerseits ein Geständnis zu machen. Sei's drum. In Ihrem Fall handelt es sich gewiss um eine Verachtung meiner Person und nicht um eine Täuschung ...

PPS: Ich habe soeben Briefmarken gekauft und wurde von der Titelseite der heutigen Zeitungen in den Bann gezogen. Ich kenne Ihre Leidenschaft für die Fotografie und musste an unsere Gespräche denken, als ich die Fotos sah, die einem dramatischen Geburtstag huldigen, den kein Mensch vergessen hat. Ich verabscheue das mediale Ausschlachten, das uns alle zum Voyeur individueller Tragödien macht. Trotzdem konnte ich den Blick nicht von einem der Fotos nehmen. Es zeigt einen Mann allein am Morgen des Dramas. Er steht inmitten der Trümmer. Seine Hände stecken in den Hosentaschen, und nichts in seinem Gesicht lässt erkennen, welches Grauen er gerade erlebt hat. Man hätte ihn ausschneiden und mit derselben Haltung in eine wunderschöne Landschaft am Meer setzen können. Und wissen Sie was, Maggy? Genau dieses Bild hat mich erschüttert.

Von Sylvestre an Anne-Lise

Les Chayets, den 12. September 2016

Zum ersten Mal übernehme ich die Führungsrolle, und darauf bin ich stolz. Während Sie die Seeluft genießen, um sich den Kopf durchpusten zu lassen (und glauben Sie mir, das kann Ihnen nur guttun; warum, erzähle ich Ihnen später), habe ich einen Anruf von Madame Cartier erhalten, die das Erholungsheim bei Montpellier leitet.

Allerdings weigerte sie sich, mir am Telefon Name und Anschrift jener berühmten Elvire zu geben, die David 1994 in ihrer Einrichtung kennengelernt hat. Als ich versucht habe, mein Anliegen zu rechtfertigen, würgte sie mich ab mit der Begründung, sie werde nicht dafür bezahlt, während ihrer Arbeitszeit über Romane zu diskutieren! Wider Erwarten habe ich insistiert und vorgeschlagen, zu ihr in den Süden zu reisen, um ihr mein Anliegen von Angesicht zu Angesicht vorzutragen. Sie hat eingewilligt, mich zu empfangen, und sich ausbedungen, meinem Wunsch zu entsprechen oder ihn mir abzuschlagen, je nachdem, was ich zu erzählen hätte.

Diesen Zustand der Ungewissheit werde ich sehr bald beenden, denn schon morgen fahre ich nach Montpellier. Ich habe für 17 Uhr einen Termin erhalten und bin entschlossener denn je.

Sie sagen nichts (und das aus gutem Grund!), aber ich stelle mir gern vor, dass Sie beeindruckt sind von der Selbstverständlichkeit, mit der ich Ihre Nachfolge antrete. Sie sehen mich bereit, den Norden der Île-de-France zu verlassen, wohin ich mich von der Welt zurückgezogen hatte, um im riesigen Süden eine fremde Frau zu treffen und sie zum Brechen elementarer Vertrauensregeln anzustiften. Ich werde meine ganze Überzeugungskraft aufbieten (leider verfüge ich nicht über den Charme unseres englischen Freundes), um ihren Widerstand zu überwinden.

So viel zum weiteren Fortgang des Abenteuers, liebe Anne-Lise, und ich bitte Sie, bedrängen Sie die arme Maggy nicht und unterlassen Sie jede Anspielung an ihren Aufenthalt auf einer der Kanalinseln. Verflucht! Wo ist Ihr legendärer Sinn für die Psychologie der Frauen geblieben? Kommt Ihnen die Wahl dieses beinahe britischen Ziels nicht seltsam vor? Denken Sie darüber nach, und nach meiner Rückkehr aus dem Süden sprechen wir uns wieder. Mischen Sie sich in der Zwischenzeit bloß nicht allzu sehr in Maggys Liebesleben ein, und bitte vertrauen Sie diesbezüglich ausnahmsweise einmal mir!

Auf dass ich Ihnen ganz bald unseren Walter auf dem Silbertablett präsentieren kann,

Sylvestre

Von Anne-Lise an Sylvestre

Rue des Morillons, den 14. September 2016

Lieber Sylvestre,

dieses Wochenende in der Bretagne hat mich um Jahre verjüngt. Was für ein Glück, dass wir uns in unserem Alter noch wie unbeschwerte Jugendliche verhalten können! In den vier Tagen haben wir endlos diskutiert, so wie wir es vor dreißig Jahren schon gemacht haben. Wir haben an das alberne Lachen von damals angeknüpft und die Widrigkeiten des Alltags vergessen. Natürlich haben wir viel über Ihr Manuskript gesprochen. Wir haben Sie uns als Zwanzigjährigen vorgestellt, so verliebt, dass Sie sich derart leidenschaftlichen Liebeserklärungen hingegeben haben, und in einem Punkt waren wir uns einig: Wir wären dahingeschmolzen angesichts des finster dreinblickenden hübschen Kerlchens, das Sie damals gewesen sein müssen. Ich weiß nicht, was Sie mit zwei jugendlichen Groupies gemacht hätten, die Ihnen auf die Pelle gerückt wären, aber von dieser verspäteten Liebeserklärung wird Ihnen bestimmt ganz warm ums Herz, da bin ich mir sicher! Sollten Sie eines Tages in die Bretagne fahren, bitten Sie Maggy, ihre Fotoalben herauszuholen, Sie werden sehen, wie süß wir mit dreißig Jahren weniger auf dem Buckel waren ...

Als ich heute Mittag gleich nach meiner Rückkehr bei Ihnen angerufen habe, musste ich mich mit Ihrem Anrufbeantworter unterhalten … den Sie eigentlich ausgeschaltet haben sollten. Erst als ich meine Post aufgemacht habe, wurde mir klar, dass Sie sich auf den Weg nach Südfrankreich gemacht haben. Ich bin sehr stolz darauf, wie Sie den Staffelstab übernommen haben, und erwarte voller Ungeduld Ihren Bericht über die weiteren Fortschritte. Wenn Sie mich schon bei diesen Ermittlungen ersetzen wollen, dann bitte mit der nötigen Größe, und erzählen Sie mir alles.

Im Übrigen sei Ihnen gesagt, dass Ihre (verständlichen!) Befürchtungen hinsichtlich des Fehlens meines psychologischen Gespürs für das weibliche Geschlecht unbegründet sind: Ich habe es mir verkniffen, Maggy zum Thema Liebesleben zu befragen. Zwar hat mich das englischsprachige Urlaubsziel überrascht, aber William kann nicht der Grund dafür sein: Wir alle werden uns zu diesem Zeitpunkt in seinem Haus im Lozère aufhalten (übrigens hat Katia bereits ein paar Fantasy-Romane für Sie herausgelegt).

In Wahrheit spüre ich sehr wohl, dass Maggy mir etwas verheimlicht. Auch wenn wir an diesen Tagen unseren Spaß hatten, konnte ich in ihrem Blick eine gewisse Unruhe entdecken, ein kleines Sandkorn, das den Glanz ein wenig getrübt hat. Ist Ihnen auch schon aufgefallen, wie begriffsstutzig wir sein können, wenn wir versuchen, uns nahestehende Menschen zu verstehen? Als würde unser Verstand von zu viel Nähe behindert, so wie wir verschwommen sehen, wenn uns ein Gegenstand zu nahe kommt. Ihre Distanz wird Ihnen gestatten, klarer zu sehen. Nachdem ich Ihnen Maggy gegenüber nun den größeren Durchblick zubillige, erwarte ich mit großer Ungeduld Ihre Analyse.

Anne-Lise

PS: Stellen Sie Ihr Licht nicht unter den Scheffel, lieber Sylvestre, ich kann Ihnen versichern, dass Ihnen Ihr düsterer und sorgenvoller Blick, den Sie zu jeder Zeit gern zur Schau stellen, einen enormen Charme verleiht ... Aber ich wette, das wissen Sie bereits, nicht wahr?

Von Anne-Lise an Maggy

Rue des Morillons, den 15. September 2016

Liebe Maggy,

ich habe nichts verstanden von dem, was Du mir auf meinen Anrufbeantworter zu Hause gesprochen hast. Vergiss nicht, dass ich ein Smartphone besitze und Dir bestimmt schon dreimal die Nummer gegeben habe, Du kannst sie also gern benutzen: Der Vorzug dieser technischen Neuerung besteht ja gerade darin, erreichbar zu sein, wenn man nicht zu Hause ist!

Was ist los? Was ist so dringend, dass Du zu Agathe gerannt bist, um einen Apparat zu benutzen, dessen Handhabung Du nach wie vor nicht beherrschst? Auch wenn Deine Nachricht vorzeitig abgebrochen wurde, habe ich das Wichtigste mitbekommen: Deine Wut, weil ich Dir Informationen über William vorenthalten haben soll. Wenn ich Teile seiner Vergangenheit kenne, von denen Du nichts weißt, dann liegt es vermutlich daran, dass ich die Mühe auf mich genommen habe, ihm Fragen zu stellen. Halte mir daher nicht vor, dass ich Dir Fakten verschwiegen habe, für die Du Dich nie interessiert hast! Und falls Du mehr darüber wissen willst, dann wirst Du die von Dir vorgetäuschte Gleichgültigkeit aufgeben müssen. Übrigens werde ich mich künftig weigern, Dir schriftlich auf Deine Fragen zu antworten. Da Du sehr wohl in der Lage bist, mich anzurufen, um mich zu beschuldigen, wirst Du diese Heldentat wiederholen müssen, um Deine Neugierde zu befriedigen.

An dieser Stelle beende ich meine Kritik, die natürlich nur gespielt ist. Deine Nachricht hat mich nicht verärgert, sondern erschreckt. Die zitternde Stimme auf meinem Anrufbeantworter entspricht so gar nicht der unbeschwerten Freundin, die ich gestern Morgen in der Bretagne zurückgelassen habe. Obwohl ich während meines Aufenthalts gespürt habe, dass Dich so manche Sorge plagt, habe ich ihre Bedeutung offensichtlich unterschätzt, und diese Blindheit ist einer Freundin unwürdig. Daher bitte, liebe Maggy, ruf mich so schnell wie möglich an, und ich werde Dir alles erzählen, was Du wissen willst, um Deinen Schmerz und auch Deine Wut zu lindern.

Deine Freundin, die trotz Deiner
Vorhaltungen für Dich da ist.
Küsschen
Lisou

PS: Vermutlich wirst Du es kaum glauben können, aber stell Dir vor, Sylvestre ist nach Montpellier gefahren, um die Heimleiterin zu treffen, zu der ich Kontakt aufgenommen hatte! Bald wird unser menschenscheuer Eremit geselliger sein als ein Politiker im Wahlkampf … Ich muss zugeben, eine derart abrupte Verwandlung jagt mir fast Angst ein. Findest Du nicht auch, dass dieser Mann etwas von Dr. Jekyll und Mr. Hyde in sich trägt?

Von Sylvestre an Anne-Lise

Les Chayets, den 15. September 2016

Nach meiner gestrigen Rückkehr ist es jetzt an mir, Ihnen von den letzten Ereignissen zu berichten.

In der Nacht von Montag auf Dienstag habe ich kein Auge zugetan, so aufgeregt war ich bei der Vorstellung, mich dem Ziel zu nähern. Meine Gedanken haben sich im Kreis gedreht, und ich habe noch einmal das Ende des Manuskripts gelesen und mich gefragt, ob diese Zeilen eventuell von einer Frau stammen könnten.

Leider weiß ich zur Stunde noch nicht mehr ...

Am Dienstag bin ich sehr früh aufgebrochen und war bereits um 13 Uhr in Montpellier (tadeln Sie mich nicht für den »fahrplanartigen« Stil, Sie haben selbst um die Details meiner Reise gebeten). Ich habe in einem Café weiter unten in der Straße gewartet. Dort habe ich ein Sandwich gegessen, was, seit ich in Paris gearbeitet habe, nicht mehr vorgekommen ist, und habe die Bedienung über die Einrichtung in der Nachbarschaft ausgefragt. Vielleicht hat sie mich für einen künftigen Bewohner gehalten (mein gequälter Gesichtsausdruck scheint bestens zu dieser Art Haus zu passen), denn sie hat mir sofort vom Leben der Kranken erzählt, den zugewandten Ärzten und dem schönen Park (als junge Frau hat sie bestimmt in einem Tourismusbüro gearbeitet). Sie hat von einem beruhigenden Ort gesprochen, und auch wenn ich das Wort in dem Moment komisch fand, kam es mir zwei Stunden später sofort in den Sinn, als ich mich am Empfang präsentiert habe. Natürlich war ich zu früh: Ich dachte, das würde meine Entschlossenheit unterstreichen, und bevor ich im Wartezimmer Platz genommen habe, habe ich die Sekretärin daran erinnert, dass ich für diesen Termin von weit her angereist bin.

Madame Cartier, besagte LEITERIN, hätte Ihnen gefallen. Die Großbuchstaben sind bewusst gesetzt. Ihr gegenüber fühlt sich jeder normal gebaute Mensch unterlegen: Sie ist so groß wie ich, hat möglicherweise sogar breitere Schultern. Ihre Stimme ist sehr tief, fast maskulin, und ihre Augen durchbohren einen in dem Maße, dass man, noch bevor man den Mund aufmacht, bereit ist, alle Dummheiten zuzugeben, die man seit dem vierten Lebensjahr begangen hat … Trotz dieser beeindruckenden Physis strahlt sie eine Sanftmut aus, sodass man sofort Vertrauen fasst und sie am liebsten zur besten Freundin hätte.

Wir sind durch den Park spaziert, und sie hat mir die Einrichtung gezeigt, als würde ich dort einen Aufenthalt planen … Damit Sie verstehen, mit wem wir es zu tun haben, will ich Ihnen eine kleine Anekdote erzählen. Während wir uns über die Bäume um uns herum unterhielten (wie Sie wissen, ist das ein unerschöpfliches Thema für mich), sah ich plötzlich, wie sich ihr Gesicht innerhalb des Bruchteils einer Sekunde verwandelte. Bis ich mich umgedreht hatte, war sie schon in olympiareifem Tempo zu einer Bewohnerin gespurtet, die schluchzend auf einer Bank saß. Dann sah ich, wie sie vor der jungen Frau niederkniete und ihre Hände packte, dabei leise auf sie einredete, ihr anschließend ein paar Worte ins Ohr flüsterte und ein Papiertaschentuch aus der Tasche zog, um ihr die Wangen zu trocknen. Beschwingt kehrte sie zu mir zurück, und die Kranke, die auf das

Gebäude zulief, wirkte erleichtert. Wissen Sie, Anne-Lise, es gibt auf dieser Welt Menschen, neben denen wir uns ganz klein fühlen, im wörtlichen wie im übertragenen Sinne.

Hinter dieser weichen Seite habe ich bei ihr allerdings auch eine unerbittliche Härte vermutet. Ich hatte recht. Ich musste den halben Nachmittag kämpfen, um zu erreichen, dass Madame Cartier Elvire anruft und ihr meine Anschrift mitteilt (da sie sich kategorisch weigerte, mir Elvires Nummer auszuhändigen). Trotz der Entschlossenheit, die ich in meinem letzten Brief erwähnt habe, habe ich diese Lösung gutmütig akzeptiert. Manchmal begegnet man Menschen, die man auf keinen Fall enttäuschen möchte, Madame Cartier ist einer von ihnen ...

Nachdem ich mich verabschiedet hatte, habe ich mir die Umgebung angeschaut und bin ins Hotel zurückgekehrt. Ich war so aufgeregt wie noch nie seit Beginn dieses Abenteuers. Ich hatte das Gefühl, nun bald den Menschen kennenzulernen, der so sehr in meinen Kopf eingedrungen war, dass er mein Werk vollenden konnte. Dieses intime Verhältnis zu einem Fremden ähnelt womöglich dem eines Organspendeempfängers. Jemand hat mir einen Teil von sich geschenkt, damit ich wieder ins Leben zurückfinde ...

Punkt acht am nächsten Morgen klingelte mein Telefon, und Madame Cartier ließ mich wissen, dass sie meine Anfrage an die betreffende Person weitergeleitet habe. Elvire lebt in Kanada und würde sich freuen, mit dem Verfasser des von ihr nie vergessenen Textes zu korrespondieren. Sie sei sehr beschäftigt, habe ihr aber versprochen, mir in den kommenden Tagen zu schreiben. Und raten Sie mal, wo Elvire wohnt ... in Montreal! Was sagen Sie zu diesem Zufall? Könnte es sein, dass ich der Frau im letzten Monat auf den Straßen im Québec begegnet bin?

So weit die Bilanz meines Ausflugs in den Süden. Gern wäre ich mit greifbareren Neuigkeiten zurückgekehrt, um Sie zu beeindrucken, aber heute Abend genieße ich es, einen bemerkenswerten Menschen kennengelernt zu haben. Und natürlich bin ich jetzt an der Reihe, mich auf meinen Briefträger zu stürzen, sobald er sich meinem weit offen stehenden Briefkasten nähert …

Sylvestre

PS: Ich hätte große Lust, am Ende unserer langen Reise ein Treffen zu veranstalten mit allen Menschen, durch deren Hände mein Manuskript gegangen ist. Ich werde schon mal Geld zurücklegen, um für die Reisekosten aufkommen zu können, falls Walter in Neuseeland leben sollte. Was halten Sie von dieser verrückten Idee?

Von Elvire Lheureux an
Sylvestre Fahmer

Rue Dickson, Montreal, 17. September 2016

Lieber Monsieur Fahmer,

ich weiß, dass mein Akzent jedes Telefongespräch riskant macht,
weshalb ich Ihnen lieber schreibe. Ich habe nicht das Vergnügen,
Sie zu kennen, aber Madame Cartier hat mir mitgeteilt, dass Sie
gerne wüssten, wie David vor rund zwanzig Jahren in den Besitz
Ihres Romans gelangt ist. Ich kann mich sehr gut an ihn erinnern.
In solchen Einrichtungen ist der Austausch zwischen den Be-
wohnern äußerst intensiv, auch wenn er die Rückkehr in das nor-
male Leben in der Regel nicht übersteht. In den Mauern des
Heims vergessen wir die Außenwelt. Wir sind wie aus der Wirk-
lichkeit hinauskatapultiert. Dieser Bruch zwingt uns zur unein-
geschränkten Beobachtung unserer Person und zu ihrer Akzep-
tanz. Was uns die anderen Bewohner rückmelden, ist unser ein-
ziger Spiegel, und wir können unseren Blick nicht von ihnen
abwenden. Jedes Gespräch unter vier Augen führt jedoch zu einer Selbstbeobachtung, aus der wir unvorteilhaft, unangepasst
und unzusammenhängend hervorgehen. Um zu verhindern,
dass eine Depression ihre erstickende Decke über uns breitet,
gibt es nur einen Ausweg: die Bibliothek.

Ich interessiere mich für Bücher, vermutlich aufgrund einer

familiären Tradition, aber auch weil ich gerne schreibe. Das Schreiben hat mir geholfen durchzuhalten in einer Zeit, als mich verschiedene Vorfälle zur Verzweiflung getrieben haben.

Damit Sie das verstehen, muss ich Ihnen meine Situation ausführlicher darlegen. Ich habe meinen Vater nie kennengelernt, wurde aber von einem Stiefvater großgezogen, der die Rolle in Perfektion ausgefüllt hat. Leider wurde er mir durch einen Autounfall genommen, als ich gerade mal dreizehn war. Kaum hatten wir ihn beerdigt, zog ich in ein Internat für Reichenkinder. Nur in den Schulferien war ich bei meiner Familie, und jedes Mal fand ich meine Mutter depressiv vor. Sie litt, schrie und heulte, kurzum, sie vergaß mich. Bis man mich eines Tages anrief, um mir zu sagen, dass sie sich für den endgültigen Abgang entschieden hatte. Ich war erst achtzehn und wütend genug, um mein Erbe für therapeutische und zugleich destruktive Zwecke einzusetzen.

Also habe ich die Schule verlassen und mich auf die Organisation von Partys spezialisiert, auf denen die Jugendlichen aus der Umgebung alles probieren konnten, was es in Sachen Alkohol und Drogen auf dem Markt gab. Die Abende folgten aufeinander in infernalischem Tempo, und um alle Feiernden, die sich dauerhaft eingenistet hatten, unterbringen zu können, beschloss ich eines Morgens, das Zimmer leerzuräumen, in dem meine Mutter den Nachlass meines Stiefvaters aufbewahrt hatte.

Die Räumaktion war äußerst heilsam. Meine Wut ging in Traurigkeit über. Als ich die vielen Erinnerungsstücke durchging, die sein Büro füllten, habe ich all die Tränen vergossen, die ich seit fünf Jahren unterdrückt hatte. Werden Sie mir glauben, wenn ich Ihnen sage, dass ich mich drei Tage lang in dem Zimmer eingeschlossen habe? Zweiundsiebzig Stunden, in denen ich nichts gegessen habe, in denen ich nur in das angrenzende Badezimmer gegangen bin, um etwas zu trinken (Wasser, das war neu!) und mich zu erleichtern. Während der großen Räumaktion im Büro des Mannes, der mich großgezogen hat, bin ich auf Ihr Manuskript gestoßen. Es steckte noch in seinem ursprünglichen Briefumschlag, auf dem ein Stempel Frankreich als Herkunftsland auswies. Ich habe es gelesen ...

Als ich wieder aus dem Büro herauskam, war im ganzen Haus keiner der üblichen Schmarotzer mehr zu sehen. Ich denke, der leere Kühlschrank und die versifften Zimmer im Erdgeschoss waren der Hauptgrund dafür. Ich duschte zum ersten Mal seit Tagen und rief meine Tante in Frankreich an, die mich nach dem Tod meiner Mutter schon mehrmals eingeladen hatte.

Am nächsten Morgen stieg ich in Montpellier aus dem Flieger. Als meine Tante meinen Zustand sah, nahm sie Kontakt zu einer Pflegeeinrichtung auf, die mich wieder aufpäppeln sollte. Auf diese Weise habe ich Madame Cartier kennengelernt ... Ich habe fast ein Jahr unter ihren Fittichen verbracht und danach in Südfrankreich wieder die Schule besucht, während dieser Zeit habe ich bei meinem Onkel und meiner Tante gewohnt. Jetzt wissen Sie, unter welchen Umständen ich David getroffen habe. Unsere Freundschaft war von kurzer Dauer, denn wir hatten im Heim nur zwei Monate lang Kontakt. Doch wie alle Beziehungen, die in der Not eingegangen werden, war sie intensiv, und ich würde mich freuen zu erfahren, wie es ihm heute geht.

Als ich am Dienstagabend mit Madame Cartier telefoniert habe, hatten wir uns so viel zu erzählen, dass sie mir den Hintergrund Ihrer Recherchen nicht näher erläutert hat. Sollten Sie weitere Auskünfte wünschen, können Sie mich gern anrufen. Wir werden versuchen, uns trotz unseres unterschiedlichen Akzents auszutauschen (anbei meine Handynummer).

Und falls Sie die Zeit dazu finden sollten, würde ich mich freuen, wenn Sie mir eine Kopie des Manuskripts schicken könnten. Ich würde es heute liebend gern noch einmal lesen, in einer anderen geistigen Verfassung, als ich es damals war, und könnte mir sehr gut vorstellen, es auch meiner Tochter zum Lesen zu geben.

Mit Dank im Voraus,
bis ganz bald
Elvire

Von Anne-Lise an William

Rue des Morillons, 18. September 2016

Lieber William,

ich hoffe, Sie verzeihen mir, dass ich Ihnen nicht früher geschrieben habe. Ich könnte den Umzug meines Sohns ins Feld führen, der mich Ende August beschäftigt hat, was teilweise auch der Wahrheit entspräche. Tatsache ist aber, dass ich Zeit gebraucht habe, Ihre Worte zu verdauen und mir darüber klar zu werden, ob sie mein Bild von Ihnen verändert haben.

Natürlich hat sich meine Sicht verändert. Aber nach reiflicher Überlegung kann ich Ihnen versichern, dass Sie in meiner Achtung nicht gesunken sind. Kurioserweise würde ich am liebsten sagen, »im Gegenteil«. Ihr Charme und Ihr Verführungstalent haben sich hinter einer Maske verborgen, was eine gute Sache ist. Indem ich in Ihre Vergangenheit vorgedrungen bin, habe ich jedoch die Risse und Sprünge gesehen, die einen Menschen attraktiv und lebendig machen. Wenn ich dem William Grant, den ich im Juli in seinem Landhaus kennengelernt habe, etwas vorwerfen sollte, dann seinen übertriebenen Perfektionismus im Verhalten und in der äußeren Erscheinung. Heute kann ich Ihnen versichern, dass Ihnen die Narben gut stehen. Ich bin froh, dass Sie für einen Moment die Unbekümmertheit hinter sich gelassen haben, die Sie bis dahin zur Schau gestellt hatten (Sie haben uns geschickt getäuscht!), und ich garantiere Ihnen den Fortbestand meiner Freundschaft.

Gerade hat Maggy angerufen und wollte, dass ich ihr von Ihnen erzähle. Im Glauben, Ihre Erlaubnis voraussetzen zu können, bin ich Maggys Wunsch nachgekommen.

Angesichts der wenigen Sätze, die sie von sich gegeben hat, weiß ich, dass ihr meine Worte sehr nahegegangen sind. Damit hatte ich gerechnet. Maggy ist für gewöhnlich ein aufmerksamer Mensch und wird es sich nicht verzeihen, dass sie Ihr Verhalten vorschnell kritisiert hat, ohne sich die Mühe gemacht zu haben, Sie besser kennenzulernen. Sich diesen Fehler eingestehen zu müssen hat sie wohl ziemlich mitgenommen. Zum Glück gehört sie zu den Leuten, die sich nach jedem Sturm wieder aufrichten …

Jetzt ist es an mir, Ihnen Ihr Schweigen vorzuwerfen, wo ich doch darauf brenne zu erfahren, wie Ihr Treffen mit David verlaufen ist. Haben Sie Ihre Mutter mitgenommen? Hat Sie auf diesen Mann reagiert, der ihr in ihrem Leben so viel bedeutet hat? So viele indiskrete Fragen, die Sie mir gewiss nicht vorwerfen werden, das weiß ich.

Natürlich könnten wir das alles an Weihnachten besprechen, aber ich flehe Sie an, greifen Sie zwischen zwei Flugreisen oder auf einem überlangen Flug zur Feder und erzählen Sie mir, was Sie wissen!

Sie meiner unvergänglichen Zuneigung versichernd
grüße ich Sie sehr herzlich
Anne-Lise

PS: Ich habe gehört, dass in London aktuell 27 Grad herrschen! Gehen Sie an der Themse spazieren, um einen Eindruck von frischer Meeresluft zu bekommen? In Paris herrschen dieselben Temperaturen, und es ist nicht so einfach, aus den klimatisierten Büros in diese Hitze zu kommen, die uns umhaut, sobald wir über die Schwelle treten ...

Von Maggy an William

Pointe des Renards, 19. September 2016

Lieber William,

ich habe einen großen Fehler gemacht.

Vor ein paar Jahren habe ich alle modernen Kommunikationsmittel aus meinem Alltag verbannt und aus Überzeugung das Tempo der Handlungen und Reaktionen abgelehnt, die man uns in diesem neuen Jahrhundert aufzwingt. Ich habe beschlossen, mich der Suche nach einem effektiven Zeitmanagement zu verweigern. Darum tausche ich mich mit meinen Freunden nur brieflich aus, in der Hoffnung, meinen Sätzen, die mich überdauern werden, dadurch mehr Gewicht zu verleihen.

Ich habe mich geirrt.

Geschriebene Worte haben nicht mehr Gewicht als Worte, die hemmungslos sprudeln, vor allem gewinnen sie keineswegs an Tiefgang. Von meinem letzten Brief an Sie habe ich keine Kopie aufbewahrt, doch leider verfüge ich über ein exzellentes Gedächtnis. Daher wäre mir am liebsten, er wäre von der Post vernichtet oder von einem Tornado fortgeweht worden. Ich hatte kein Recht, wütend zu sein. Sollte Ihnen meine Kritik ungerecht vorgekommen sein, dann liegt es sicher daran, dass ich ein größeres Interesse an Ihnen habe, als ich es mir eingestehen wollte, und dass mich die Erwähnung jener Erinnerungen, von denen ich ausgeschlossen war, verletzt hat. Ich kenne die Macht der Vergangenheit und weiß, welchen Einfluss die Toten auf unsere Entscheidungen haben.

Vor dreizehn Jahren war ich in Paris als Rechtsanwältin tätig. Ich wurde von meinen Kollegen respektiert und genoss in der Hauptstadt eine gewisse Bekanntheit. Ich kämpfte für die von der Gesellschaft Vergessenen, die man für alles Übel verantwortlich macht, weil ihr Äußeres von einem gelebten Schmerz zeugt, den man am liebsten ignorieren würde. Wenn sie von sich erzählten, ähnelten sich ihre Lebensläufe. Sie hatten Misshandlungen, prekäre Lebensumstände, Demonstrationen von purem Rassismus erlebt, seitens ihrer Eltern, ihrer Arbeitgeber, ihrer Nachbarn. Und wie jeder andere auch haben sie eines Tages einen Fehltritt begangen. Ihr Schmerz hat sie dazu verleitet zuzuschlagen, einen Vertreter der öffentlichen Ordnung verbal anzugreifen, ihre Wut hatte sie dazu verführt, ein Auto zu klauen, ihre Ängste hatten sie dazu gebracht, ein Glas zu viel zu trinken. Wenn ich ihren Lebensweg kreuzte, bemühte ich mich, ihnen die Absolution zu erteilen. Das Wort ist bewusst gewählt. Ich war Rechtsanwältin, wie man Pfarrer ist, aus Gläubigkeit.

Und außerdem war ich glücklich. Die zweite Chance, die ich für meine Mandanten erkämpfte, war mir selbst im Privatleben vergönnt gewesen. Ich war schlicht und einfach verliebt. So sehr, dass ich mit meinen siebenunddreißig Jahren beschlossen hatte, ein Kind zu bekommen. Ich. Die ich mich jeglicher Konformität widersetzte, die ich meine Freiheit über alles stellte …

An diesem Tag hatten wir im Krankenhaus einen Termin für eine Ultraschalluntersuchung. Im Auto suchten wir lachend nach einem Vornamen für unser künftiges Kind, und ich könnte Ihnen noch die Liste der Lieder aufzählen, die im Radio liefen. Ich hatte gerade Kunigunde vorgeschlagen und suchte im Ge-

sicht des von mir geliebten Mannes nach einer Reaktion, als ich
sah, wie er erbleichte. Nicht wegen des Vornamens, leider, sondern weil uns auf unserer Spur ein Auto entgegenkam.

Was dann passierte, ist in meiner Erinnerung nicht ganz klar.
Ich kann die Wahrheit nicht von dem Dunkel trennen, das ich im
Nachhinein durchlebt habe. Meine ersten Erinnerungen stammen vom Tag danach, als ich von Richards Tod erfuhr. Das Kind,
das noch auf seinen Vornamen wartete, hat einen derart brutalen
Start ins Leben nicht verkraftet und mich ebenfalls verlassen. Im
ersten Moment war mir die Fehlgeburt wie eine Erlösung vorgekommen, ich hätte nicht damit leben können, Leben zu geben, um einen Menschen zu ersetzen, der mir gerade genommen
worden war.

Sechs Monate habe ich gebraucht, um gegen meinen Willen
in die Welt der Lebenden zurückzukehren. Ich habe meine Arbeit wiederaufgenommen. Alle waren freundlich zu mir. Ich bekam die einfachsten Fälle, wie den des Siebzehnjährigen, der das
Auto seines Vaters genommen hat, um seine Freundin nach Hause zu bringen. Es waren nur fünf Kilometer zu fahren. Er hatte
nur ein Bier getrunken. Das wurde von allen Zeugen bestätigt.
Die Straße war glatt. Er hat die Kontrolle über den Wagen verloren.

Ich erinnere mich an sein Engelsgesicht, gezeichnet von Reue
und Schuldgefühlen angesichts der Langzeitfolgen für die junge
Frau, die er überfahren hat …

Seine Reue hat mich nicht berührt.

In meiner Kanzlei wusste niemand um die Umstände des Un-
falls, der meinem Kind und meinem Mann das Leben gekostet
hat. Der Fahrer auf der Gegenfahrbahn war ebenfalls ein junger
Mann gewesen. Er war gegen unser Auto geprallt, weil er zu viel
getrunken hatte, und hatte nicht einmal einen Kratzer abbekom-

men. Meine Kollegen konnten daher nicht verstehen, warum ich meine Sachen gepackt und ohne eine Erklärung das Büro verlassen habe. Am nächsten Tag bin ich in die Bretagne gefahren, ich habe die Fensterläden meines Elternhauses aufgeklappt und meinen Koffer ins Schlafzimmer gestellt. Zwei Jahre lang habe ich keinen Fuß mehr nach Paris gesetzt.

Anne-Lise hat meine Wohnung aufgelöst und alle Formalitäten erledigt, das ging so weit, dass sie meine Unterschrift gefälscht hat. Als sie mir meine letzten Sachen brachte, hatte sie ein Stellenangebot im Gepäck. Sie kannte ein Verlagshaus, das Kinderbuchautoren suchte. Ich habe abgelehnt. Zwölf Monate später habe ich ihnen meinen ersten Entwurf für ein Bilderbuch geschickt ...

So viel zu der dramatischen Geschichte, die aus mir die Frau gemacht hat, deren Selbstständigkeit Sie preisen. Eine Frau ohne jegliche Bindung – außer an ihre Vergangenheit ...

Diesen Bericht, William, bin ich Ihnen noch schuldig.

Während unseres Aufenthalts hier haben wir uns etwas vorgemacht. Wir sind in die Haut desjenigen geschlüpft, der wir hätten sein können, der wir gern gewesen wären, in einem anderen Leben. Es stand mir nicht zu, Sie zu verurteilen. Ich hoffe, Sie vergessen meine harschen Worte, und wünsche mir sehnlichst, dass sie Sie nicht zu sehr getroffen haben.

Mit den allerherzlichsten Grüßen
Maggy

Von David an Anne-Lise

Avenue du Moulin-de-la-Jasse,
20. September 2016

Guten Tag, Anne-Lise,

vor wenigen Tagen hat mich William Grant besucht. Er kam mit seiner Mutter. Angesichts seines gut gefüllten Terminkalenders und des erforderlichen Aufwands für eine Besuchserlaubnis kann die Organisation dieses Treffens nicht einfach gewesen sein. Aber William verfügt über dieses so seltene wie wertvolle Lächeln, das Türen öffnet – das hat er von seiner Mutter.

Denise hat kein Wort gesagt, aber sie hat mich bei meinem Eintreten mit Blicken fixiert und mich während der ganzen Unterredung nicht aus den Augen gelassen. Zum Abschied hat sie meine Hand genommen und fest gedrückt. Ihr Sohn hat mir versichert, es sei absolut außergewöhnlich, dass sie über so eine lange Zeit eine solche Aufmerksamkeit zeige. Ich werde deshalb mit dieser Reaktion vorliebnehmen müssen, sie wird mir meine Tage versüßen.

Paradoxerweise ist es lange her, seit ich mich so einsam gefühlt habe. Mir wurde bewusst, dass ich neben dem Verpacken von Kerzen und der Sporthalle nichts mit meinen Tagen anfange. Zum ersten Mal fühlte ich mich eingesperrt. Sie denken bestimmt, dass das reichlich spät kommt, nachdem ich fast zwölf

Jahre meines Lebens hinter Gittern verbracht habe! Ist Denises Krankheit schuld? Gestern habe ich begriffen, dass sie sich möglicherweise mit Mauern des Vergessens umgeben hat, um meine Erfahrung zu teilen …

Halten Sie mich für verrückt? Bestimmt. Darum habe ich William kein Wort davon erzählt. Ich habe ihn aber ermuntert, mit seiner Mutter nach Lot zu fahren, in das Haus, in dem wir glücklich waren, wenn auch nur für kurze Zeit. Er war sehr überrascht zu erfahren, dass ich das Haus behalten habe und Denise immer noch Eigentümerin ist. Vermutlich hat er geglaubt, ich hätte die Immobilie wieder an mich genommen, um mich zwischen zwei Überfällen dorthin zurückzuziehen. Tatsächlich bin ich aber nur ein einziges Mal zurückgekehrt, im Anschluss an die Entlassung aus meiner längsten Haftstrafe, in der Hoffnung, dort ein Zeichen von ihr zu finden. Während meines Gefängnisaufenthalts habe ich davon geträumt, sie würde in der dortigen Abgeschiedenheit Urlaub machen. Es sieht aber nicht so aus, als wäre sie nach unserer Trennung jemals dagewesen. Ihr Sohn hat sich den Namen des Notars notiert. Ich weiß, dass er Wort halten und mit Denise hinfahren wird, inständig hoffend, ein vertrauter Ort könnte sie aus ihrem eigenen Gefängnis befreien.

Das ist alles, was ich Ihnen berichten kann. Der Himmel draußen ist immer noch blau, aber dem diffusen Licht entnehme ich, dass der Herbst gekommen ist, die Jahreszeit, vor der ich mich hier am meisten fürchte. Dann vermisse ich die Spaziergänge in den großen Wäldern im Lozère, die Abende, an denen wir dem Wind gelauscht haben, und das Geräusch der platzenden Kastanienschalen unter unseren Füßen … Genießen Sie es an meiner statt, wenn Sie nach Belle Poelle zurückkehren.

Am härtesten ist nämlich nicht, dass der Körper eingesperrt ist, sondern der Blick. Meine Augen suchen unablässig nach einem Horizont, nach einer Grenze, die allein die Natur vorgibt. Das Laub der Bäume, die Gipfel der Berge, die weichen Linien eines Hügels oder der Bogen eines riesigen Meers ... Da, wo ich zurzeit bin, kann man sich nirgendwohin flüchten. Der Blick stößt gegen das vertikale Muster der Mauern und Gitter und gegen unser von Tag zu Tag zunehmend eingeschränktes Sichtfeld ...

Ergebenst,
David

Von Anne-Lise an Sylvestre

Rue des Morillons, 21. September 2016

Lieber Sylvestre,

herzlichen Glückwunsch! Seit Ihrem Anruf schwebe ich. Zum Glück hat Elvire den Brief, der dem Manuskript beigefügt war, aufgehoben! Und ein großes Dankeschön an sie, dass sie sich gleich am Samstag an die Kisten mit den Habseligkeiten ihrer Eltern gemacht hat. Ich kann mir vorstellen, wie belastend eine solche Aufgabe ist. Jetzt hoffe ich inständig, dass sie alsbald den so wertvollen Briefumschlag und den Namen des Absenders findet.

Sollte dies der Fall sein, erfahren wir vielleicht auch, warum ein Fremder Ihren Roman, den er an einem Flughafen gefunden haben muss, zu Ende geschrieben hat ... In diesem Zusammenhang muss ich Ihnen erzählen, was für einen schrecklichen Traum ich letzte Nacht hatte: Wir hatten die Adresse unseres Walters erhalten, begaben uns vor Ort und stießen auf ein von Brombeerranken überwuchertes Haus. An die Tür war mit einem Reißnagel eine Todesanzeige geheftet worden. Nach Luft japsend bin ich aufgewacht und musste die Tränen trocknen, die ich im Schlaf vergossen hatte. Sie sehen, welche Bedeutung das Ganze in meinem Kopf angenommen hat!

Und Sie, was empfinden Sie, lieber Sylvestre, angesichts der sich nähernden Wahrheit? Freude? Furcht? War es Angst, weshalb Sie Ihre Tochter auf die Suche nach dem Namen geschickt haben, der uns seit Monaten umtreibt? Wenn ich daran denke, dass sie Ihnen möglicherweise am Samstagabend Walters Identität beschert, erschaudere ich!

Ich flehe Sie an, informieren Sie mich, sobald Sie etwas wissen. Ihnen ist sicherlich klar, dass ich kein Auge zutun werde, bevor Sie nicht angerufen haben. Und ich bin nicht die Einzige, Maggy hat mir das Versprechen abgenommen, sie im Hotel anzurufen, wo sie in Erwartung meines Anrufs mit Agathe zu Abend essen wird. Ich bin mir sicher, es ist das erste Mal, dass sie es bereut, kein Handy zu besitzen.

Ich weiß, dass dieser Brief nicht nötig war, schließlich haben wir gestern miteinander gesprochen, aber ich hatte das Bedürfnis, das Glücksgefühl darüber, am Ende unseres Weges angelangt zu sein, zu Papier zu bringen. Ein bisschen so wie Wanderer auf dem Pilgerweg, die wissen, dass hinter der nächsten Biegung das Ziel ihrer Reise wartet. Die Vorstellung, dass man die letzte Seite umblättert und eine Suche zu Ende geht, hat zugleich etwas Freudiges wie auch etwas Trauriges an sich.

Während ich darauf warte, ob Sie im Hinblick auf Maggys Liebesleben richtig gelegen haben, vermeide ich ihr gegenüber jegliche Anspielung an England, Belgien, aber auch an das Lozère, an graue Augen und Männer im Allgemeinen. Bald werde ich mir Spezialkenntnisse in Philatelie oder Astrologie aneignen müssen, um harmlose Gesprächsthemen zu finden. Wobei Briefmarken im Zweifelsfall mit Briefen in Verbindung gebracht werden könnten, auf die man wartet, und das Studium der Gestirne Erinnerungen an sternenübersäte Himmel wecken könnte, die wir diesen Sommer in Belle Poele beobachtet haben ...

Die Frau, die vor Ungeduld trippelnd auf Nachricht von Ihnen
wartet,

Ihre Komplizin
Anne-Lise

Von Maggy an Anne-Lise

Pointe des Renards, 22. September 2016

Liebe Lisou,

bitte entschuldige noch einmal meine Nachricht auf dem Anrufbeantworter, die Dich beunruhigt hat. Du weißt, wie schwer es mir fällt, mit einer Maschine zu reden. Warum war ich so aggressiv? Ich habe keine Ahnung. Vielleicht treibt dieses fünfte Lebensjahrzehnt, das sich dem Ende zuneigt, mit meiner Stimmung ebenso sein Spiel wie mit meinen Hormonen ...

Ich habe mich bei William entschuldigt, und alles ist wieder in Ordnung (ich hoffe es zumindest). Ich glaube, ich bin nicht mehr an die Gesellschaft von Männern gewöhnt. Es ist besser, wenn ich sie künftig meide, denn je liebenswürdiger sie auftreten, umso mehr fürchte ich ihre Täuschungsmanöver, und umso feindseliger verhalte ich mich. Darum habe ich nach unserem Aufenthalt im Lozère Zeit gebraucht, um wieder ein gewisses Gleichgewicht zurückzuerlangen.

Ich weiß, was Du denkst, und ich bin Dir dankbar dafür, dass Du es für Dich behältst. Nein, Richard ist nicht dafür verantwortlich. Das Bild des idealen Mannes, an das ich mich nach seinem Tod geklammert habe, existiert nicht mehr. Das habe ich schon lange akzeptiert. Die Romanze, die wir damals erlebt haben, hätte sich mit den Jahren gelegt, und dank der verstreichenden Zeit wären mir seine Schwächen bewusster geworden. Wir hätten uns früher oder später gestritten, uns sogar auseinandergelebt. Du siehst, die Lektion habe ich gelernt und abgespeichert ... auch wenn sie nicht unbedingt hilfreich ist.

Lassen wir Richard daher in Frieden ruhen und akzeptieren wir die Realität: Ich bin einfach nur eine alte Frau, die nicht mehr daran gewöhnt ist, das Glücksgefühl zu simulieren, das Interaktionen mit Männern auslösen sollen. Ich bin mir sicher, William hat es verstanden und wird meine Entschuldigung akzeptieren.

Angesichts dieses kleinen Handicaps wirst Du erleichtert sein, dass ich an Weihnachten nicht komme. Ihr braucht keine Spaßbremse, die Gefahr läuft, mit ihren Stimmungsschwankungen die Feier zu verderben! Allerdings gefällt mir nach wie vor die Vorstellung, mit Dir nach Brüssel zu fahren, und ich stehe Dir zu den von Dir übermittelten Daten zur Verfügung. Ich freue mich darauf, diese Stadt zu erkunden, die Dich so begeistert hat, und ich verspreche Dir, mich anständig zu verhalten und mir während des Aufenthalts keinen Belgier zu angeln.

Am Samstag wollen Agathe und ich uns einen schönen Abend machen (»ein schöner Abend« heißt, dass ich mich aus meinem löchrigen Pullover und den Hausschuhen mit Häschenkopf schälen werde, die selbst in einem Restaurant der Provinz von einem etwas zu demonstrativen Mangel an Manieren zeugen würden). Wir werden uns ein leckeres Essen gönnen und dazu ein gutes Tröpfchen, und bei jedem Telefonklingeln werden wir unser Glas Chouchen erheben. Wie Du siehst, werden wir die heißersehnten Nachrichten lachend erwarten (Chouchen ist das beste Beruhigungsmittel von allen).

Liebe Grüße und bis Samstag
Maggy

Von Anne-Lise an David

Rue des Morillons, 23. September 2016

Lieber David,

ich freue mich, dass Sie von William Besuch erhalten haben. Ich habe auf seinem Handy soeben eine neue Nachricht hinterlassen … Da er auf die letzten drei nicht geantwortet hat, rechne ich nicht ernsthaft mit einer Reaktion auf die vierte. Sein Schweigen beunruhigt mich jedoch nicht. Ich weiß, dass sein Leben ständig in Bewegung ist, und nehme an, Ruhe und Distanz sind für sein Überleben gelegentlich vonnöten.

Allerdings sorge ich mich um Ihr Schicksal. Wo werden Sie in wenigen Monaten wohnen, David? Werden Sie es wagen, sich den in Ihrem Haus in Lot allgegenwärtigen Erinnerungen zu stellen?

Möglicherweise wäre es ratsam, sich endgültig von der Stadt Marseille fernzuhalten, die keinen guten Einfluss auf die Entscheidungen Ihres Lebens zu haben scheint. Und wovon werden Sie Ihren Lebensunterhalt bestreiten? Haben Diebe Anspruch auf eine Rente? Oder etwas, das man SBR nennen könnte: Staatliche Beihilfe zur Resozialisierung?

Entschuldigen Sie bitte meine Indiskretion, aber ich möchte Sie nicht gern auf der Straße wissen, wenn Sie diese Einrichtung verlassen. Auch wenn wir uns nie begegnet sind, gehören Sie mittlerweile zu meinem Freundeskreis, und ich würde mich freuen, Ihnen zu helfen, wenn Sie nach der Entlassung Schwierigkeiten haben sollten.

Und wo wir schon bei Begegnungen sind, wäre es denkbar, dass Sie an Silvester Ausgang bekommen? Wir würden uns freuen, Sie während der Feiertage im Lozère in unserer Mitte zu haben, denn wir planen ein Treffen, mit dem das Abenteuer dieses Manuskripts auf angemessene Weise abgeschlossen werden kann. Da das Ziel fast erreicht ist, werde ich Sie sehr bald über den Ausgang der Geschichte unterrichten können.

Mir graut bei dieser Vorstellung.

Auf wen werden wir stoßen? Waren unsere Träume mit Bezug auf das Ende der Reise nicht übertrieben? Werden wir am Ende des Wegs enttäuscht auf einen wenig charismatischen Menschen stoßen, der den Text vergessen hat oder, schlimmer noch, der ihn heute verunglimpft? Ja, ich habe Angst. Ich hoffe inständig, dass die Auflösung mit dem Roman, den wir konstruiert haben, mithalten kann, schließlich verleiht nur der Epilog einem Werk seine Größe und sorgt für seinen Fortbestand.

Wie dem auch sei, ich halte Sie über alles Weitere auf dem Laufenden. Sie sind ein Glied dieser Kette, David, ein Kapitel dieses Buchs …

Mit den allerherzlichsten Grüßen,
Anne-Lise

PS: In Paris hat der Herbst keinen besonderen Duft, und ich werde das Lozère dieses Jahr nicht in feurigen Farben erleben und auch keine Kastanienschalen unter meinen Füßen krachen hören … Gleichwohl brenne ich darauf, es im Winter zu sehen, ich träume von einer weißen Weihnacht inmitten dieser Wälder, die Sie so lieben.

Von Sylvestre an Anne-Lise

Les Chayets, 23. September 2016

Ich habe das stillschweigende Abkommen mit meinem Briefträger gebrochen und mein Telefon benutzt, um mit einem unserer Unterstützer zu sprechen. Allerdings habe ich eine Entschuldigung parat: William bewegt sich blitzschnell von einer Stadt zur anderen, und ich wollte ihn sofort erreichen. Ich schicke Ihnen einen Auszug seines Briefs, den er mir danach geschrieben hat, einen Auszug, der beweist, dass ich mich für die gute Sache eingesetzt habe:

Ich habe soeben Schottland verlassen, um in die Vereinigten Staaten zu reisen, aber wenn alles gut läuft, wirst Du Laura an unseren freien Tagen um den Jahreswechsel kennenlernen!
Ich danke Dir für Deine Unterstützung und das lange Telefongespräch vor wenigen Tagen. Auch wenn ich seit dem Sommer dazu entschlossen war, mit meiner Tochter zu sprechen, warst Du derjenige, der mich letztendlich dazu überredet hat, sofort ins Flugzeug zu steigen. Nachdem ich realisiert hatte, dass nichts meine Mutter wieder in diese Welt zurückholen würde, habe ich mir zudem gesagt, dass die Zukunft allzu ungewiss ist und man wichtige Dinge nicht auf morgen verschieben sollte.
Darum bin ich unverzüglich nach Schottland gereist und

abends bei meinen Schwiegereltern eingetroffen. Ich habe meiner Schwiegermutter gar nicht erst die Zeit gelassen, den Mund aufzumachen, um mich vor die Tür zu setzen, sondern bin ins Esszimmer gestürmt, um direkt mit Laura zu sprechen, die mich ansah, als wäre ich ein Geist. Ich habe fünfzehn Minuten ohne Unterbrechung geredet und habe ihr alles erzählt. Habe von meinen Gewissensbissen, meinen Ängsten, meiner Liebe für sie gesprochen, wie traurig ich angesichts des Zustands meiner Mutter bin und wie sehr ich hoffe, wieder einen Platz in ihrem Leben zu bekommen. Ich habe ihr sogar von Deinem Buch erzählt, Sylvestre, und glaubst Du mir, wenn ich Dir ihre Reaktion schildere? Sie hat ganz leise gelächelt, hat dann den Kopf gesenkt, wie ihre Mutter es so oft getan hat, und gefragt: »Würdest Du es mir leihen?«
Mir kamen die Tränen.
Und Du hast Glück gehabt, denn wärst Du dabei gewesen, hätte ich Dich umarmt, und das trotz meines britischen Schamgefühls und Deiner so typisch französischen Bärbeißigkeit ...

Ich kann hier nicht den ganzen Brief wiedergeben. Aber das lange Gespräch zwischen Vater und Tochter hat ergeben, dass Laura möglicherweise nach ihren *A-levels* zu ihrem Vater ziehen und in London studieren wird. William hat mich gebeten, mein Manuskript an die Mailadresse seiner Tochter zu schicken, was ich soeben getan habe. Er hofft, dass der Text sie davon überzeugen kann, ihre Weihnachtsferien mit uns allen zu verbringen. Ich weiß nicht, ob ich über so viel Macht verfüge.

Ich kann noch gar nicht fassen, dass ich unserem Freund dabei geholfen habe, einen Schritt zu machen, den er seit vielen Jahren vor sich herschiebt. Darüber bin ich froh, Anne-Lise, und ich hoffe, der von uns aufgespürte Walter lässt diese noch frische

Lebensfreude, die ich seit wenigen Monaten empfinde, nicht in sich zusammenstürzen.

Natürlich sind Sie die Erste, die morgen Abend einen Anruf von mir erhält. Und ich denke, dass wir bald ein Treffen zu dritt arrangieren können. Sollten wir dafür nach Kanada reisen müssen, wird sich meine Tochter um eine Unterkunft bemühen, und ich verpflichte mich, die Kosten für Ihr Flugticket zu übernehmen.

Im Augenblick scheint alles möglich. Danke für alles, Anne-Lise.

Bis morgen Abend am Telefon,
Sylvestre

PS: Wie können Sie als Literaturliebhaberin, die Sie gewiss schon viel über menschliche Leidenschaften gelesen haben, übersehen, dass unsere beiden Verliebten alles daransetzen, sich gegenseitig aus dem Weg zu gehen?

Und wenn Sie einen Beweis für meine These wünschen, dann überlegen Sie mal, welche Reise Maggy für Weihnachten plant und wie perfekt sie zeitlich liegt, um ihre Abwesenheit im Lozère zu erklären! Ich würde wetten, dass sie keine Reservierung für die Kanalinseln hat! Sie hat lediglich Angst, auf den Menschen zu treffen, der ihre Einsamkeit ins Wanken gebracht hat. Wohingegen William zum ersten Mal seit dem Tod seiner Frau die Flucht nach vorn beendet und endlich die Kraft hat, zu sich zu finden und wieder Kontakt zu seiner Tochter aufzunehmen … Was halten Sie von dieser Wendung?

Aber wir, die wir uns von unserem Beobachtungsposten aus so leichtfertig über die beiden lustig machen, wären wir in ihrer Situation mutiger?

Von Anne-Lise an Maggy

Rue des Morillons, 25. September 2016

Hallihallo, Maggy!

Wie geht es Dir? Hast Du etwas von William gehört? Ich nicht. Von seinen letzten Reisen habe ich nur auf dem Umweg über Sylvestre erfahren. Vermutlich hat er den Rat eines Mannes gesucht, um nach Schottland zu fliegen und wieder Kontakt zu seiner Tochter aufzunehmen. Ja, seine Tochter … Das ist genau die Vergangenheit, an die er wieder anknüpfen wollte, um im Leben voranzukommen.

Wenn ich Dir das alles erzähle, ohne ausdrücklich dazu befugt zu sein, dann deshalb, weil Du meine beste Freundin bist. In genau dieser Eigenschaft kann ich Dir auch sagen, dass ich es nicht länger mit ansehen kann, wie Du Dir so nachdrücklich in die Tasche lügst. Mach die Augen auf, Maggy, und gesteh Dir ein, dass Du womöglich verliebt bist. Das würde Deine Stimmungsschwankungen viel besser erklären als Deine Hormone. Und Dein krampfhaftes Bemühen, diesem Mann aus dem Weg zu gehen, verrät Dich viel mehr als die Aufmerksamkeit, die ihm Frauen normalerweise entgegenbringen.

Richard wird sich nicht im Grab umdrehen, wenn Du Dir Deine Gefühle eingestehst, und wenn Du statt seiner gestorben wärst, hätte er nicht dreizehn Jahre gewartet, um wieder zu hei-

raten. So sind die Männer, und ich gebe Dir recht: Es sind un-
stete Wesen, denen man niemals sein Vertrauen schenken darf.

Ja, auch ich bin wütend. Entschuldige bitte, dass ich Dich gestern Abend nicht angerufen habe, aber ich habe mich auf Sylvestres Versprechen verlassen und war aufgrund seines Kneifens
am Boden zerstört. Wie kann er mich vergessen haben, wo ich
einen Teil der Nacht mit dem Handy am Ohr verbracht habe
(den Ton auf ganz leise, um Julian nicht zu wecken). Um 2 Uhr
morgens habe ich eine erste Nachricht auf seiner Mailbox hinterlassen, dann eine zweite und eine dritte. Nichts. Um 5 Uhr
habe ich es dann mit SMS-Nachrichten versucht. Weiterhin keine Antwort.

Erst um 10 Uhr habe ich angefangen, ihn zu beschimpfen (Du
darfst mich zu meiner Geduld und Zurückhaltung beglückwün-
schen), und seitdem trage ich mit Vergnügen alle Folterarten
zusammen, denen ich ihn unterziehen würde, hätte ich ihn leib-
haftig vor mir ... Das ist zwar zugegebenermaßen nicht sehr pro-
duktiv, aber es verschafft mir Linderung!

Die Einzige, die mir über das gestrige Gespräch Auskunft geben könnte, ist besagte kanadische Elvire, die das Manuskript im
Nachlass ihres Schwiegervaters gefunden hat, aber leider habe
ich keine Kontaktdaten von ihr. Beinahe hätte ich sogar eine
Coralie Fahmer angerufen, deren Telefonnummer ich ausfindig
machen konnte, bevor ich auf ihrer Facebook-Seite gelesen habe,
dass sie mehrfache Großmutter ist!

Ich finde eigentlich schon, dass ich das Recht habe, den
Ausgang einer Reise zu erfahren, die ich initiiert habe, oder?
Schlimmstenfalls haben Elvires Ausführungen in eine Sackgasse
geführt oder zu einem Toten (ich hoffe inständig, dass dem nicht
so ist, es wäre eine Riesenenttäuschung für uns alle). Wie auch
immer, tot oder lebendig sollte uns Walter gestern Abend prä-

sentiert werden, und nichts rechtfertigt, dass Sylvestre seine Identität im Dunkeln lässt …

Du kannst meine Angst vielleicht ermessen, wenn ich Dir erzähle, dass ich mir nachts um zwei ein Katastrophenszenario ausgemalt habe. Ich habe mir einen Autounfall vorgestellt, der für Sylvestre mit einer Einlieferung ins Krankenhaus geendet hat, eine Teilamnesie, die sein Schweigen erklärt … Ich konnte nicht mehr einschlafen und habe angefangen, wie wild zu putzen, um für eine Weile alle Pläne zu vergessen, die meine auf Hochtouren laufende Fantasie geschmiedet hat.

Zum Glück erwartet mich morgen im Büro ein Berg von Arbeit und hält mich davon ab, meinem Gatten und meinen Kindern einen weiteren Tag lang in den Ohren zu liegen.

Bis ganz bald.
Küsschen
Lisou

PS: Wirf mir nicht vor, dass ich bezüglich Deiner Gefühle für William zu offen gewesen sei, aus dem Alter für Versteckspielchen sind wir herausgewachsen. Falls Du beschließen solltest, Dich weiterhin zu verweigern, werde ich Dir mit meinen Überlegungen nicht länger auf die Nerven gehen, falls Du aber zögerst, dann denk an die grauen Augen, die sich in Deinem bretonischen Wohnzimmer gut machen und perfekt mit dem Meer harmonieren würden, das man vor Deinem Fenster sieht. Ich weiß, dass Du offen bist für Ratschläge zur Inneneinrichtung, und sind Männer es wirklich wert, anders gesehen zu werden?

Von William an Maggy

Great Peter Street, 25. September 2016

Liebe Maggy,

nun will ich Ihnen endlich antworten. Sollte ich Sie mit Worten erneut verletzen, flehe ich Sie an, sie sofort auszuradieren oder sie jener Unbeholfenheit zuzuschreiben, die mich befällt, sobald ich versuche, mit Ihnen zu sprechen. Weitere Entschuldigungen kämen mir gekünstelt vor, das ist der einzige Grund, weshalb ich hier aufhöre.

Sie haben mir Ihre Geschichte erzählt, so als stünden wir aufgrund unserer jeweiligen Vergangenheit jetzt auf einer Ebene. Dem ist mitnichten so. Während sich Ihr Verhalten jeglicher Kritik entzieht und Sie keinen Fehler begangen haben, der den Tod Ihres Partners und Ihres Kindes erklärt, kann ich mich nicht mit Ihnen gemeinsam frei machen. Meine Rolle in dem Unglück, das über meine Familie hereingebrochen ist, macht es sehr schwierig, mir zu verzeihen.

Seit kurzem spreche ich täglich mit meiner Tochter und danke ihr für ihre Nachsicht, obwohl wir so viele lange Jahre getrennt gewesen waren. Ihr gegenüber habe ich die Offenheit an den Tag gelegt, die ich Ihnen gegenüber nicht zeigen konnte, sicherlich waren die Vorwürfe, die Sie Anfang des Monates erhoben haben, dabei hilfreich. Doch seien Sie unbesorgt, ich werde das Glück, das ich in Teilen Ihnen verdanke, nicht dazu nutzen, Sie von neuem mit meinen Gefühlen für Sie zu belästigen. Meine Gefühle sind echt und werden sich mit der Zeit in eine ehrliche und treue Freundschaft verwandeln.

Sie haben also nichts zu befürchten, wenn Sie den Jahreswechsel zusammen mit uns verbringen wollen, und ich wiederhole meine Einladung für unsere Silvesterfeier (wir werden so viele sein, dass Sie mir problemlos aus dem Weg gehen können). Ihre Abwesenheit wäre dem Gelingen der Feier abträglich, und ich würde mich für Ihr Fernbleiben verantwortlich fühlen. Dadurch würden Sie meine Schuldgefühle noch verstärken, und ich weiß, dass das keineswegs Ihre Absicht ist. Und außerdem verweise ich darauf, dass das Datum gut gewählt ist, um unseren Freund zu feiern!

Nun habe ich alle verfügbaren Argumente vorgebracht, Maggy, und erwarte voller Ungeduld Ihre Antwort. Ich würde mich freuen, Ihnen meine Tür mit der gleichen unkomplizierten Art und Freundlichkeit zu öffnen, wie Sie es in der Bretagne für mich getan haben, und dieses Mal ohne Hintergedanken oder irgendwelche Manöver, um Ihre Aufmerksamkeit auf mich zu ziehen.

Bis hoffentlich ganz bald,
lieben Gruß
William

PS: Mir fehlen die Worte, um zum Ausdruck zu bringen, was mir durch den Kopf ging, als ich von dem Unglück erfahren habe, das Sie getroffen hat. Bitte werten Sie mein Schweigen diesbezüglich nicht als Gleichgültigkeit ...

Von William an Anne-Lise

willygrant@gmail.com
Montreal, 28. September 2016

Liebe Anne-Lise,

da ich mich bereits in den USA befand, habe ich mich sofort nach Ihrem Anruf nach Montreal begeben. Ich habe Ihnen nicht erzählt, dass Sylvestre mir die Kontaktdaten seiner Tochter Coralie überlassen hat, denn Sie hätten die Reise für übereilt gehalten. Dennoch haben mich Ihre Bestürzung am Telefon und das Fehlen beruflicher Verpflichtungen in den bevorstehenden Tagen dazu verleitet, mich vor Ort zu begeben, um eine mögliche Erklärung für Sylvestres »Verschwinden« zu finden.

Am Dienstag hatte ich Gelegenheit, Coralie kennenzulernen, die mir erzählt hat, was sie weiß. Als sie Elvire Lheureux besuchte (das ist der vollständige Name der Kanadierin, die David das Manuskript übergeben hat), hat sie den Brief gelesen, der dem Päckchen beigefügt war, datiert auf den 7. Januar 1987 und lediglich mit einem Vornamen unterschrieben. In ihrem Brief wendet sich die Absenderin an Elvires Schwiegervater, dem sie aufträgt, den »Roman zurückzugeben«. Sie entschuldigt sich bei ihm dafür, dass sie ihn vier Jahre lang behalten hat, und fügt hinzu, sie habe die Zeit genutzt, um ihn zu beenden. Coralie hat sofort ihren Vater angerufen, der am anderen Ende der Leitung vor Freude aufgeschrien hat, als er erfuhr, dass das Ziel erreicht war.

Doch als sie ihm den Namen auf der Rückseite des Briefumschlags vorgelesen hat, hat Sylvestre ohne ein weiteres Wort aufgelegt. Seitdem hat sie nichts mehr von ihm gehört, und unter seiner Rufnummer springt natürlich nur der Anrufbeantworter an. Ich brauche Ihnen nicht zu sagen, dass sie sehr beunruhigt ist.

Zurück im Hotel, habe ich meinerseits das Internet befragt und nach einer zweistündigen Recherche besagte Claire Laurent-Mallard ausfindig gemacht. Es handelt sich um eine französische Kriminalautorin, in Frankreich besser bekannt unter dem Pseudonym Laurent MacDrall.

Stolz auf meine Entdeckungen, habe ich heute Morgen mit Coralie zusammen Elvire besucht. Sie hat uns von ihrem Schwiegervater erzählt ... und in dem Moment hat es klick gemacht: Erinnern Sie sich, wie uns Sylvestre im Lozère erzählt hat, dass sein Text abhandenkam, als er einen Freund, einen gewissen Achille, besucht hat, der Chefredakteur einer Literaturzeitschrift war. Ich habe Elvire gefragt: Ihr Schwiegervater hieß Achille Gauthier! Demnach hat der ursprüngliche Adressat Sylvestres Manuskript also kurz nach seinem Verschwinden 1983 erhalten. Warum hat er es dann dieser Frau geschickt, ohne Sylvestre ein Sterbenswörtchen davon zu verraten?

Diesbezüglich kann uns nur eine einzige Person Auskunft geben: die Frau, die sich Laurent MacDrall nennt. Und für Sie, Anne-Lise, sollte es ein Leichtes sein, Kontakt zu ihr aufzunehmen.

Ich werde Ende der Woche nach London zurückkehren und vorher noch einen ehemaligen Kollegen besuchen, der nach Québec ausgewandert ist, außerdem werde ich mit Elvire zu Abend essen, die sich für meine Pokerspielerei interessiert und wünscht, dass ich ihr ein paar Anekdoten von meinen letzten Pokerturnieren erzähle.

Ich werde es mir jedenfalls nicht nehmen lassen, Sylvestre eine Standpauke zu halten (gewiss mit Ihrer Zustimmung), sobald er wieder auftaucht.

Mit sehr herzlichem Gruß
William

PS: Verraten Sie Maggy nicht, dass wir aktuell per Mail verkehren, wir würden in ihrer Achtung sinken.

Von Claire Laurent-Mallard
an Anne-Lise Briard

clairelaurent@free.fr
Route de Courmas, 30. September 2016

Sehr geehrte Madame Briard,

ich schreibe Sie unter diesem Namen an, weil Sie Ihren Brief damit unterzeichnet haben, aber stellen Sie sich das Gesicht meines Verlegers vor, als er inmitten all der Post, die er jeden Tag für mich bekommt, Ihren Umschlag mit dem offiziellen Absender erspäht hat!

Ich hätte alles gegeben, um in dem Moment dabei zu sein und ihn zu fotografieren. Keine Sekunde später hat er zum Hörer gegriffen und mich angerufen (das will ich ihm gern glauben), und als ich schwor, Ihnen noch nie begegnet zu sein, regte er sich am Ende der Leitung fürchterlich auf. Damit er sich beruhigt, habe ich ihm schließlich gestattet, den Briefumschlag aufzumachen und mir den Inhalt vorzulesen.

Ab dann war mein Gesicht nur mehr ein einziges Staunen! Zu erfahren, dass ein Text wiederaufgetaucht ist, den ich seit dreißig Jahren weit hinten und gut versteckt in einem Schrank wähne, und zu hören, dass er von Hand zu Hand gegangen ist, um schließlich in Ihren Händen zu landen: Ich wusste nicht, ob ich lachen oder heulen sollte! Von einem Manuskript zu erfahren, dessen Existenz ich ihm bislang vorenthalten hatte, hat meinen Verleger zu Gezeter veranlasst, worauf ich schon lange nicht mehr reagiere. Ich habe versprochen, ihm alles zu erklären, sobald ich Kontakt zu Ihnen aufgenommen hätte, aber ich habe ihn vorgewarnt, dass ich keinerlei Rechte an dieser Geschichte besitze, zu der ich vor dreißig Jahren lediglich einen bescheidenen Beitrag beigesteuert habe.

Auch wenn ich Ihnen etwas gleichgültig erscheinen mag, messe ich dem Roman tatsächlich große Bedeutung bei. Er hat in meinem Herzen einen ganz besonderen Platz, und ich könnte Ihnen dreißig Jahre danach noch ganze Passagen aus dem Gedächtnis zitieren ... Daher werde ich nach Paris kommen. Sie kündigen an, dass Sie vom 8. bis 13. Oktober abwesend zu sein gedenken, weshalb ich Sie einlade, mich am Mittwoch, dem 5., um 12 Uhr in dem untengenannten Restaurant zu treffen. Es sieht vielleicht nicht besonders ansprechend aus, aber man isst dort sehr gut, und vor allem herrscht darin große Ruhe, wenn man sich ungestört unterhalten möchte.

Mit Begeisterung lese ich immer wieder die Kopie Ihres Briefes, die mein Verleger mir im Anhang zugeschickt hat. Ich kann es kaum erwarten, Sie zu sprechen und endlich zu erfahren, welche Rolle Sie in der ganzen Sache gespielt haben.

In froher Erwartung, Sie kennenzulernen,

viele Grüße

Claire Laurent-Mallard

PS: Die Tischreservierung wird auf diesen Namen lauten, das ist wichtig, falls Sie als Erste eintreffen sollten. Natürlich erfährt kein Mensch von unserer Verabredung, schon gar nicht mein Verleger. Ich mag ihn gern, trotz seiner Schwächen, und ich weigere mich, als Grund für seine Anfälle herzuhalten, für die er eine gewisse Vorliebe hat, und für die er dem einen oder anderen seiner Autoren die Schuld in die Schuhe schiebt in der Annahme, Schuldgefühle würden unsere Arbeit befruchten.

Von Anne-Lise an William

alise.briard@yahoo.fr
Rue des Morillons, 1. Oktober 2016

Lieber William,

ich habe Ihre Ratschläge befolgt, danach ging alles Schlag auf Schlag: Am Mittwoch habe ich mittags eine Verabredung mit Claire Laurent-Mallard. Ich habe meinen Mädchennamen angegeben, der, wie Sie wissen, auch der Name eines Pariser Verlagshauses ist. Es versteht sich von selbst, dass das die Kontaktaufnahme und die Reaktionen beschleunigt hat ...

Claire hat mir erzählt, der Roman nehme einen besonderen Platz in ihrem Herzen ein. Womöglich einfach nur deshalb, weil er am Anfang ihrer Karriere stand, aber ich denke unweigerlich, dass sich hinter allem ein noch stärkeres Band verbirgt.

Sie haben es verdient, bei der Lösung des Abenteuers an unserer Seite zu sein, William, deshalb lade ich Sie ein, nach Paris zu kommen, um die Geschichte aus Claires Mund zu erfahren. Ich habe auch Maggy eingeladen (keine Bange, ich verfüge mittlerweile über zwei Gästezimmer, nachdem mein ältester Sohn ausgezogen ist, um in der Provinz zu studieren, Sie werden sich also aus dem Weg gehen können, außer vielleicht im Flur, der zum Badezimmer führt, denn der ist sehr eng, doch wenn nötig, arbeiten wir einen präzisen Zeitplan aus).

Um Ihnen das Zusammenwohnen zu erleichtern, habe ich mich nicht gescheut, meine Freundin anzulügen. Ich habe ihr versprochen, dass sie Ihre Aufmerksamkeit nicht länger zu fürchten braucht, Sie hätten mir nämlich anvertraut, von einer gewissen Elvire fasziniert zu sein, die sich Ihrem Charme gegenüber viel empfänglicher gezeigt habe. Angesichts ihres Stimmungswechsels (am anderen Ende der Leitung deutlich spürbar) und der Fragen, die sie mir diesbezüglich gestellt hat, weiß ich nun um ihre wahren Gefühle. Jetzt ist es an Ihnen zu entscheiden, was Sie daraus machen wollen. Gestatten Sie mir dennoch einen Rat: Schüren Sie diese Zweifel anfangs gezielt und stützen Sie meine Lüge, indem Sie übermäßig viel von Elvire erzählen. Ich liebe Maggy, aber sie braucht einen Elektroschock, um sich ihre Gefühle einzugestehen.

Wie auch immer Ihre Entscheidung ausfällt, Ihr Zimmer wartet hier auf Sie. Im Übrigen hat Claire Laurent-Mallard soeben akzeptiert, dass ich am Mittwoch in Begleitung zweier Freunde komme.

Hoffend, dass Sie pünktlich erscheinen,

mit sehr herzlichem Gruß

Anne-Lise

PS: Wie verstehen Sie sich eigentlich mit Elvire? Ich habe festgestellt, dass Sie viel Zeit zu zweit verbracht haben, und ich hoffe, dass die Lüge, die ich in die Welt gesetzt habe, um Maggys Eifersucht anzuheizen, einer realen Grundlage entbehrt ...

Von William an Anne-Lise

willygrant@gmail.com
Montreal, 2. Oktober 2016

Liebe Anne-Lise,

ich werde am Dienstagmorgen um 8 Uhr 25 in Roissy landen. Wenn es Ihnen recht ist, komme ich zuerst zu Ihnen, um meinen Koffer abzustellen (ich freue mich sehr, Sie wiederzusehen, desgleichen Katia und Maggy, und Ihren Ehegatten kennenzulernen). Ich werde Sie zum Mittagessen begleiten, und ich danke Ihnen, dass Sie mich dazu einladen, die Autorin kennenzulernen, auf die wir so sehnsüchtig gewartet haben. Vielen Dank auch für Ihre Zeilen. Ich bin glücklich, und das hat nichts mit Elvire zu tun.

Küsschen,
William

PS: Da ich ein paar Termine in Brüssel wahrnehmen muss, könnte ich Sie auf der Fahrt in die belgische Hauptstadt begleiten, falls Sie Ihre Belgienreise antreten (und natürlich nur, wenn Maggy nichts dagegen hat).

Von Anne-Lise an William

alise.briard@yahoo.fr
Rue des Morillons, 2. Oktober 2016

Lieber William,

was soll ich sagen? Wäre es bloß schon Dienstag!

Allerdings werde ich nicht zu Hause sein, um Sie in Empfang zu nehmen, denn hin und wieder muss ich mich trotz allem ins Büro begeben ... und sei es nur, um meinen Cousin zu ärgern und mein Terrain abzustecken.

Aber keine Bange, Maggy wird Sie erwarten ...

Bis Dienstagabend bei mir zu Hause.
Mit sehr herzlichem Gruß
Anne-Lise

Von Anne-Lise an David

Rue des Morillons, 5. Oktober 2016

Lieber David,

wie versprochen, will ich Ihnen erzählen, wie die Geschichte ausgegangen ist, die uns zusammengeführt hat. Heute habe ich mit der sehnsüchtig erwarteten Autorin zu Mittag gegessen (oh ja, es handelt sich um eine Frau!). Nicht einmal in meinen verrücktesten Träumen hätte ich mir ein angemesseneres Ende für dieses Abenteuer ausdenken können.

Ich hatte Ihnen schon erzählt, dass Sylvestre sein Manuskript 1983 auf einer Urlaubsreise im Québec verloren hat. Er hatte geplant, den ersten Teil seines Romans in Montreal einem Mann zu übergeben, der im Literaturbetrieb arbeitete und dem er freundschaftlich verbunden war. Auf diesem Weg hoffte er, eine unparteiische Einschätzung seines Textes zu erhalten (falls es so etwas überhaupt gibt), bevor er sich an den Schluss setzen wollte. Bei seiner Ankunft am Flughafen war die Tasche mit dem Text allerdings verschwunden, und nach längerer erfolgloser Suche gab Sylvestre die Hoffnung auf, den Text je wieder zu Gesicht zu bekommen. Dreißig Jahre lang ahnte er nicht, dass ein aufmerksamer Passagier den Text bei seinem Freund abgegeben hatte. Warum hat der Kritiker Sylvestre nicht über den Erhalt in Kenntnis gesetzt? Diese Frage muss bislang unbeantwortet bleiben.

Dafür haben wir nun endlich erfahren, was sich tatsächlich hinter dem Roman verbirgt. Als Sylvestre 1982 in der Champagne eine Weinlese mitgemacht hat, hat er sich in die Tochter des Winzers verliebt. Das heißt in Claire Laurent-Mallard, die Autorin, die wir heute Mittag getroffen haben. Im selben Sommer hat Sylvestre Achille Gauthier kennengelernt, den berühmten Québecer, der in einem zum Gut gehörenden Gästehaus logierte. Er hielt sich drei Monate lang in Frankreich auf, um dort ein Buch über die französischen Weingüter zu schreiben. Mit der Zeit hat er sich mit Sylvestre angefreundet, wurde zu seinem Vertrauten und zu dem privilegierten Zeugen der sich anbahnenden Liebesbeziehung.

Diese fand im Herbst ihr Ende, als Sylvestre für das neue Studienjahr nach Paris zurückkehren musste. Da sich die beiden Verliebten ihres jugendlichen Alters und der geringen Beständigkeit von Versprechungen, die man sich in diesem Alter macht, bewusst waren, haben sie darauf verzichtet, ihrer unterschiedlichen sozialen Zugehörigkeit zu trotzen, und haben sich in der Folge nie mehr wiedergesehen. Sylvestre hat sich entschieden, seinen Kummer mit Schreiben zu bekämpfen, wohingegen Claire glaubte, schlicht und einfach vergessen worden zu sein.

Was dann folgte, haben wir aus Claires Mund erfahren, die zu ihrer Überraschung eines Tages einen Briefumschlag zugeschickt bekam, der den Anfang von Sylvestres Roman enthielt.

Mit der Übersendung verband Achille vermutlich den Wunsch, sie möge erkennen, wie intensiv die Gefühle des jungen Mannes waren. Er hoffte, die beiden jungen Leute wieder zusammenzuführen und ihrer Liebe eine zweite Chance zu geben. Was er nicht wusste, war, dass Claire mittlerweile an einer Krankheit mit ungewissem Ausgang litt (bei unserem Treffen wollte sie darauf nicht näher eingehen, und wir haben ihre Zurückhaltung respektiert). Da sie Sylvestre nicht wissen lassen wollte, wie es um sie stand, war es ihr wichtig, das Manuskript als Erinnerung an eine vergangene Liebe aufzubewahren. Als ihr die Ärzte zu verstehen gaben, dass eine Heilungschance bestehe, sah sie darin ein Zeichen und vollendete den Roman während ihrer Konvaleszenz. Bei Tisch heute Mittag sagte sie Folgendes: »Als ich den Schlusspunkt unter den Text gesetzt habe, wusste ich, ich war geheilt; dafür brauchte ich keine ärztliche Untersuchung, ich spürte, dass mein Blut wieder kraftvoll floss wie bei einem Baum, der im Frühling im Saft steht ...«

1987 wurde ihre endgültige Genesung bestätigt, und sie schickte den Text an Achille zurück, in der Annahme, er würde ihn Sylvestre zuleiten ... Doch es war viel Zeit vergangen. Sie wusste nicht, dass er einen Autounfall erlitten hatte und dabei ums Leben gekommen war, weshalb er seiner Aufgabe als Bote nicht nachkommen konnte.

Das ist wirklich eine selten abenteuerliche Geschichte, wie man sie sich wünscht. Sie verfügt über genügend Sprünge, große Leidenschaften und verpasste Gelegenheiten, um zu einem Werk zu reifen, an dem man nicht vorbeikommt.

Ich habe Ihnen noch nicht alles erzählt. Unsere Claire versteckt sich seit Jahren hinter dem Pseudonym Laurent MacDrall, das Ihnen bekannt sein dürfte, sollten Sie ein Vielleser sein. Als William heute Mittag wissen wollte, ob die Entdeckung sie nicht zu einem neuen Roman inspiriere, war ihre Reaktion relativ heftig, das komme nicht in Frage, sie habe das Ende damals einzig und allein mit dem Ziel geschrieben, Sylvestre zu erreichen und ihn zurück in die Champagne zu locken. Das Tragische ist, dass sie die ganze Zeit über davon ausging, er hätte sein Manuskript zurückbekommen und keine Veranlassung gesehen, wieder Kontakt zu ihr aufzunehmen. Mir fehlen die Worte, um ihr Gesicht zu beschreiben, als sie erfuhr, dass er es erst kürzlich erhalten hat und völlig fasziniert davon war.

Anschließend mussten wir Claire darüber informieren, dass Sylvestre seit dem Tag verschwunden ist, an dem er ihre Identität erfahren hat. Sie hat schweigend zu Ende gegessen und uns beim Abschied gesagt, dass in ihren Augen zwei Orte in Frage kämen, an die er sich zurückgezogen haben könnte. Mehr wollte sie uns nicht verraten, vielmehr bat sie um ein paar Tage, um ihren Verdacht zu überprüfen. Sie hat versprochen, uns recht bald zu informieren, und hat uns dann mit Küsschen verabschiedet.

Als sie das Restaurant verließ, wirkte sie so verjüngt, dass ich meinte, sie über die Straße hopsen zu sehen (vielleicht lag es aber auch am Champagner, den wir getrunken hatten). Ich weiß noch, dass ich Ihnen von Gefühlen erzählt habe, die sich in jede Zelle unseres Körpers eingebrannt zu haben scheinen. Ich denke, die Liebe, die Sylvestre und Claire verbunden hat (und mein sechster Sinn sagt mir, dass ich nicht in der Vergangenheitsform sprechen sollte), ist vergleichbar mit der, die Sie für Denise empfunden haben.

Heute bildet sich unter meinem Dach ein neues Paar, und obgleich die Protagonisten Umwege nehmen, bevor sie sich ins Unvermeidliche fügen, kann ich Ihnen versichern, dass das Ende schon irgendwo geschrieben steht. Komischerweise verliebt man sich nicht nur in seiner Jugend so, als würde man am nächsten Tag sterben. Doch je älter wir werden, umso zögerlicher werden wir, als wäre unsere Zeit nicht begrenzt. Ist das nicht seltsam?

Sollten sich alle meine Vorhersagen als zutreffend erweisen, hätten wir mehr zu feiern als das neue Jahr. Aber vielleicht neige ich auch aufgrund meines Berufs dazu, eher an Romanzen zu glauben als das Gros der Sterblichen (darüber informiere ich Sie gern in einem persönlichen Gespräch, weil ich Ihr Lächeln sehen möchte, wenn Sie davon erfahren).

In der Zwischenzeit erwarte ich voller Ungeduld Sylvestres Rückkehr und freue mich darauf, die Feste um den Jahreswechsel vorzubereiten, bei denen wir uns endlich kennenlernen werden.

Herzlichst Ihre
Anne-Lise

Von Anne-Lise an Maggy

Rue des Pierres, Brüssel,
9. Oktober 2016

Liebe Maggy,

Du wirst diesen Brief am Donnerstag vorfinden, wenn Du von unserem herrlichen Belgienausflug nach Hause zurückkehren wirst. Heute Abend fließen die Worte regelrecht aus meiner Feder, während ich Dich unter der Dusche singen höre, nur wenige Meter von dem Nussbaumschreibtisch entfernt, an dem ich sitze. Wie viele Jahre ist es her, seit Deine Blicke, Dein Lächeln, Deine Gesten zuletzt so viel Ruhe ausgestrahlt haben?

»Seit Richards Tod« wirst Du mir wie aus der Pistole geschossen antworten! Ich werde Dir nicht widersprechen, aber tief in meinem Inneren weiß ich, dass Du noch nie so glücklich warst. Ja, nicht einmal während Deiner Beziehung mit ihm, den Du den Mann Deines Lebens nennst und dem Du diesen Titel nicht mehr zu entziehen wagst, weil ihn der Tod mit einem Heiligenschein ausgestattet hat, den er zu Lebzeiten nicht hatte …

Für mich heißt die Liebe Deines Lebens William. Nicht nur, weil er ein feiner Mensch ist, der noch dazu gut aussieht, und ich ihn mag, als wäre er ein Freund aus Kindertagen, sondern auch, weil sich Eure Wege gekreuzt haben, als Du Deine innere Gelassenheit wiedergefunden hattest und niemanden mehr brauchtest, der Dich stützt. Deshalb ist diese Beziehung perfekt. Weil der Mann im richtigen Moment in Dein Leben tritt und Du nichts anderes von ihm erwartest als das, was er Dir geben wird: das Glück in jedem Augenblick.

Ich klebe den Briefumschlag jetzt schnell zu, bevor Du aus dem Bad kommst.

Vergiss nie, dass ich Dich
wie eine Schwester liebe,
Lisou

Von Anne-Lise an William

Rue des Pierres, Brüssel,
9. Oktober 2016

Lieber William,

Sie brannten darauf, uns nach Brüssel zu begleiten, doch obwohl wir Sie dazu eingeladen haben, ist Ihnen klargeworden, dass wir diese Zeit für uns brauchen, wofür ich Ihnen sehr dankbar bin. Seien Sie unbesorgt, ich werde Maggys Wege während des kurzen Aufenthalts überwachen, und kein Belgier wird ihre Aufmerksamkeit auf sich ziehen ...

Und außerdem, ich will ganz offen sein, trifft man nicht an jeder Straßenecke Pokerspieler mit unwiderstehlichem Blick, nicht einmal in Brüssel ... Maggy ist klug genug, um das rechtzeitig erkannt und einen Schritt auf Sie zugemacht zu haben, bevor Sie endgültig in die Fänge einer Elvire geraten konnten!

Psst! Wir werden ihr unseren Trick erst an Weihnachten verraten, wenn sie die Kanadierin kennenlernen wird ... Wobei ... Vielleicht sollte ich Elvire lieber bitten, das Spiel bis zum Ende mitzuspielen? Das würde uns beiden die Wut ersparen, die Maggy packen wird, wenn sie von unseren Schwindeleien erfährt. Gleichzeitig wäre Ihnen während des ganzen Aufenthalts Maggys Aufmerksamkeit sicher. Glauben Sie mir, es ist göttlich, Sie beide aus den Augenwinkeln zu beobachten, wenn Sie eine

Gleichgültigkeit vortäuschen, die Ihnen niemand abnimmt und die all unsere Gespräche mit Futter versorgt, sobald Sie uns den Rücken zukehren.

Ich freue mich zu erfahren, dass Claire bei Sylvestre ist. Ich werde das Wochenende besser genießen können, nachdem ich weiß, wo sie sind. Ich muss jetzt Schluss machen, denn der Föhn im Bad ist soeben verstummt, und ich will nicht, dass Maggy von unserem heimlichen Briefwechsel etwas mitbekommt!

Bis ganz bald,
Ihre Freundin
Anne-Lise

PS: Ich habe das »Sie« in unseren Briefen wiederaufgenommen. Ich denke auch, dass ich es noch eine Weile beibehalten werde. Diese Höflichkeitsform der Anrede, die Sie im Englischen nicht kennen, verleiht dem Französischen eine Überlegenheit in der Formulierung und ist von unschätzbarem Wert. Aus diesem Grund schreibe ich auch viel lieber Menschen, die ich sieze.

Von Claire an Anne-Lise

Route de Courmas, 11. Oktober 2016

Liebe Anne-Lise,

ich bin wieder zurück auf meinem Gut. Hier habe ich stets den Herbst verbracht. Mit Schreiben. Auf diesem Dachboden, den ich vor Jahren ausgebaut habe und in dem sich all die Bücher stapeln, die mir etwas bedeuten.

In der Ferne bedeckt noch leichter Nebel den Boden und hindert mich daran, die Weinreben zu sehen, die das Haus umgeben. Das stört mich nicht, ich weiß, welche Farbe sie haben, wenn das Licht zu den vergessenen Trauben vordringt, und ich genieße das Verschwommene, das mich einen Teil meines Lebens begleitet hat.

Ich war zwanzig, als sich meine Sehkraft plötzlich verschlechtert hat. Auf diese Weise hat man den Tumor entdeckt. Jahrelang habe ich damit gelebt, nichts scharf sehen zu können, was mehr als sechzig Zentimeter von mir entfernt ist. Menschen wurden zu vagen Silhouetten, die ich nur an ihren Bewegungen oder ihrem Gang erkennen konnte. Ich gewöhnte mich daran, mir all das, was ich nicht klar sehen konnte, vorzustellen. Anhand von Gerüchen, Farben, Umrissen, abrupten Bewegungen oder zarten Worten, ich fing an, die Menschen in meiner Umgebung neu zu erfinden. Danach habe ich einfach ihre Geschichte aufgeschrieben. Der Abstand war perfekt: Vierzig Zentimeter vom Blatt Papier entfernt konnte ich meine Krankheit vergessen.

Sylvestres Manuskript habe ich erhalten, als das Unheil gerade auf mich niedergegangen war. Zwei Tage vorher wäre ich in den Zug gestiegen und nach Paris gereist, um ihn wiederzusehen. Stattdessen habe ich mich nur Achille anvertraut und ihn gebeten, meinen Zustand zu verschweigen. Ich habe gewartet. Irgendwie würde es enden, gut oder schlecht. Als mir die Haare ausfielen, bin ich nicht mehr zur Universität gegangen, sondern habe Fernkurse belegt. Anfangs kamen noch Freunde vorbei. Ich hatte ihnen nichts zu sagen. Der Tumor beherrschte mein Dasein, und das ist kein Gesprächsthema für junge Leute, die das Leben noch vor sich haben. Folglich habe ich mich auf meinen Dachboden zurückgezogen und mich auf meine Erinnerungen konzentriert. Man meint ja, mit zwanzig keine zu haben. Das stimmt nicht. Ich frage mich sogar, ob nicht alle Erinnerungen schon da waren. Ich glaube nicht, seither noch neue dazubekommen zu haben. Sicherlich liegt es an meinem reduzierten Sehvermögen, das mich davon abgehalten hat, Bilder abzuspeichern. Vielleicht habe ich sie auch nur vergessen. Falls nicht die Ärzte ein kleines Stück Tumor in meinem Gehirn zurückgelassen haben. Keine Ahnung.

Auf dem Höhepunkt der Krankheit hat mir die Arbeit an Sylvestres Text gestattet, ihn an meiner Seite zu haben. Ihn allein. Die anderen habe ich auf Abstand gehalten. Meine Familie wurde von Angst und Schuldgefühlen geplagt. Sie wissen ja, Eltern fühlen sich immer für die Wunden ihres Kindes verantwortlich. Darum habe ich gelernt, nicht über den Tod zu sprechen. Ich habe gelernt, die Farben der Reben und die zarte Frühlingsluft intensiv zu erleben. Ich habe gelernt, den Wind, der zwischen den Weinbergen hindurchfegt und anfängt zu pfeifen, sobald er auf Rebstöcke trifft, auszukosten. Ich habe gelernt, in jedem

Augenblick die Menschen und ihre starken Seiten zu lieben, ihre Schwächen auch. Das ungewisse Morgen habe ich beim Reden ausgespart und von später gesprochen.

Ich habe Sylvestres Roman zu Ende geschrieben. Vier Jahre habe ich dafür gebraucht. Als ich eines Morgens das letzte Wort zu Papier gebracht und hinausgeschaut habe, waren mir die Weinberge viel strahlender vorkommen. Ich wusste, ich war geheilt. Sobald die Untersuchungsergebnisse meine Amnestie bestätigten, schrieb ich Sylvestres früherer Vermieterin und besorgte mir seine Adresse. Gleich danach bin ich hingefahren. Stundenlang habe ich mit unserem Buch in der Hand vor seinem Häuserblock gewartet. Dann kam er. Arm in Arm mit einer sehr schönen jungen Frau. Ich flüchtete in ein Café. Damit hatte ich nicht eine Sekunde gerechnet. Ich hatte die letzten Jahre ausgeblendet und wunderte mich, dass Sylvestres Leben weitergegangen war. Anschließend bin ich nach Courmas zurückgekehrt und habe Achille das Manuskript geschickt. Ich habe gewartet. Gehofft. Gehofft, das Leben dort wiederaufnehmen zu können, wo es unterbrochen worden war. Ich habe gehofft, nach der Lektüre würde Sylvestre die junge Frau in den Wind schießen und in die Champagne zurückkehren.

Vom Fenster im Dachboden aus kann man in der Ferne die Straße sehen. Daher habe ich zum ersten Mal die Brille aufgesetzt, die den Horizont heranholt und der ich mich bisher verweigert habe. Ich habe auf ihn gewartet. Drei Romane lang habe ich auf ihn gewartet: achthundertzehn Tage, um genau zu sein. Dann habe ich aufgehört zu warten. Und zu leben, denke ich. Ich habe einen Verleger gesucht und beschlossen, im Leben anderer aufzugehen.

Natürlich habe ich Männer kennengelernt, einmal habe ich sogar geheiratet. Nach dem Tod meiner Eltern habe ich das Weingut geleitet, und zwar zwischen den Schreibphasen und ein paar Verkaufsveranstaltungen in der Hauptstadt. Zum Glück kommt das Personal bestens ohne mich zurecht und fragt mich nur um Rat, um mir die Illusion zu vermitteln, die Ländereien gehörten noch mir. Ich habe keine Kinder bekommen, was die Leute, die hier arbeiten, bedrückt. Das weiß ich. Aber man schenkt nicht Leben, wenn das Wort »Rezidiv« jede Migräne begleitet. Nein, man legt die Brille auf den Nachttisch und konzentriert sich auf das, was klar ist, und nah. Den Augenblick.

Was ich Ihnen heute erzähle, Anne-Lise, habe ich vor wenigen Tagen Sylvestre mitgeteilt. Aber nicht komplett. Nein. Ich habe den Schmerz des Schweigens verschwiegen. Die Wut nach meiner Parisreise. Auch meine Ängste. Dafür ist es zu früh. Darum vertraue ich das alles Ihnen an. Da man nie weiß, ob man die Gelegenheit haben wird, seine Geständnisse zu vollenden, und es beruhigend ist zu wissen, dass irgendwo jemand Bescheid weiß und dieser Mensch die Erinnerung weiterleben lassen könnte – wie Bücher es vermögen.

Beim Schreiben dieser Worte muss ich lächeln. Ich kann über meinen Tod sprechen, weil ich keine Angst mehr vor ihm habe. Mein Leben geht weiter, und ich sehe es in tausend verschiedenen Facetten, je nach Tageslicht oder den dunklen Nuancen der Nacht. Tun alle Menschen das? Spielen auch Sie damit, eine hypothetische Zukunft vorherzusagen, indem Sie die Rollen der Sie umgebenden Personen neu verteilen? Für mich ist das sehr ungewohnt ...

Sylvestre hat mir erzählt, was Sie alles unternommen haben. Wie weit Sie gegangen sind für eine Erzählung, die nicht Ihre ist. Er versteht das nicht. Ich schon. Ich weiß, dass eine Geschichte ganze Sommer und Herbste mit Beschlag belegen kann. Ich weiß, dass ein Roman uns in die Ferne entführen kann, dass er uns erfüllt und für immer verwandelt. Ich weiß, dass Personen auf Papier unsere Erinnerungen verändern und für immer an unserer Seite bleiben können.

Ich wünsche Ihnen eine sehr angenehme Nacht,
Claire

Von Sylvestre an Anne-Lise

Hôtel Beau Rivage, Le Conquet,
13. Oktober 2016

Anne-Lise, vor fast sechs Monaten haben wir uns zum ersten Mal geschrieben ... und ich habe mich bei Ihnen für das Manuskript bedankt, das in einer Nachttischschublade lag und das Sie mir zugeschickt hatten. An das Möbelstück, das uns zusammengeführt hat, habe ich während der letzten zwanzig Tage nicht selten gedacht.

Als meine Tochter am 24. September den Namen Claire erwähnt hat, war das Chaos perfekt. Ich war unfähig zu reagieren, denn die Emotionen lösten sich so schnell ab, dass ich keine einzige zu fassen bekam. Daraufhin bin ich ans Ende dieser Halbinsel gefahren, die ich bisher nicht kannte, fast an den Rand des Nichts, dorthin, wo alles begonnen hatte, um Bilanz zu ziehen und den Ausgang der ganzen Sache vorsichtig auf mich wirken zu lassen.

Claires Spur hatte ich nicht gewittert. Dabei deutete alles auf sie hin. Nur sie konnte mich derart verschonen, dass sie ein schmeichelhaftes Porträt des jungen Mannes zeichnete, der ich damals war, und seine Feigheit verschwieg. Habe ich davon geträumt, sie am Ende des Weges zu finden? Ich weiß es nicht. Doch als ich sie wiedersehen und mich ihrem Urteil stellen sollte, bin ich erneut geflüchtet. Ich bin zu dem Hotel gefahren, dessen Karte Sie mir gegeben hatten, und habe mich dort unter falschem Namen einquartiert. Dann bin ich gelaufen … Am Tag nach meiner Ankunft musste ich mich im Farn verstecken, um Maggy auszuweichen, die ich hinter einer Wegbiegung auftauchen sah. Ich hoffe, sie nimmt es mir nicht übel, wenn sie davon erfährt. Besser als jeder andere kennt sie das Bedürfnis nach Einsamkeit.

Tagelang bin ich allen Irrungen und Wirrungen meines Geistes gefolgt. Ich habe den Weg dieses unvollkommenen Mannes nachgezeichnet, der im Alter von achtzehn Jahren seine Heimat verlassen hatte, weil es ihm dort zu eng geworden war. In diesem Alter weiß man nicht, dass uns jeder Schritt, der uns wegführt, zu einem Fremden macht. Man verlässt nicht den Boden, der uns zur Welt kommen sah, um woanders Wurzeln zu schlagen.

Ich habe an seine herausragenden universitären Leistungen gedacht und an den Hochmut, der ihn dazu trieb, seine Familie über seine Erfolge zu unterrichten, ohne je wieder einen Fuß in seine Heimat zu setzen. Er glaubte, Neid hervorzurufen, und erntete doch nur Mitleid. Dort träumte niemand von der Hauptstadt, kein Mensch hätte ein Diplom oder ein Bankkonto gegen das kleinste Fleckchen Erde oder auch nur einen einzigen grauen Stein getauscht. Dieser Mann, Anne-Lise, hat sich dennoch ein Leben aufgebaut. Er hat geglaubt, ein Haus ohne Fundament könnte ihn vor stürmischen Zeiten bewahren. Er hat sich geirrt. Was all diese Häuser gemeinsam haben, ist, dass sie jedem Orkan, jedem Sturm, jedem Windstoß auf Gedeih und Verderb ausgeliefert sind. Daher passte sein Leben zu dieser Unsicherheit. Er hat sein Leben an der Oberfläche verbracht, ohne je in die Tiefe zu gehen. An einem Sommertag hat er eine Frau kennengelernt, die sehr verwurzelt war. Sie war ihm so ähnlich. Doch anders als er wusste sie, was zählt. Sie weigerte sich, ihre Reben und ihre Vergangenheit hinter sich zu lassen. Für diese Loyalität ließ er sie büßen. Ohne sich noch einmal nach ihr umzudrehen, ohne zu ahnen, dass sie jahrzehntelang ihren Schatten auf ihn werfen würde, hat er sie verlassen.

Als ich vor einer Woche ins Hotel zurückgekehrt bin, habe ich am Empfang eine Gestalt erblickt. Die Frau stand mit dem Rücken zu mir. Sie hatte den Kopf geneigt und spielte mit ihren Fingerringen, eine Geste, die ich unter Tausenden erkannt hätte. Und plötzlich war alles ganz klar. Klar genug jedenfalls, damit ich, ohne zu straucheln, auf sie zuging und vor ihr stehenblieb.

Sie hat sich umgedreht und mich angelächelt, als hätten wir uns gestern erst getrennt.

Komme ich Ihnen vor wie ein Teenager? Glauben Sie mir, dessen bin ich mir bewusst, und es ist mir keineswegs peinlich. Claire und ich haben die ganze Nacht und die darauffolgenden Tage durchgeredet, bis sie nach Paris musste, weil sie dort zu tun hatte. Doch an den drei Tagen an ihrer Seite wusste ich manchmal nicht mehr, an welchem Ort ich mich befand. Und in welcher Zeit. Wir liefen durch die Weinberge der Champagne, und ich wunderte mich über die Falten auf meiner Hand, als ich diese ausstreckte, um sie auf die Landschaft aufmerksam zu machen. In meiner Vorstellung war ich zwanzig …

Wenige Stunden später …

Ich wurde von Maggy unterbrochen. Sie ist gerade aus Brüssel zurückgekehrt und hat erfahren, dass ich mich keine zwei Schritte von ihrem Zuhause entfernt aufhalte (mittlerweile kenne ich die Adressaten der Briefe, die Claire verschickt hat) … Sie hat mich zu sich nach Hause eingeladen, und ich habe ihr gestanden, dass dieses Ende mein Leben durcheinandergewirbelt hat. Plötzlich war es verführerisch zu glauben, dass ich nur für diesen

Augenblick gelebt habe. Dass mich eine höhere Macht zu diesem besonderen Tag geleitet hat, an dem ich meine Jugendliebe wiedersehen würde.

Maggy hat über diese Anmaßung gelacht und mich bis zur Landspitze gescheucht. Es war sehr böig, und wir mussten schreien, um uns zu verständigen. Angesichts der Übermacht dieser Natur, die uns noch lange überleben wird, habe ich verstanden, was sie mir sagen wollte: In hundert Jahren wird sich kein Mensch mehr für mein Leben und die von mir eingeschlagenen Pfade interessieren. Gestärkt von dieser Gewissheit, empfinde ich keine Angst mehr.

Als Erstes werde ich die ganze Geschichte überarbeiten. Ohne Claire. Und ich werde sie an einen Verleger schicken (laut Maggy haben wir alle einen in unserem Bekanntenkreis, ich weiß nicht, was sie zu dieser absurden Überzeugung veranlasst). Anschließend hoffe ich, dass mir das Glück vergönnt sein wird, die Frau zu erkunden, die sie heute ist, und ich ahne schon, dass sie mir genauso gut gefallen wird wie die junge Frau von damals. Ich werde mich bemühen, sie zu verführen (bitte lachen Sie mich nicht aus, angeblich ist es wie mit dem Fahrradfahren, das verlernt man nicht!). Und glauben Sie mir, Anne-Lise, wenn aus diesem Wiedersehen Liebe wird, dann ist sie neu. Ich werde nicht zulassen, dass uns die Vergangenheit den Zauber der Entdeckung und der Ungewissheit stiehlt. So etwas wie Schicksal gibt es nicht, trotzdem werde ich so tun, als würde ich daran glauben ...

Als ich vorhin mit Maggy vom Strand zurückkam, haben wir unsere Schuhe ausgezogen und über den Wert eines Sandkorns nachgedacht. Jene winzigen Partikel, die eine Maschine zum Stocken bringen und das Vorankommen behindern können. Heute Abend, kurz vorm Einschlafen, stelle ich Sie mir als Sandkorn vor, Anne-Lise, und glauben Sie mir, es gibt in meinen Augen kein drolligeres Bild.

Sylvestre

PS: Die Flucht in den Farn hat Maggy mir nicht übelgenommen, sie hat mir vielmehr gestanden, sich auf ihren Spaziergängen selbst schon dieser Strategie bedient zu haben ...

Von Anne-Lise an Sylvestre

Rue des Morillons, 17. Oktober 2016

Lieber Sylvestre,

Sie haben meine Wut verdient und werden sich ihr nicht entziehen können! Schon gar nicht, indem Sie mich als Sandkorn titulieren, nachdem ich Sie wieder auf die Spur gesetzt habe, die Sie vor dreißig Jahren verlassen hatten. Und Ihre Reisephobie? Hatten Sie die vergessen, als Sie, ohne uns Bescheid zu sagen, aufgebrochen sind, um die bretonische Küste zu erkunden? Haben Sie wenigstens einmal darüber nachgedacht, wie besorgt wir während Ihrer schmachtenden Strandspaziergänge waren?

Gut. Sie sitzen wieder an Ihrem Roman? Toll! Und ich werde Sie bei diesem Projekt bestmöglich unterstützen. Ein kleines Detail habe ich nämlich bisher unterschlagen: Die Firma, die ich mit meinem Cousin leite, ist die Tochtergesellschaft eines großen Verlagshauses, das seinerseits von meinem Großvater gegründet wurde. Deshalb, Sylvestre, liegt es in meiner Macht, Ihr Buch zu verlegen. Natürlich habe ich damals daran gedacht, als ich Ihr Manuskript aus dem Nachttisch gezogen habe, wo es auf mich gewartet hat, aber als mir bewusst wurde, welche Bedeutung es für Sie hat, habe ich keinen Gedanken mehr an meinen Beruf verschwendet. Folglich habe ich Sie auf Ihrer Suche ohne jeglichen kaufmännischen Hintergedanken begleitet – aber das wissen Sie ja.

Sollte es allerdings Ihr Wunsch sein, kann ich mich Ihres Textes annehmen, denn kein Verleger wird ihn überzeugender verteidigen als ich. Natürlich bin ich Ihnen nicht böse, wenn Sie beschließen, sich an einen Fremden wenden zu wollen (vertrauen Sie es aber bitte um Himmels willen nicht meinem Cousin an!), unsere Freundschaft basiert nicht auf Geld. Das Abenteuer, das ich in den letzten Monaten an Ihrer Seite durchgestanden habe, kann nicht mit Geld beziffert werden, es bleibt auch weiterhin der Startschuss für außergewöhnliche Begegnungen mit Menschen, die größtenteils zu Freunden wurden.

Reden wir lieber über die bevorstehenden Feiertage. Nahima kommt zusammen mit ihrem Sohn, William wird nach Belgien reisen, um Ellen Anthon und Hanne Janssen abzuholen, und seine Tochter Laura wird Schottland verlassen und das Jahr 2017 mit uns begrüßen. David hat Ausgang erhalten, und wie Sie bereits wissen dürften, kommt Elvire aus Montreal am 30. Dezember mit Ihrer Tochter. Allerdings werden Roméo und Julie nicht zu uns stoßen, denn sie fahren Ende des Jahres in Urlaub.

Es wäre wunderbar, wenn Sie Ihr Buch bis dahin fertig hätten, damit wir es sehen, bevor Sie es einem Verleger vorlegen …

So, diese wenigen Zeilen sehen aus wie ein Schlusswort. Das trifft es aber nicht. Die Reise Ihres Romans geht weiter, die Reise Ihres Lebens auch, fast beneide ich Sie darum, Sie und Claire, William und Maggy, auf Zehenspitzen in eine ungewisse Zukunft zu treten. Doch ist die Zukunft nicht stets von Zufällen bestimmt?

Ihre Freundin von Zimmer 128,

Anne-Lise

PS: Entgegen meiner obigen Andeutungen hat sich mein Verhältnis zu Bastien seit meiner Rückkehr aus Belgien beträchtlich verbessert. Wir haben beschlossen, unsere Arbeitsweise zu verändern. Wir werden wieder vorgehen wie in meiner Anfangszeit, als ich meinem Vater im Familienunternehmen unter die Arme gegriffen habe und er mich die Tochtergesellschaft aufbauen ließ, die mit der Zeit zur wichtigsten der ganzen Firmengruppe geworden ist. Ich werde meinem Cousin einen Großteil der Geschäftsführung überlassen (ich muss zugeben, dass er in Sachen Geld und Vertrieb ein deutlich besseres Händchen hat als ich), und ich werde zu dem zurückkehren, was ich am besten kann: Ausschau halten nach Büchern, die wir gemeinsam auf ihrem Weg in die Regale der Buchhandlungen und Bibliotheken begleiten, damit sie dort ihre Leser finden.

Belle Poelle, 31. Dezember 2016

Wenige Stunden, bevor das neue Jahr beginnt, hat mich ein un-
bezähmbares Bedürfnis zu schreiben gepackt. Alle meine Lieb-
lingsbrieffreunde sind an meiner Seite, und ich kann ihnen keinen jener Briefe schreiben, die Klarheit ins Denken bringen und
den Geist frei machen. Daher schreibe ich diese wenigen Seiten
ins Blaue hinein, ohne realen Adressaten, wie eine Jugendliche,
die sich ihrem Tagebuch anvertraut.

Wir sind alle am 24. Dezember abends angekommen und haben
Weihnachten 2016 ausgiebig gefeiert. Sylvestre hat zum ersten
Mal den Schluss seines Romans offengelegt, eine ergreifende
Huldigung an jene junge Frau, die Claire vor rund dreißig Jahren
war. Es muss seltsam sein, eine solche Liebeserklärung vor einer
Gruppe Fremder entgegenzunehmen. Glücklicherweise traf sie
nicht rechtzeitig ein, um einer öffentlichen Lesung beizuwoh-
nen. Sie wird diese Version ihrer Geschichte in wenigen Monaten erfahren, wenn das Buch die Regale der Buchhandlungen
schmücken wird. Das ist ihr Wunsch.

Soweit ich weiß, waren die beiden Autoren in den letzten Wochen sehr beschäftigt und haben sich nur noch zweimal gesehen. Das erste Mal in Maggys Gegend. Sylvestre hatte zu einem
Abendessen im Hotel *Beau Rivage* eingeladen. Dort haben wir
über Bücher und all die Reisen gesprochen, die das Leben lebendig machen. Wir haben uns gegenseitig Bücher ans Herz gelegt.
William und Claire haben die Empfehlungen auf ihren Smartphones gespeichert, Maggy und Sylvestre hatten ein kleines

Notizbuch gezückt, Agathe hat ihr Bestellheft benutzt, und ich habe – zu meiner Schande – diese wertvollen Tipps auf einer Papierserviette mit Hotellogo notiert ... Sie befindet sich nach wie vor in meiner Tasche.

Doch während ich mich an dem Gespräch beteiligt habe, habe ich meine Freunde beobachtet. Vor allem ihre Blicke. Die Blicke, die sie wechselten, aber auch die Blicke, die sie mieden. Ich hatte einen wunderbaren Abend auf der Suche nach dem Ungesagten und den kleinen Fehlleistungen. Wie jemand beim Griff nach dem Pfeffer die Hände eines anderen streifte, beim Aufstehen, um sich von der Tarte nachzunehmen (übersehend, dass noch ein Rest auf dem Teller lag), die Hand auf eine erschaudernde Schulter legte ... Werde ich gerade zum sentimentalen Teenie?

Beim zweiten Treffen hatte ich weniger Freiheiten. Es fand bei mir statt, in der Rue des Morillons, und da ich fürs Essen zuständig war, war ich so beansprucht, dass ich die kleinen Annäherungsversuche zwischen meinen Gästen nicht im Blick behalten konnte. Nachdem alle gegangen waren, bekam ich von Katia einen entsprechenden Bericht: »Hast Du gesehen, wie süß die vier sind? Als hätten sie Angst, ihre Zuneigung offen zuzugeben. Als gingen sie damit ein Risiko ein!«

Sie sei entschuldigt, sie ist noch so jung ... Sie weiß nicht, was man in unserem Alter alles verlieren kann, wenn man mit vollem Einsatz spielt. Wenn die Anzahl der angesammelten Chips von vergangenen Jahren zeugt und wir wissen, dass uns die verbleibende Zeit nicht gestatten wird, die Niederlagen wettzumachen. Als versierter Spieler bleibt William daher auf Distanz. Mit diesem Verhalten sichert er sich Maggys ganze Aufmerksamkeit, denn sie fürchtet zurzeit sehr, ihn zu verlieren. Sie sollte wissen, dass ihr Auserwählter ein Meister des Bluffs ist. Aber was soll man dazu sagen, die Liebe steht nun mal im Ruf, blind zu machen ...

Bei Sylvestre und Claire habe ich hingegen keinerlei Täuschungsmanöver entdeckt. Die kleinen Berührungen zwischen den beiden sind äußerst liebevoll und verbergen ihre Gefühle nicht. Vielleicht warten sie das neue Jahr ab, um Seite an Seite einen neuen Weg einzuschlagen. Wenn ich über das Ende der Geschichte entscheiden dürfte, würde ich ganz sicher genau das schreiben.

Aus Williams Arbeitszimmer ganz hinten im Landhaus höre ich die Rufe und das Gelächter meiner Freunde, die die Feier vorbereiten. Ich habe ein Telefonat vorgetäuscht, weil ich mitten im größten Trubel etwas Zeit für mich allein brauchte. Dieser Rückzug ermöglicht es mir, den Abend anschließend noch intensiver zu genießen.

Denn Sie und ich, wir wissen um die Zerbrechlichkeit perfekter Augenblicke. In wenigen Tagen wird Nahima ihren Sohn wieder bei seiner Familie abgeben, andere kehren nach Québec oder Belgien zurück, und was wird bleiben von unserem gemeinsamen Einsatz rund um das Buch, das uns zusammengeführt hat? Werde ich es noch im Kopf haben, wenn wir den Roman herausbringen und Bastien und ich über Marketing und die Verkaufsaussichten sprechen?

Und Sie? Werden Sie irgendwo Spuren dieser Briefe und des Zusammenhalts mit Fremden bewahren, die nicht länger Fremde sind?

Um die Erinnerung an das alles lebendig zu halten, schreibe ich diese Zeilen. Wenn ich sie in einer Woche oder in einem Jahr noch einmal lesen werde, wird mir der Duft der Christrose, die auf dem Esstisch steht, und der Pute, die wir gerade aus dem Ofen geholt haben, in die Nase steigen. Ich werde Laura und Katia lachen hören, die sich mit der Frechheit ihrer sechzehn Jahre über die Erwachsenen lustig machen, und ich werde von neuem die hellen Tupfer sehen, die der Schnee auf den Baumwipfeln rund um das Haus verteilt hat.

Dank dieser Zeilen, die Bruchstücke des Glücks eingefangen haben werden wie Herbarien, die man in der Schule anlegt, werde ich mich endlich frohen Herzens zu meiner Familie gesellen können, um das Fest in vollen Zügen zu genießen.

Ich gehöre zu jenen Menschen, die den Augenblick erst dann auskosten können, wenn sie ein Stück davon für immer in ihrem Gedächtnis eingefangen haben ...

Danksagung

Wenn es nun darum geht, danke zu sagen, denke ich zuerst an alle, die für immer einen Platz in meinem Herzen haben werden, da ohne sie nichts von alledem passiert wäre.

Ich denke an die Website *monBestSeller.com* und all ihre Follower, die mich fast wider Willen aus dem Schattendasein geholt haben. Ich denke an Marie Leroy, Leiterin des Verlagshauses *La Martinière Littérature*, die den Mut hatte, die unerfahrene Autorin, die ich war, bis zu den Schaufensterauslagen der Buchhandlungen zu begleiten. Dank der gemeinsamen Arbeit hoffe ich aufrichtig, mich zu verbessern … Ein großer Dank geht an Jeanne Pois-Fournier, Sacha Serero und Carine Barth, die die Arbeit wohlwollend begleitet und mal lustige, stets aber wichtige Kommentare beigesteuert haben.

Fast auf den Tag genau vor zwei Jahren kam mein erster Roman heraus, *Le Parfum de l'Hellébore*. Am Ende des Buchs habe ich einem virtuellen Leser gedankt … Damals war allein die Vorstellung, jemand könnte meinen Text lesen, völlig abwegig, und der Leser war folglich sehr abstrakt.

Das ist er jetzt nicht mehr.

Heute Abend hat er das Gesicht all der Leserinnen und Leser, die ich auf Messen und in Bibliotheken getroffen habe. Er hat das Gesicht all derer, die einen Blick in mein Buch geworfen und sich meine Geschichte zu eigen gemacht haben. Jedes Mal, wenn sich einer von ihnen mit meinem Buch in seiner Hand entfernte, ging ein Teil von mir mit ihm weg, und doch fühlte ich mich erstaunlicherweise nicht geschrumpft, ganz im Gegenteil ...

Für den unerwarteten Gedankenaustausch, auf den ich nicht zu hoffen gewagt hatte, für das Vertrauen, das ich nicht verdient zu haben glaubte, für die Beiträge zu meinem Buch anlässlich unserer Begegnungen und für die angenehmen Unterbrechungen in einem bisweilen schwierigen Alltag sage ich danke.

Ihnen ist es zu verdanken, dass das Abenteuer weitergeht.

Heute macht sich ein neuer Roman auf den Weg. Er wird seine Reise ohne mich antreten.

Es ist pures Glück, mir seinen Weg vorzustellen. Ich weiß bereits, dass er Eselsohren bekommen wird, geben Sie es ruhig zu, das machen wir alle. Ich weiß, dass er Kaffee- oder Kräuterteespritzer abbekommen wird, vielleicht wird er auf Seite 67 einen Schokoladenfleck davontragen; und bestimmt wird er die Brille desjenigen zertrümmern, der über der Seite 172 einschläft (ich hoffe nur, dass der Betroffene dabei nicht verletzt wird).

Danke für all diese gemeinsamen Augenblicke der Intimität ...